초가집이 있던 마을

초가집이 있던 마을
1985년 7월 초판
2007년 9월 신정판 (11쇄)
2023년 9월 15쇄
지은이 · 권정생 | 펴낸이 · 박현동
ⓒ 분도출판사

등록 · 1962년 5월 7일 라15호
39889 경북 칠곡군 왜관읍 관문로 61
분도출판사 · 전화 02-2266-3605 · 팩스 02-2271-3605
분도인쇄소 · 전화 054-970-2400 · 팩스 054-971-0179
www.bundobook.co.kr

ISBN 978-89-419-0715 2 03810

초가집이 있던 마을

권정생 지음 | 홍성담 그림

분도출판사

머리말

 이 이야기는 경상도 어느 산골 초등학교 아이들이 겪은 육이오 이야기입니다. 어느 날 갑자기 들이닥친 전쟁으로 동무들을 잃고, 가족을 잃고, 슬프게 살아가는 어린이들입니다.
 어째서 그 엄청난 전쟁이 아무 죄가 없는 한국이라는 나라에서 일어나야만 했을까요?
 수많은 탱크와 비행기가 온 나라를 잿더미로 만들었습니다. 아마 이 지구가 생긴 뒤에 이처럼 비참한 전쟁은 없었을 것입니다. 아버지와 아들이 싸운 전쟁, 아니면 형과 아우가 총칼을 맞대고 싸운 전쟁이라 해도 되겠지요. 그것도 스스로가 옳고 그른 것을 가리기 위해 다투게 된 전쟁도 아닙니다. 힘이 센 나라들이 만만하고 어리석은 한국이란 나라에서 자기네 이득을 위해 싸움을 시킨 것입니다.
 자본주의니 공산주의니 하면서 명분을 내세우지만 어디 그런 주의가 사람들에게 절대적인 행복을 가져다주는 것은 아닙니다. 인간의 행복을 총칼이나 다른 무기로 얻으려는 것부터가 어리석은 짓입니다. 더욱이 같은 핏줄끼리 원수가 되어 싸우는 짓은 한없이 부끄러운 일입니다.

공산주의나 자본주의나 어떤 주장이 원자탄과 핵무기로 없어질 수 있다면 이 세상엔 아예 사람의 생각이란 존재하지 않을 것입니다.

2천 년 전, 유다 나라에서 태어나신 예수님은, 온 세상 사람들이 평등하고 자유롭게 살아가기를 바라셨습니다. 예수님은 힘센 사람이 약한 사람을 종처럼 부리는 것을 싫어하셨습니다. 부자가 가난한 사람들을 더 못살게 빼앗아 가는 것을 미워하셨습니다. 강한 나라가 약한 나라를 쳐들어가는 것도 용서하지 않으셨습니다.

결국 예수님은 나쁜 사람들에게 잡혀 가서 십자가에 달려 돌아가셨습니다. 그러나 예수님의 사랑의 정신은 2천 년이 지난 지금까지도 살아서 남아 있습니다. 이렇게 좋은 생각은 그 무엇으로도 없앨 수가 없습니다.

이 이야기 속에 나오는 어린이들은 그 엄청난 전쟁의 원인이 어디서 왔는지 알고 싶어 합니다. 공산주의, 자본주의가 대체 무엇이기에 사람의 목숨을 마음대로 앗아 가는지 한없이 안타까워합니다.

과연 육이오 전쟁은 왜 일어났는지 다 함께 생각해 보시기 바랍니다. 정직한 말을 하자면 용기가 있어야 되는데, 나는 너무 겁이 많아서 바르게 쓰지 못했습니다.

이 소설은 『소년』이란 잡지에 2년간 연재했던 것으로, 처음 제목은 『초가 삼간 우리 집』이었던 것을 이번에 책으로 묶으면서 『초가집이 있던 마을』로 고쳤습니다.

끝으로 깊은 사려와 정성으로 이 책을 내어 주신 분도출판사와 정한교 선생님께 감사드립니다.

1984년 겨울
권 정 생

차례

머리말　4

벌서던 날　9
배워야 산다　23
떠돌이 귀신　38
육이오　53
피난길　67
사과 도둑들　81
할머니의 병환　95
금아의 결혼식　109
돌아가는 길　123
그립던 동무들　137
남아 있던 사람들　151
종갑이와 할아버지　166
대야 할머니네 암탉　180
금아는 아기를 낳고　194
서울 아이 솔송이　207
낙제생들　221
배냇병아리　235
졸업식　249
돌아온 인기 아버지　264
고재식 아저씨　279
유준이도 서울 가고　294
편지　309
혼례식 마당에서 울던 학분이　323
입대　337
초가 삼간 우리 집　352

벌서던 날

때때때 때때때 때때때 …

셋째 시간 끝종이 울렸다. 종소리는 직원실 뒤, 지붕 추녀 밑을 스치고 학교를 한 바퀴 눈 깜빡할 사이에 퍼져 나갔다. 교문 양쪽 실버들 나뭇가지를 건드리며 철둑길 너머 중들 가득 날아가기도 했다.

2학년들의 공부는 이것으로 끝났다. 뒷교사의 동쪽 현관문으로 아이들이 쏟아져 나오고 있었다.

"종아아 …."

4학년 교실 창문에서, 유준이 허리끝까지 몸뚱이를 쑥 내놓고 고함쳐 부르고 있다.

"종아아 …."

눈으로는 동생 유종의 모습을 찾느라 방울처럼 굴리며 또 한 번

"준아, 종인 쌈해가주고 벌섰다."
"누캉 싸웠노? 왜 싸웠노?"

소리 질러 부른다. 그러나 대답이 없다. 유종의 모습도 보이지 않는다.

세 번째,

"종아아 …."

부르는데, 아이들과 함께 어울려 현관문을 나오던 화순이가 고개를 돌렸다. 유종이랑 같은 반 아이다. 까만 무명 책보자기를 오른쪽 겨드랑이에 낀 화순이는 소리 나는 쪽을 두리번거리다가 유준이를 보자 아이들을 헤치고 뛰어갔다.

"준아, 종인 쌈해가주고 벌섰다."

화순이는 창문께로 다가가며 조심스레 말했다. 납작하고 동그란 얼굴이다. 눈도 동그랗고, 코도 동글납작하다. 저희 어머니가 가위로 깎은 단발머리가 흡사 뚝배기를 씌워 놓은 것처럼 우스꽝스럽다.

"누캉 싸웠노? 왜 싸웠노?"

유준이는 콧등을 찡그리며 바쁘게 물었다. 콧주름이 새로 쪼글쪼글해졌다. 볕에 그을은 얼굴에다 머리카락은 밤송이처럼 가슬가슬 자랐다.

"문식이캉 싸웠어. 막 띠디리패면서 난장판이 났대이."

"뭣 땜에 그랬노? 애이고 참."

"첨엔 종이 문식이한테 칼을 빌려 줬어. 그런데 …."

화순은 더듬거렸다.

"그래서?"

"문식이가 칼 가지고 연필 깎다가 심지를 뿔가뿌렀단다."

"……."

"문식이 속이 잔뜩 상해가주고 칼을 내떤져 버렸어."

"뭐락꼬!"

유준이의 콧구멍이 뻐끔 커졌다.

"지가 잘못해 놓고, 머심아 남의 것을 안 뗀졌뿌리나."

화순이도 화난 투로 말했다.

"그래서 싸웠나?"

"아이래. 그래도 종인 고이 일어나서 배깥에 칼 찾으러 가 보니, 칼이 어디 갓뿌랬는지 없잖나. 그래서 문식이한테 찾아 달라 카이, 모른다 안 카나. 자꾸자꾸 찾아 달라꼬 조르니까, 문식이가 종일 막 띠디리패잖나. 그래서 종이도 식이 낯을 헤벼뜯었어."

"애이고, 또 남의 아 낯을 헤볐구나. 어매한테 혼날끼다."

유준은 부아가 치밀었다. 무척 참을성이 있는 유종이 싸움만 하게 되면 상대방 아이의 얼굴을 할퀴는 버릇이 있어 언제나 말썽이었다. 할퀸 아이들의 부모가 얼굴에 흉터를 만들었다고 찾아오기 때문이다. 어머니와 아버지는 그때마다 땀이 흐르도록 빌어서 돌려보낸다.

"준아, 종이 머락카지 마라. 종이 더 많이 띠디러맞았다."

"누가 많이 맞은 것 치나? 남의 아 낯을 헤벼뜯었으니 나쁘다는 거지."

유준은 화순이가 흡사 유종인 것처럼 마구 꾸짖듯이 말했다.

그동안 둘이서 주고받는 이야기를 들으려고 아이들이 모여들었다. 서로서로 다투어 가며 말참견을 했다.

"종이 벌선 거 문식이 때문이대이."

"아닛다. 종이도 문식이를 헤벼뜯었으니까 잘못 안 했나?"

"그래도 문식이 더 나쁘다야."

창문 밖에서 2학년 아이들의 말이었다.

"복식아, 너거 동생 왜 그릇노? 쌈대장 아니라."

교실 안에서 덕이가 말했다.

"그러게 말이다. 고거 그만 어엿뿌만 좋겠노?"

복식은 머리를 긁적거렸다. 그러고는,

"준아, 괜히 니 동생까지 벌서게 해서 미안타."

하고, 유준에게 사과했다. 꼭 자기가 잘못한 것만 같아졌기 때문이다.

"아닛다. 니가 뭐 잘못한 거 있노? 그것보다 종이 문식이 얼굴 헤벼뜯어 줬는데 어야노?"

유준은 그게 가장 걱정거리였다.

"얼굴이사 빨간약 바르만 낫지만 종이 칼 잃어버려 어야노? 우리 한번 찾으러 가 보자."

복식은 또 칼이 걱정이었다.

"칼도 이따가 찾아보면 된다. 애이고 참."

유준은 또 콧주름이 졌다.

(집에서 어매가 기다릴끼다.)

유준은 집걱정이 났다.

아까 유종일 부른 것은 놀지 말고 일찍 집으로 가라고 일러 주려 했던 것이다. 일찍 가서 집을 봐야 하기 때문이다. 집이야 노상 비워 놔도 괜찮지만 며칠 전에 내려놓은 병아리를 보살펴야 한다. 어미닭이 곧잘 데리고 뒷집 대야 할머니네 텃밭으로 가기 때문이다.

아침에 집을 나올 때였다.

"종인 공부 마치는 대로 일찌그이 온내이. 뼤아리가 텃밭에 들어가면 대야 할매한테 혼띠미난다. 난 볼일이 있어 저녁때 어디 갔다 올꾸마."

어머니가 이렇게 당부를 했다.

"어매 어디 가노?"

유종이 물었다.

"그냥 어디 갔다 온다. 안 알아도 된다."

어머니는 가르쳐 주지 않았다. 다만 집을 나올 때, 거듭거듭 다짐을 했다.

"시간 마치는 대로 빨리 온내이."

집을 나와 멀리 들길에 나왔을 때, 유종은 유준의 손을 잡고 작은 눈을 쨍긋했다.

"어매 어디 가는지 난 안다."

"어디 간다노?"

유준이 물었다.

자기도 짐작으로는 알고 있지만, 유종의 생각을 떠보고 싶었기 때문이다.

유종은 말소리를 낮추었다.

"금아 누부야 신랑집에 간대이."

그리고 생긋 웃는다. 유준이도 헤헤 웃었다.

"금아 누부야 신랑이 하마 어디 있드노. 아직 꼬꼬재배 잔치한 뒤래야만 옳은 신랑이 되는 거다."

"아닛다. 벌써 말로 약속을 했으니까 신랑이 맞다."

둘은 이야기하면서 왠지 자꾸 우스웠다.

(어짜노? 어매가 벌써부터 기다리고 있을낀데 ….)

유준은 초조해졌다. 아이들을 헤치고 교실을 나왔다.

"어디 가노?"

복식이가 물으며 뒤따라 나왔다.

"벌선 거 한번 가 보기나 하자."

"애이고, 동생 벌선 거 남사시러버 어예 보노."

"그냥 먼 데서 구경하지 뭐."

둘은 복도를 지나 2학년 1반 교실로 갔다. 그러나, 교실엔 오후

반 3학년 아이들이 들어와 있고 유종은 보이지 않았다.

"어디 갔는동 없대이."

"3학년 아이들 때문에 그냥 보내 줬는갑다."

둘은 돌아서면서 복도 창문으로 바깥 뒤뜰을 무심코 내다보니, 멀리 강당 모퉁이 벽 앞에 유종과 문식이 나란히 서 있다.

"저깃다!"

복식이 얼떨결에 소리쳤다.

유종과 문식은 만세 부르듯 두 팔을 번쩍 들고 울상인 채 서 있었다.

"싸다, 싸다, 팔이 디기 아플끼다."

유준이 콧구멍을 발름거리며 노려 봤다.

"어서 저쪽으로 갔부자. 딴 아아들이 보면 부끄럽다야."

둘은 얼른얼른 교실로 돌아갔다. 마침 넷째 시간 종이 울렸다.

자리에 앉자, 곧 선생님이 오셨다.

시커먼 눈썹이 옆으로 길게 뻗친 얼굴이다. 얼핏 보면 무서워 보인다. 그러나 익힌 다음부턴 언제나 인자한 표정을 볼 수 있는 정다운 선생님이다. 오열발 선생님이라 부른다. 아이들은 다섯발 선생님이라 부르기도 하고, 돌발 선생님이라고도 불렀다. 음악을 좋아해서 풍금을 잘 탄다.

"이번엔 과학 시간입니다."

오열발 선생님은 교단에서 반듯이 얼굴을 들고 아이들을 둘러본다. 아이들은 벌써 책상 위에 과학책과 공책을 펼쳐 놓고 있다.

공부가 시작되어도 유준은 자꾸만 집걱정이 났다. 어머니가 몹시 기다릴 것이라 생각했기 때문이다. 아마도 어머니는 그동안 중매를 들어 온 금아 누나의 혼인일을 매듭지으려고 삼밭골까지 가려나 본데, 정말 딱하다. 유종이 하필이면 벌을 서고 돌아가지 못하고 있기 때문이다.

(오늘 어매가 꼭 가야만 일이 잘되는가 보던데 못 가면 어야노?)

그렇잖아도 신랑 쪽 집은 양반 집안이고, 재산도 괜찮고, 인물도 좋아 금아 어머니는 그지없이 좋아하고 있다. 아직 17세밖에 안 되는 금아를 꼭 시집보내고 싶은 것도 신랑이 맘에 들어서였다.

"준네 어매만 믿니데이. 어떡하더라도 혼사를 잘 맺아 주이소."

금아 어머니는 유준이 어머니께 신신 부탁을 하는 것이었다.

금아네는 아버지가 없었다. 동생 금동이와 어머니 세 식구뿐이다. 앞뒷집 금아네와 유준이네는 더할 수 없이 정다운 이웃이었다.

"금아 신랑감은 내가 찾아 줄까?"

지난 겨울, 유준이 어머니가 반우스갯말로 금아 어머니께 말했던 것이 참말이 되어 버렸다.

그때, 유준이네 어머니는 친정 마을 삼밭골에 좋은 총각이 있는 것을 미리 점찍어 놓았었기도 했다.

"아직 어린애 같은 걸, 무슨 소리이꺼?"

금아 어머니는 그냥 웃어넘기려 했지만, 마음속으론 여간 기쁘지 않았다. 유준네 어머니라면 무엇이나 믿고 일을 떠맡겨 온 사이이기 때문이다. 금아 시집보낼 걱정도 은근히 하던 중이기도 했다.

(손도 보지란하고 행실도 착하고, 금아라면 어디 한 군데 나무랄 데가 없어.)

냉이꽃 피는 봄부터 금아 혼인 얘기는 자꾸 무르익어 갔다. 하지만 총각집에서 그다지 탐탁하게 생각지 않아 처음 얼마간 일이 되지 않을 것처럼 미적거리기도 했다. 첫째, 양부모 모두 갖지 않았다는 것과 다음엔 가난하다는 이유였다.

"깟거, 다 뭣에 쓸데 있니껴, 색시만 좋으면 그만이재요."

유준네 어머니는 어쩌면 이루어지지 못할 혼사를 몇 번 망설이면서도 애써 맺고 싶었다. 금아를 위해서라면 무슨 떼거지라도 써 볼 생각이었다. 그러나 정작 총각집 쪽에서도 금아의 됨됨이에 은근히 마음을 두고 있었다. 이래서 수차례 다닌 끝에 겨우 총각집에서 혼인할 것을 허락했다.

오늘, 유준네 어머니가 삼밭골 총각집에 가려는 것은, 약혼 날짜를 정해 서 일을 끝맺자는 것이다. 금아 어머니가 자꾸 재촉했다.

"쇠뿔도 단김에 빼라 안 카니껴."

이래서 오늘이 금아 혼인일로는 가장 중요한 날이기도 하다.

(어매가 꼭 갔다 와야 할낀데 ….)

유준은 목 안이 자꾸 스멀거리고 침이 말랐다. 가끔 현관 쪽 모퉁이를 내다보며 유종이 돌아가는지 눈여겨봤다.

그러나 과학 시간이 다 지나도록 유종이 돌아가는 모습이 보이지 않는다.

넷째 시간 마침종이 울렸다. 점심 시간이 온 것이다.

유준은 재빨리 뒤뜰 강당으로 뛰어갔다. 그때까지 유종과 문식은 벌을 선 채 서 있었다. 둘 다 눈물이 쪼르르 흘러 두 볼이 젖어 있다. 만세 부르듯 번쩍 치켜들었던 팔은 엉거주춤 어깨 밑으로 처져 있다. 날개를 늘어뜨린 병아리 같다.

"어매가 일찍 돌아오나 안 카드나?"

유준이 다가가서 콧등을 찡그리며 말했다.

유종은 입술을 실룩거렸다. 금방 울음보가 터질 것처럼 얼굴이 일그러진다. 문식이를 힐끗 돌아다본다. 문식이도 같은 인상이다.

"어얄래, 어얄래?!"

"아부지가 집 보면 되잖나 뭐."

"아부진 밭에 가셔야 안 되나, 이 똥보야."

"그럼, 싱야 마치그던 먼저 가아."

유종이 걱정스레 말했다.

"난, 여섯 시간 아니라? 아직도 두 시간 더 공부해야 된다."

유준은, 어쩌면 유종이 가엾기도 했다. 유종과 문식이 서 있는 처마 밑으로 햇볕이 쬐어 들어오기 시작했다. 둘은 얼굴이 새빨갛게 달았다. 땀이 이마에서 송글송글 솟아나고 있다.

"배고프제? 도시락 갖다 줄까?"

유종인 고개만 젓는다.

"배 안 고프나?"

"……."

역시 고개만 끄덕거린다.

"애이고 참."

유준은 또 콧주름을 지었다.

"싱야, 가서 먹어."

유종은 미안스러워 못 견딘다는 말씨였다.

"준아아!"

그때, 복도의 창문에서 복식이가 큰 소리로 불렀다. 셋은 한꺼번에 고개를 돌렸다.

"온나, 온나."

복식이 싱글벙글 웃으며 손짓을 하고 있다. 유준이 뛰어가 봤다.

"내가 인자 사무실(직원실)에 가서 선생님한테 말해 놨다."

복식은 신이 나서 줄곧 싱글거린다.

"어느 선생님한테?"

"문식이네 선생님 말이다. 빵구 선생님."

"뭐락카드노?"

"인자 곧 와서 보내 줄끼다."

"참말이라?"

"그래, 얼른 들어온나. 곁에 있으면 남사시럽잖나."

유준은 살았다 싶도록 마음이 놓였다. 훌쩍훌쩍 교실로 뛰어 들어갔다.

과연 뒤이어 이민구 선생님이 강당 쪽으로 가는 모습이 보였다. 고수머리 선생님, 이민구 선생님이다.

팔을 엉거주춤 늘어뜨리고 있던 유종과 문식은 선생님이 오는 것을 보자 황급히 팔을 쳐들었다.

"팔을 내리거라."

가까이 온 선생님이 부드럽게 말했다. 둘은 팔을 내렸다. 유종은 콧등이 찡해졌다.

"앞으로는 싸움 같은 것 하면 못 쓴다."

"예."

"둘이서 손 붙잡아라."

둘은 잠자코 문식은 오른손 유종은 왼손을 꼭 잡았다.

"배고프니까 어서 집에 돌아가거라."

유종은 코를 훌쩍 들이키곤 고개를 꾸벅하며 절을 했다. 문식이도 꾸벅했다.

유종은 먼저 4학년 교실로 달려갔다.

"싱야, 인제 집에 간대이."

유준이 얼른 가까이 다가갔다.

"놀지 말고 쌔기 가야 된대이."

"응."

"중들 거랑물에 수제비 뜨만 안 된대이."

"응."

"씨름하고 놀지 마래이."

"응."

"보리깜비기 따먹지 마래이."

"응."

"군딩이 똑바로 쫄곧게 뛰어가아래이."

"응."

"펏떡 가아라."

유종은 가까스로 풀려나자 측백나무 울타리 옆으로 빠져나가 운동장으로 뛰어갔다.

"종아아, 같이 가자."

뒤에서 문식이 책보를 허리에 동여매며 따라가고 있었다.

배워야 산다

유준이네 마을에서 2킬로쯤 동쪽으로 넓은 들이 있다. 들을 가로질러 북으로 길게 철길이 나 있고, 철둑길 너머엔 신작로가 있다. 먼물동네(원호동)가 이 신작로를 끼고 올망졸망 집들이 모여 있다. 마을 남쪽 끄트머리쯤, 바로 신작로 가에 실버들나무가 교문 양쪽에 서 있다. '일직공립국민학교'라는 판자쪽 간판이 오른쪽 교문 기둥에 걸려 있다. 교문을 들어가면서 왼쪽에 얼마 전 만들어 놓은 무궁화동산이 곱게 다듬어져 있고, 동산 앞에 천하 대장군님이 우뚝 버티고 섰다. 동산에는 갓 입힌 잔디가 파릇파릇 돋아나고 개나리와 무궁화, 라일락의 어린 묘목이 둘레를 돌아가며 자라고 있다. 잔디풀 사이로는 민들레랑 제비꽃 같은 들꽃이 그런대로 예쁘게 피었다. 이 무궁화동산을 끼고 왼쪽으로 파란 물결처럼 반짝이는 유리창이 길게 뻗은 교사가 남향으로 서 있다. 교실 앞으로는 제각기 솜씨껏 가꾼 꽃밭이 때때옷처럼 치장되었다.

　교실 일곱 개, 직원실, 오르간을 둔 음악 교실 하나가 앞교사의 전부이다. 뒷교사는 교실만이 네 개, 양쪽에 현관이 있다. 이 뒷교사의 맨 뒤뜰에 앞벽이 거의 허물어진 조그만 사랑채 같은 기와집 강당이 있다. 별로 쓸모도 없어 수리도 않고 그냥 버려두는 듯했다.

　뒷교사의 서쪽 첫 교실이 유준이네 4학년 1반이다. 앞교사의 교실은 6학년에서부터 한 칸씩 차지해 나와 4학년 2반까지만으로 차 버렸다. 유준이네 교실 다음부터 세 칸은 3학년과 2학년이 오전 오후를 번갈아 2부 수업을 하고 있었다. 1학년은 그나마 교실이 모자라 상급 학년들이 체육 시간에 운동장에 나가면 그때마다 1시간씩 빌려 쓰고 있다. 1학년 꼬마들은 책보자기를 들고 이 교실 저 교실 시간마다 이사를 하느라 법석을 떨었다.

　우화자 선생님네 1학년 2반이 다음에 6학년 1반 교실에 들어갈 차례였다.

　아이들은 책보를 대충 들었다. 어떤 아이는 양철필통이 덜 여미어진 책보 귀퉁이로 스르르 미끄러져 떨어진다. 그걸 줍느라고 엎드리면 다음엔 공책이 떨어지고, 공책을 주우려 들면 껴안았던 책보가 한꺼번에 풀려 바닥에 쏟아진다.

　이렇게 복도를 줄지어 걸어가면서, 필통이 떨어지는 소리, 책보 흘리는 소리로 소란을 피워야 한다. 6학년 1반은 쉬는 종이 울렸는데도 아직 공부가 계속되고 있다. 아이들은 교실문 앞에 빼곡이 붙어서서 기다린다. 마치고 나오면 서로 먼저 들어가 좋은 자리를 차지하려고 다투는 것이다.

금동이와 종갑이도 서로 손을 꼭 잡고 아이들 틈에 끼여 있다.

"젤 앞에 같이 앉재이?"

"응야."

"니캉 내캉 만날 같이 앉재이?"

"응야."

금동이는 잡은 손에 힘을 준다. 굳은 약속이다.

이윽고 6학년의 수업이 끝난 모양이다. 책상 위를 걷어 치우는 소리가 나더니 곧이어 교실문이 열렸다.

"와왓!"

맨 앞에 선 6학년 남학생은 교실을 나오려다 기겁을 했다. 조무래기들이 다리 사이를 비집고 들어가려 했기 때문이다.

"비키라! 비키라!"

"야아들아, 쫌 쫌 쫌 ….”

꼬마들은 조금도 양보하지 않는다. 벌써 사타구니 밑으로, 혹은 겨드랑이 틈바구니 사이로 빠져 들어가 자리 맡기에 눈이 빙빙 돌아간다.

"임마, 내 자리에 앉지 마! 또 오줌 쌀래?"

뒤통수에 흉터가 돈짝처럼 반질반질한 지호한테 백두산처럼 높다란 코쟁이 6학년생 하나가 눈을 부릅떴다.

지호는 찔끔 놀랐다. 책보를 껴안은 채 눈을 힘껏 치떴다. 그러고는 몸을 두어 번 흔든다.

"안 쌌구마."

졸아들어 목소리가 겨우 나온다.

"안 쌌구마 말만 하면 되나? 참말로 안 싸야제."

"참말잇다."

지호는 걸상을 꽉 잡고 기어코 놓지 않을 것 같다. 6학년생은 할 수 없다는 듯,

"싸기만 또 해 봐라."

벼르고, 이윽고 교실을 나갔다.

"여기다 누가 칼로 호비팠노?"

창문 쪽에서 누군가 또 소리 지른다.

"주야가 그랬어. 쩍끼칼(잭나이프) 가지고."

수복이가 대뜸 일러바쳤다.

석주가 조그맣게 겁먹은 채, 교실을 들어오다가 주춤 서 있다.

"임마, 책상 베렀다. 어얄래?"

풀을 빠닥하게 갓 먹인 명베적삼을 입은 6학년생은 옆구리에 양손을 짚고 섰다.

"복이도 같이 그랬어, 뭐."

벌써 석주 눈에 빙글빙글 눈물이 고인다.

"둘이서 같이 그래 놓고 일러바치나."

6학년생이 수복이를 돌아보고 소리치자, 수복인 찔끔 놀란다.

"나는 쪼매밖에 안 팠다. 주야가 많이 팠어."

수복인,

"애앵."

사이렌처럼 울음이 터졌다.

"울만 최고라. 책상을 마음대로 호비파면 되나?"

6학년생의 목소리가 조금 누그러졌다.

"내 잉끼(잉크) 누가 쏟았노? 어이!"

한가운데 책상에서 누가 또 꽥 소릴 쳤다. 아이들은 찔끔 그 쪽으로 눈길을 모았다.

"어제 내 책상에 앉았던 아가 누구냐 말잇다."

태수가 바로 뒤에 서서 책보를 껴안고 부들부들 떨고 섰다.

"너거들 남의 교실에 들어와서 고끼 공부는 안 하고 저지레만 하제?"

6학년생은 교실을 죽 둘러보며 말했다. 태수는 함께 앉았던 승만이를 돌아봤다. 일러바치면 어쩌나 싶어 조마조마했다.

어저께 무심코 책상 안에 든 잉크병을 꺼내 놓고, 연필 끝으로 찍어 장난을 했다. 공책에다 사람 얼굴도 그리고, 소도 그리고, 집도 그렸다. 한참 뒤에 정신을 차려 보니 잉크병이 어느새 엎질러져 있었다.

"임마, 내 자리에 앉지 마! 또 오줌 쌀래?"

"애개개 …."

놀라 잉크병을 일으켜 세웠지만 벌써 반 이상이 쏟아져 버린 뒤였다.

국어책에 푸른 잉크가 배어 겉장은 글자도 못 알아보게 되었다. 얼결에 닦는다는 것이 팔꿈치로 마구 문질렀다.

"니, 옷 다 베렸다."

승만이가 깜짝 놀라며 말했다.

저고리가 잉크로 어룽더룽 더러워져 버렸다. 집에 가서는 어머니한테 실컷 꾸중을 듣고 오늘은 새 옷으로 갈아입었다. 그래서 잉크 쏟은 표시가 나타나지 않아서 다행이었지만, 만약 6학년생이 자기 책보를 펴보면 큰일이다. 국어책이 엉망으로 잉크투성이기 때문이다.

태수는 저도 모르게 책보를 꽉 껴안았다. 6학년생은 잔뜩 무섭게 노리고 있던 얼굴을 풀고는 말없이 교실을 나갔다.

태수는 가까스로 마음이 놓였다.

시작종이 울렸다.

땡땡땡 땡땡땡 ….

"드가라, 땡땡땡 …."

"드가라, 땡땡땡 …."

아이들은 종소리에 맞춰 노래처럼 부르고 있다.

우화자 선생님은 동그란 사과처럼 빨간 얼굴이다. 목소리가 남자처럼 굵었다. 키는 작고 몸집은 뚱뚱했다.

"우화자 선생님이 걸어가실 땐 꼭 똥단지가 굴러가는 것 같다."
어느 땐가 3학년 애들이 쪽지에 적어 국어책을 읽듯이 커다란 소리로 읽고 있었다. 마침, 지나가던 우 선생님이 그 소리를 듣고 배를 움켜잡고 마구 웃었다. 쪽지는 온 학교 안을 휩쓸며 읽혀졌다. 결국 우 선생님은 "똥단지" 선생님이 되어 버렸다.
파란 명주저고리에 보라색 유똥치마를 입었다. 아무래도 맵시는 나지 않는다. 그러나, 1학년 선생님으로는 어머니처럼 좋기만 했다.
"선생님요, 이번 시간 노래 가르쳐 주이소."
1학년은 음악 시간이 가장 좋다.
"그럼, 노래 조금 배운 다음 공부하자."
"예에!"
꼬마들은 일제히 소리쳐 대답했다.
노래는 「배워야 산다」가 한창 불려졌었다.
선생님과 학생들은 합창을 했다.

밭가는 아버지도
베짜는 어머니도
일할 때 일하고
배울 때 배우세
아는 것이 힘임
배워야 산다

옆 교실에선 6학년 2반이 한창 주산 공부에 열중이었다.

"… 46전 놓고, 77전 놓고 …."

"선생님요, 하나도 안 들리니더."

뒷자리에 앉은 여학생 하나가 울상이 되어 말했다.

"난도 하나도 안 들리니더."

창문 쪽에 앉은 남학생 하나가 따라 말했다.

강희준 선생님은 부르던 셈을 그치고 이마에 세로주름 세 개를 만들었다. 어떻게나 고함을 질러 대는지 벽 하나 사이에 둔 옆 교실까지, 1학년의 「배워야 산다」가 천장을 쩌렁쩌렁 울린다.

한참 찡그리고 있던 선생님은 못 참겠다는 듯 일어서서 교실을 나갔다. 학생들은 싫던 주산 공부에서 잠시나마 해방이 된 것이 신이 났다. 싱글벙글 얼굴이 해바라기처럼 활짝 펴졌다.

옆 교실의 문 여는 소리가 드르륵 났다. 순간, 「배워야 산다」 노래가 뚝 그쳤다. 양쪽 교실이 조용해졌다.

"시끄러워 수업을 못해요."

강희준 선생님이 조금 화난 목소리로 말했다.

"우리 반도 수업 중입니다."

남자 목소리 같은 우화자 선생님은 싱긋 웃었다.

"……"

강희준 선생님은 말문이 막혔다. 잔뜩 찌푸린 채 잠시 서 있다가 말없이 돌아섰다. 6학년 교실에 돌아오니 학생들은 일제히 선생님을 쳐다본다.

"자, 할 수 없으니 수업을 계속합시다."

강희준 선생님은 가느다란 목소리로 다시 셈을 부르기 시작했다.

"65전 놓고, 24전 놓고, 43전 놓고 ⋯."

옆 교실에서 또다시 「배워야 산다」가 커다랗게 들렸다. 보리 가시랭이가 가슬가슬 한창 알배기지고 있다. 바람이 불어 하냇들 보리밭이 파아랗게 물결친다.

종갑이와 금동이는 학교가 파하자 나란히 손잡고 들길을 걸었다. 수재골 골짜기에서 뻐꾸기가 운다.

"뻐꾹 뻑 뻐꾸욱 ⋯."

아카시아 숲은 하얗게 구슬꿰미처럼 꽃이 덩굴져 피었다. 벌이 앵앵 날아다녔다.

중들 강변에서 금동이는 종갑이와 차돌멩이 깔린 벌판에 털썩 앉았다. 푸른 시냇물이 남실대며 흐른다. 남빛 물총새가 물위를 스칠 듯 말 듯 날아간다. 금동이는 차돌멩이 하나를 집어 물속에 던졌다. 퐁당 소리가 났다. 하얀 물방울이 공중에 뛰어올랐다. 햇빛에 구슬이 무지개처럼 알록달록 곱다.

금동이는 아주 자랑스럽게 옆에 앉은 종갑이에게 말을 꺼내었다.

"보래이, 울 누부야, 내일 모레 미약(면약) 먹는다. 아니?"

종갑이는 눈이 동그랗게 되었다.

"옳기라?!"

"옳기래."

"그럼 떡해 먹나?"

"응."

"곶감도 먹나?"

"응."

"찌짐도 하나?"

"그래, 다 한다."

종갑이는 침이 꼴깍 넘어갔다.

납작한 차돌멩이를 하나 손바닥에 올려놓고 살살 쓰다듬으며 금동이를 쳐다본다.

"참 좋겠다."

종갑이는 왠지 처량해진다. 누더기처럼 기워 입은 바지저고리가 때에 찌들어 여간 보기 싫지 않았다. 그러나 그런 건 상관없다. 종갑이의 지금 소원은 맛난 음식을 듬뿍 먹고 싶은 것뿐이다. 할머니는 매일마다 산나물죽을 끓여 준다. 보리를 껍질째 막 빻아 산나물을 넣고 끓인 죽이다. 먹기 싫어도 배를 채우기 위해서 어쩔 수 없이 먹는다. 종갑이는 시무룩하니 괜히 쓸쓸해진다. 갑자기 금동이는 참 행복하다고 심술이 나기도 한다.

"니 쫌 주꾸마."

금동이가 생글거리며 종갑이를 빤히 쳐다본다.

"참말이가?"

종갑이의 눈빛이 반짝 생기가 난다.

"그래, 니 혼자만 주는기다."

둘은 새끼손가락을 내어 걸고 흔들었다. 책보를 들고 일어서서 걸었다.

보리밭 들길을 지나 까툴복숭아나무가 줄지어 있는 송리동 마을 입구에 닿았다. 둘은 헤어져야 된다. 종갑이는 송마골로 가고 금동이는 탑마을로 간다.

황새가 끼욱끼욱 울고 있는 고목 회나무 밑으로 종갑이는 가슴을 졸이며 바쁘게 걸었다.

"잘 가재이."

"잘 가재이."

금동이와 종갑은 가다가 한 번 돌아서서 고사리 손을 흔들었다.

종갑은 응달쪽 마을 비탈길을 숨가쁘게 뛰어 올라갔다. 울도 담도 없는 삿갓집에 굴러들듯 닿자,

"할매애!"

소리 질러 불렀다.

얼굴이 온통 곰보 자국으로 덮인 할머니가 무명 통치마를 입고 방금 부엌에서 나왔다.

"엎어진다, 고비 온나."

할머니는 종갑이의 쫓기듯 위태로운 모습이 걱정이다. 종갑이는 할머니의 치맛자락을 와락 움켜잡고 뺑실 쳐다본다.

"할매, 미약 먹을 줄 알아?"

"야가 머라카노?"

"할배캉 미약 먹을 때 어쨌어? 떡해 먹었나?"

"얼래, 별소릴 다 한다."

할머니는 종갑이의 엉뚱한 말이 우스웠다.

"응? 떡했어?"

"그래그래, 이양(언약)떡 한 고리짝 받아먹었다."

할머니는 옛날 처녀 시절 일이 훤히 눈앞에 떠오른다. 열다섯 살 나이로 지금 종갑이 할아버지와 혼인했던 때의 일이 엊그제만 같다. 언약떡으로 찹쌀인절미를 버들고리짝에 담아 메고 오던 할아버지 새신랑 적 모습이 떠오른다. 혼례를 치르기 전 할아버지는 머리를 치렁치렁 땋아내리고 하얀 무명 바지저고리를 입고 있었다. 허리엔 노란 띠를 졸라매고 하늘빛 명주수건을 목에 감았다. 부엌문을 반쯤 닫아 놓고 할머니는 숨어 서서 샅샅이 눈여겨봤던 것이다.

할머니는 빙그레 웃음이 나온다. 종갑이도 마주 바라보며 생글거린다.

"탑마을 금동이네 누부야 시집가는데 모레 미약 먹는대."

종갑이는 금동이와 약속한 것을 들려주었다.

"그것 참 잘했구나, 갑이도 한턱 얻어먹게 됐으니까."

"할매도 쫌 줄게."

종갑이는 고개를 까닥까닥 까불었다.

할아버지가 못자리 풀을 한짐 뜯어 지고 돌아왔다.

"갑아, 점심 먹자."

할머니는 할아버지한테까지 들리도록 큰 소리로 말하며 부엌으로 들어갔다.

"할배, 들에 가셨디껭?"

종갑이는 할아버지가 지게를 내려놓는 곁으로 뛰어가 인사를 했다.

"오우냐, 하메 왔나?"

할아버지는 종갑이의 머리를 쓸어 주었다. 흙담집 방 안은 삿자리가 깔려 있다. 할머니가 보리나물죽을 상에 받쳐 들고 왔다. 셋이 둘러앉아 후르륵후르륵 죽을 먹는다.

"할배요, 올해는 보리 풍년이제요?"

"그래, 보리 풍년이다."

"보리 거두거든 밥 많이 해서 먹자구요."

"오우냐, 보리 거두거든, 보리밥 푹 퍼주어 많이 먹재이."

할머니는 종갑이가 측은했다. 어린것이 나물죽 먹기가 오죽 싫으랴 안쓰럽다. 어느새 할머니 눈이 촉촉히 젖는다. 저고리 고름으로 자근자근 닦는다. 하나뿐인 손자놈을 밥 한 끼 맛있게 못 지어 주는 형편이다. 일본의 정치에 묶였다가 벗어난 지 5년이 되었지만 배고픈 농민들은 아직도 가난을 벗어나지 못했다. 거듭되는 흉년은 가난을 더욱 채찍질했다. 해방의 기쁨도 신기루처럼 한순간에 지나지 않았다. 종갑이네 슬픔은 배고픈 데만 있지 않았다. 징용으로 끌려간 종갑이 아버지가 끝내 돌아오지 않았다. 어머니는 친정에 가서 두 해가 넘어도 소식이 없다. 종갑이는 따뜻한 어머니의 사랑을 거의 잊어버리게 되었다. 아버지 어머니를 모두 생이별하고 있는 종갑이가, 할머니는 더욱 애처로웠다. 며느리를 탓할 수도 없었다. 모든 것이 세월탓이라 했다. 지금의 바람은 어린 종갑이가 자라나 제 구실을 할 때까지 할아버지가 살아 있어야 하고, 할머니도 죽지 않아야겠다는 마음뿐이다. 다행히 보리농사가 몇 해 동안 보기 드물게 풍년이었다. 할머니는 벌써부터 가슴이 뿌듯했다. 세 식구 여름 양식은 흡족할 것 같았다.

"할매, 왜 울어? 까딱하면 울고, 꼭 얼라 같다."

"응야, 해미 우는 것 숭하제?"

"산나물 질겨서 먹기 힘들제요?"

"……"

할머니는 그만 말이 막힌다. 콧물을 팽 풀었다.

앞산 숲에서 뻐꾸기가 쉬지 않고

"뻐꾹 뻐꾹 뻐꾹 …." 울고 있다.

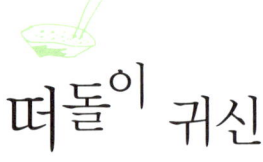
떠돌이 귀신

이틀 뒤, 종갑이는 학교 운동장 구석에서 금동이가 내미는 종이꾸러미를 받았다.

"니만 주는기다, 알제?"

"응."

종갑이는 콧구멍을 발름거리며 얼굴을 붉혔다. 책보 귀퉁이에 꼭 싸들고 공부가 끝나기를 지루하게 기다렸다.

"니, 그것 왜 안 먹노?"

"저어, 말이제 …."

종갑이는 할머니와 약속한 것을 선뜻 말할 수 없었다. 금동이는 약간 수상쩍기도 하고 찜찜하기도 했다.

"쑥절편 맛있다. 얼른 먹어라."

금동이는 아무래도 제가 보는 앞에서 맛나게 먹어 주었으면 싶은 것이다. 그래야만 자기가 준 보람이 있기 때문이다. 그러나 역시, 종갑이는 꾸러미를 펼치려 들지 않았다.

"적다고 골났니?"

"아잇다."

 종갑이는 가당치도 않은 말이라고 커다랗게 고개를 젓는다. 그러고는, 그만 먹어 버릴까 하고 꾸러미를 만적거렸다. 하지만 역시 할머니가 생각나서 먹을 수 없었다. 금동이의 눈치를 보면서 간신히 공부가 파할 때까지 꾸러미를 감춰 두었다. 그러고는 시간을 마치기 바쁘게 교문을 달려나갔다. 금동이는 참 이상했다. 종갑이는 무언가 토라질 만한 일이 있어서 저렇게 훌쩍 자기 혼자 돌아가 버린다고 생각했다.

 (떡 괜히 줬다.)

 금동이는 종갑이 안 보는 데서 입술을 비쭉 내밀었다. 가슴이 꽉 메어지는 것 같기도 하고 텅 빈 것 같기도 했다.

 다음 날, 금동이는 종갑이가 나타나기를 은근히 기다렸다. 호주머니엔 마른 떡 두 개가 들어 있다. 어제 쑥절편 꼭 세 개밖에 못 준 것이 미안스러워 어머니한테 졸라 두 개 더 얻어가지고 온 것이다. 운동장에 아이들이 가득 모여들고 조금 있다가 시작종이 울렸다. 그러나 종갑이는 나타나지 않았다.

(왜 안 올까?)

금동이는 조금 실망을 했다. 걱정도 되었다. 꼬들꼬들 마른 떡조각을 호주머니에 감춰 놓고 그날은 쓸쓸하게 수업을 끝냈다.

학교가 파하자, 금동이는 줄달음질로 송마골로 뛰어갔다. 그러나, 삿갓집 입구엔 새끼줄이 길게 가로질러 걸렸고 마디마다 하얀 종이가 나불거린다. 아무도 못 들어오게 하는 금줄이다. 금동이는 비탈에 서서 몹시 뛰는 가슴을 주체할 수 없었다. 집 안은 조용했다. 반쯤 기울어진 초가 지붕의 이엉이 썩어 거무죽죽하다. 황토흙 돌담벽도 그을러 역시 검다. 그 벽에 비뚤어지게 붙은 문짝은 쓸쓸히 닫힌 채, 방 안을 들여다볼 수 없다. 흙봉당에 놓인 종갑이의 깜장 고무신 옆에 할머니의 떨어진 짚신이 가지런히 놓였다. 틀림없이 종갑이는 어디 아픈 모양이다. 금줄을 친 것을 보아 객귀(떠돌이 귀신)라도 붙어 푸닥거리를 할 모양 같았다. 금동이는 점쟁이 할머니가 징을 울리며 나쁜 귀신을 쫓는 푸닥거리를 종종 보았기 때문에 잘 알고 있다. 그렇다면 종갑이는 어쩌다가 객귀에 시달리게 된 것일까? 금동이는 쇠똥 부스러기가 지저분히 깔린 골목길을 서성거리다 발길을 돌렸다.

방 안에서는 종갑이가 무명 홑이불을 덮고 하얀 얼굴로 누워 있었다. 종갑이로서는 병이 난 원인을 잘 몰랐지만 할머니는 한사코

"고놈의 객구(객귀)가 어디 붙어
갈 데가 없어서 불쌍한 것 괴롭히나."

어제 금동이한테 얻어먹은 쑥절편 때문이라 했다.
"고놈의 객구(객귀)가 어디 붙어갈 데가 없어서 불쌍한 것 괴롭히나."
"할매, 객구는 절편떡보다 더 작아?"
"응, 좀더 크제만 보이지 않는다."
"그럼, 객구가 내 배 속에 들어갔나?"
"너를 칭칭 동여갖고 뭘 좀 더 얻어먹고 싶다 안 카나."
"객구도 사람맨치로 뭘 먹나?"
"애이고, 그런 거 자꾸 물으만 못씬다. 객구가 다 듣고 있다."
 종갑은 입을 다물었다. 머리가 아프고 가슴이 답답했다. 객귀가 온몸을 칭칭 동여가지고 있기 때문인 것 같았다. 보리죽으로 끼니를 잇는 종갑이의 허약한 몸이 영양실조인 것은 뻔한 일이다. 그러나 할머니는 그걸 몰랐다. 저녁이 되어 양지마을 점쟁이 할머니가 왔다. 서른 집을 동냥한 오곡으로 밥을 지었다. 그걸 다섯 접시에 나누어 담아 놓고 껍질을 벗긴 삼대 젓가락을 접시마다 꽂았다. 점쟁이 할머니는 다 깨진 징을 쨍쨍 울리며 굿을 시작했다.

 동도칠성 서낭님께
 남도칠성 서낭님께
 서도칠성 서낭님께
 북도칠성 서낭님께
 비나이다 비나이다 ….

종갑이는 쳐다보고 있으려니 왠지 무서워진다. 곁에 앉은 할머니도 자꾸 합장하면서 고개를 숙인다. 징소리는 어두운 밤, 뜰 안을 맴돌다가 아스름히 마을로 퍼져 나갔다. 종갑이의 이마에 촉촉히 식은땀이 배었다. 몸이 나른나른 가라앉으면서 스르르 잠이 들어 버렸다. 할머니는 잠든 종갑이의 얼굴을 들여다보고 이젠 객귀가 멀리 달아났다고 생각했다. 점쟁이 할머니는 징을 치던 손을 멈추고 접시에 담긴 밥을 짚꾸러미에 쌌다. 집에서 멀리 떨어진 개울가 가시나무 덩굴 밑에다 꾸러미를 던진다.
 "퉤퉤, 이놈의 객구 썩썩 물러나거라."
 푸닥거리는 그것으로 끝났다.

 이튿날 아침, 종갑이는 기운은 없었지만 일어났다. 할머니는 종갑이를 안고 이마에 입을 맞췄다.
 "뭘 먹을래? 오늘 운산 장인데, 꽂감 사 줄까?"
 종갑이는 몹시 배가 허전했다. 먹고 싶은 게 꼭 있다. 그러나 그건 엄두도 안 날 것이라 여기고 말을 않는다.
 "응, 뭘 사 줄꼬, 응야?"
 할머니는 어깨를 다독거리며 재우친다.
 종갑이는 망설이다가 가까스로 입을 열었다.
 "할매 …."
 "응, 얼픈 말해라."

"저어, 고기하고 쌀밥하고 먹고 싶다."

할머니는 하마터면 눈물이 왈칵 쏟아질 뻔했다. 고개를 돌리자 옷고름이 저절로 눈언저리로 갔다. 코가 멘다.

(불쌍한 거.)

할머니는 종갑이를 앉혀 둔 채, 일어선다. 종갑이는 할머니를 쳐다봤다. 괜한 말을 했구나 싶다.

"할미가 죄 많구나. 널 껏보리죽만 먹이고 ….”

할머니는 반다지 지드른 장롱문을 열었다. 갈무려 뒀던 삼베 자투리를 꺼내어 명주 보자기에 쌌다. 옆방 할아버지한테 그걸 가지고 갔다.

"멧 푼이라도 되는 대로 팔아 쌀을 몇 됫박 받아 오이소."

"그게 뭐꼬?"

할아버지는 피우던 담뱃대를 입에서 빼었다.

"돈 될 게 뭐 있네꺼. 갈무려 뒀던 베 자치시더. 갑이가 고기 먹구 싶다 안 카니껑.”

할머니는 코가 또 메어진다.

빈 자루 하나와 삼베 보자기를 들고 할아버지는 장으로 갔다. 한나절이 지나도록 할머니는 무척 지루하게 기다렸다. 석 되 쌀과 소금에 절인 간고등어 한 손을 사서 들고 할아버지는 저녁 나절에야 돌아왔다. 할머니는 식기 뚜껑으로 꼭 하나 가득 쌀을 떠서 밥을 지었다. 고등어 굽는 냄새가 방 안에까지 스며들었다. 종갑이는 누운 채 침을 꼴깍 삼켰다. 식기에 봉긋이 쌀밥을 담고, 하얀 사기접시에 구운 고기를 담아 들고 할머니가 방으로 왔다.

"갑아, 어서 밥 먹자."

할아버지가 내려다보고 눈웃음을 짓는다. 종갑이는 좀 부끄러워졌다. 새삼스레 어린애가 된 것 같다.

"할배는 안 드려?"

종갑이는 할머니를 쳐다보며 물었다.

"응야, 이따가 저녁에 먹제."

종갑이는 더 있을 수 없었다. 숟가락을 들어 밥을 조심스레 떴다. 입에 가져가기 바쁘게 목구멍으로 넘어가 버린다. 할머니가 곁에서 고기를 떼어 입에 넣어 준다. 종갑이의 이마에 땀이 송글송글 맺힌다. 할머니가 치맛자락으로 닦아 준다. 식기의 밥이 점점 줄어들었다. 종갑이는 금방금방 힘이 솟아나는 것만 같았다. 한 그릇의 밥을 그렇게 쉽게 먹어 버렸다.

"물 떠 올게. 마시자."

숭늉을 한 그릇 또 마시고 나니 배가 뿌듯하게 부르다. 하얀 얼굴에 불그레한 핏기가 돌았다. 할머니는 빙그레 바라보다가 돌아앉아 또 코를 찡 풀었다.

그때, 밖에서 누군지 부르는 소리가 났다.

"종갑아아!"

"바우 아이라? 어예 왔노?"

할머니가 문을 열고 내다봤다.

얼굴이 넓적한 바우가 종이쪽지 하나를 내민다.

"금동이가 오늘 학교에서 줍디더."

바우는 쪽지를 건네주기 바쁘게 골목길로 뛰어나가 버린다.

"뭘꼬, 이게?"

종갑이가 받아 펼쳤다.

지렁이처럼 꼬불꼬불한 1학년 금동이의 글씨가 서툴게 씌어 있었다.

"종갑아, 어제 쑥떡 먹고 객구 귀신 들릿제? 참 미안태이."

유종은 깜포릿한 햇보리밥을 한 숟갈 뜨다가 말고, 밥그릇을 꼭딱 밀어 놓는다.

"왜, 밥 안 먹나?"

어머니가 별스럽다는 듯, 유종을 쳐다보며 물었다. 보리밥이건 나물죽이건 주는 대로 그릇을 홀딱 비워 놓는 유종이 밥을 안 먹는다니 이상하다.

"학급비 오늘 안 갖고 가면 또 벌선다, 뭐."

유종은 퉁명스럽게 말하며 입술을 비쭉거린다. 금방 울음보가 터질 것 같다.

"그렇더라도 밥은 먹어야제."

어머니는 숟갈을 들어 유종의 손에 쥐어 준다.

"굶어죽게 내버려 두라믄."

아버지가 무뚝뚝하게 말했다.

유종은 아버지를 힐끗 쳐다보고는 어머니가 쥐어 주는 숟갈을 떼밀어 버린다. 함빡 눈물이 괴어 눈언저리가 반짝거린다.

"자, 얼른 밥 먹어라. 대야 할매한테 내가 물어볼게."

어머니는 노랗게 반들거리는 놋숟갈을 억지로 유종의 손에 쥐어 준다.

"내버려 둬! 학교도 그만 치웠뿌람."

아버지가 와락 소리를 친다.

유종은 가까스로 받아 쥐었던 숟갈을 도로 떨구어 버린다. 벽 쪽으로 돌아앉더니 와락 울음을 터뜨린다.

"시끄럽다!"

아버지가 밥상을 땅! 두들겼다. 유종은 찔끔 놀라 울음을 끼득끼득 삼킨다.

"울만 어디서 돈이 튀어나온다 카드나? 어서 밥이나 먹어라."

아버지가 조금 소리를 누그러뜨린다.

유종은 돌아앉아 숟갈을 쥐고 밥을 떠서 입에 넣었다. 그러나 잔뜩 부은 뒤라서 밥이 목구멍으로 넘어가지 않는다. 학급비 5원 걱정이 밥 먹는 일보다 몇 배나 걱정이다. 이민구 선생님은 틀림없이 또 벌을 서게 할 것이다. 두 번 거듭 용서하지 않는 선생님의 성미이다.

그저께 토요일 수업이 끝나고 마지막 인사를 하기 전에,

"아직 학급비를 안 가지고 온 학생들 손들어 봐요."

하고, 까맣고 매서운 눈으로 아이들을 둘러봤다. 여남은 명쯤 되는 아이들이 손을 들었다.

"그럼, 모레 월요일날 틀림없이 가지고 와요. 알아들었지?"

"예!"

아이들은 약속을 했다.

"가져온다고 했으니 그대로 약속을 지켜야 된다. 안 가지고 오는 사람은 가만두지 않겠어."

선생님은 잔뜩 을러 놓는 것이었다. 그러지 않고는 여간해서 약속을 지켜 주지 않기 때문이다.

유종은 이젠 벌서는 것이 무엇보다 싫었다. 입에 넣은 밥을 꼭꼭 씹어 겨우 삼켰다.

아침밥을 다 먹고 나서 책보를 들고 유종은 그냥 버티고 밖에 나가지 않는다.

"어서 가자. 지각하면 어얄래?"

유준이 가까이 와서 팔꿈치를 잡아끈다. 유종은 몸을 흔들었다.

아버지가 조용히 일어나더니 밖으로 나갔다. 유종은, 돈을 꾸러 가는가 보다 싶어 속으로 좋았다. 조금 후에 아버지가 돌아왔다. 꼬깃꼬깃 접힌 5원짜리 한 장을 내놓는다. 유준이가 얼른 받아 유종에게 쥐어 주었다. 유종은 돈을 손에 꼭 쥐고 그냥 고개를 숙인 채 밖으로 나왔다. 한꺼번에 걱정이 확 풀리고 둥둥 날아갈 듯한 기분이었다.

들판은 호박꽃 빛깔로 눈이 부시었다. 아침해가 들판을 비춰 보리거둠이 끝난 넓은 들판이 노랗게 빛나 보였다.

"문식아아!"

유종은 저만치 앞서 가는 문식이를 보고 소리쳤다. 문식이 뒤를 돌아봤다.

"니, 오늘 학급비 갖고 가나?"

유종은 정답게 물었다.

"어엉제, 아부지 오늘 장 보고 내일 준다 카드라."

문식은 고개를 저으며 대답했다.

"벌서면 어얄래?"

"까짓것, 벌 세우면 서지 뭐."

"띠디리패만 어얄래?"

"띠디리패만 맞제 뭐."

"구둣발로 막 차댕긴다. 아나?"

"괜찮다카이."

유종이도 입을 다물었다. 억지로 떼를 써서 남의 집에서 빌려다 준 돈을 가지고 가는 자기가 좀 못나 보였다. 문식은 참 용감하다는 생각이 든다.

(나도 갖고 오지 말걸.)

하고 후회를 했다.

중들 강변에서 문식은 하얗고 길쭉한 돌멩이 하나를 주워 들었다.

"이것, 우리 꽃밭에 갖다 놓자."

"응야, 나도 한 개 주워 가자."

아이들은 뾰족하거나 둥글둥글한 예쁜 돌을 제각기 한둘씩 주워 든다. 여자 아이들은 책보자기에 고운 자갈을 담아 이고 가기도 했다. 학교 꽃밭에는 갖가지 모양의 돌멩이를 쌓아 올려 아이들 말대로 꼭 금강산 같다. 서울의 남대문도 만들고, 길쭉하게 사람처럼 생긴 돌멩이는 은진미륵이고, 백두산, 한라산, 기와집, 초가집, 송아지도 있고, 곰도 코끼리도 있었다. 이렇게 올망졸망 꾸며진 꽃밭에는 채송화가 피고 봉숭아가 가득 꽃봉오리를 맺고 있었다.

금난이가 책보에 싸온 하얀 자갈을 꽃밭 둘레에 쏟아부었다. 화순이가 손으로 골고루 다져 놓는다. 아침해가 꽃밭 둘레를 눈부시게 비춘다.

"순아, 우리 꽃 따가주 손톱 디릴까?"

"안 돼! 선생님이 머라칸다."

금난이의 제의를 화순이는 듣지 않았다.

"옳기는 나도 꽃 따는 거 싫어."

금난이도 똑바로 말한다. 이슬방울이 조롱조롱 맺힌 꽃이파리를 살살 쓰다듬는다. 귀엽고 사랑스럽다.

"우리 학교 최고로 좋제?"

해님처럼 웃는 얼굴로 화순이가 말했다. 눈으로는 저쪽 앞교사 지붕과 학교 둘레의 측백나무 울타리를 빙 둘러본다.
"그리고 우리 꽃밭 최고다."
금난이는 꽃밭 둘레를 나비처럼 누비며 무용을 했다.
"나비야 나비야 이리 날아 오너라 …."
화순이도 따라가며 팔을 벌려 너울너울 흔들었다.
"헤헤헤헤 …."
"얼래고 달래고, 춤춘다."
문식이와 유종이 저만큼 걸어오다가 보고 놀려 준다. 금난이와 화순이는 놀라 뒤를 돌아본다.
"난인 꼭 색시같이 춤추더라."
문식이가 혀를 널름거리며 약 올려 준다.
"식아, 우리 이걸로 신랑각시 하자."
유종이 들고 오던 길쭉한 돌멩이를 채송화 곁에 세웠다.
"이건 각시고 …."
문식이가 따라 들고 온 돌멩이를 곁에 나란히 세우면서,
"이건 신랑이고 …."
했다.
"각시는 누구요?"
화순이가 곁으로 다가와 들여다보면서 물었다. "금난이지 뭐." 문식은 서슴지 않고 말해 버린다.
"신랑은?"

"종이야."

"야아!"

화순이 커다란 입이 귀까지 찢어진다.

"머심아야!"

금난이는 세모꼴 눈이 되어 문식이를 향해 주먹을 치켜들었다. 그러나, 벌써 문식은 도토리처럼 굴러갔다. 금난이는 기를 쓰고 따라간다. 유종은 화내지도 않고 빙글빙글 웃으며 달아나고 따라가는 둘의 모습을 재미있게 바라봤다. 문식이의 바지저고리가 무척 둔하게 몸에 감겨 제대로 뛰지 못한다. 금난이는 신발까지 벗어 버린다. 문식이의 뾰족 튀어나온 바지 엉덩이가 금난이의 손에 붙잡혔다. 금난이는 용서없이 주먹질을 한다.

"아이구, 아프다. 잘못했다. 고만 고만 …."

문식은 손으로 싹싹 빈다.

"그럼, 저 돌멩이각시 내 아니제?"

금난이는 주먹을 부르쥐고 따진다.

"그래, 아닛다. 그양 돌멩이다."

유종과 화순이는 빙글빙글 웃고만 있었다.

육이오

그날 아침, 첫째 시간 시작종이 울리고 아이들은 각자 교실로 들어갔다. 4학년 유준이네 반 오열발 선생님이 커다란 지도 한 장을 가지고 와서 칠판에 걸어 놓는다. 아직 아침인사도 하지 않았는데 ….

"자, 떠들지 말고 똑바로 앞을 봐요."

선생님의 눈이 순간 엄숙한 빛을 띤다. 아이들은 단박 분위기가 달라진다. 열어 놓은 창문으로 서늘한 아침공기가 들어온다. 선생님은 걸어 놓은 우리나라 지도의 한중간에다 막대기를 가로질러 놓는다. 아이들의 눈이 잔뜩 겁을 집어먹은 듯, 지도 쪽으로 쏠렸다.

"이게 무슨 선인지 아는 사람 말해 봐요."

"……"

아이들은 금방 생각이 떠오르지 않는다.

"삼팔선!"

누가 쨍 소리가 나도록 말했다.

"맞았어. 삼팔선이야. 그럼, 이 삼팔선 북쪽엔 누가 살고 있는지 아는 사람?"

"대한민국 사람."

"그럼, 남쪽엔?"

"맨 대한민국 사람이제요."

아이들은 선생님의 질문이 좀 싱거워졌다. 그러나, 유준은 잠자코 선생님의 다음 말을 기다렸다. 무엇 때문인지 기분이 이상했다.

"맞았어. 같은 대한민국 사람이다. 그런데 지금 같은 대한민국 사람끼리 전쟁이 시작되었어."

"……!?"

아이들은 한꺼번에 눈이 휘둥그레졌다. 전쟁이란 말이 귀를 따갑게 찌른다. 지금 그들의 머릿속엔, 지난 겨울 동안 학교 운동장에서 핫바지를 입은 방위대 아저씨들이 막대기를 메고 훈련을 받던 것이 떠오른다.

이 몸이 죽어서 나라가 선다면
아아 이슬같이 죽겠노라

아이들은 방위대 아저씨들이 부르던 군가를 누구나 외어 부를 줄 알고 있었다. 언젠가 전쟁이 일어날 것을 어른들은 알고 있었던 것이다.

"여러분은 아직 잘 모르겠지만, 같은 대한민국 사람끼리 전쟁을 하게 된 것이 선생님은 슬프지 않을 수 없습니다. 왜 이런 일이 일어나게 되었는가, 앞으로 여러분은 열심히 공부해서 알아내야만 됩니다."

오 선생님은 한참 동안 아이들에게 깊은 뜻이 담긴 말을 했다. 첫째 시간은 송두리째 수업을 못했다. 둘째 시간도 역시 제대로 공부가 되지 않았다. 아이들은 전쟁이라는 말이 이상하게 자꾸 알고 싶고 재미있기도 했다. 총은 어떻게 쏘고, 총알이 어떻게 날아가서 사람이 어떻게 죽는가. 무섭기보다 아슬아슬한 기분이 썩 좋았다.

유종이네 2학년 반에서도 역시 삼팔선과 싸움 이야기였다. 고수머리 이민구 선생님은 고개를 갸웃거리며 깊은 표정이었다. 4학년과는 달리 2학년생들은 한껏 두려운 분위기였다. 아이들은 조용히 앉아서 여느 때와 같은 몸가짐으로 공부했다. 그러나 이민구 선생님은 이따금 가르치던 대목을 잊어버렸는지, 몇 번이고 되풀이 되풀이 생각을 하면서 가르쳤다. 유종이 가지고 온 학급비 5원은 끝내 잊어버렸는지 거두지 않았다.

집으로 돌아온 유종은 사립문에서부터 소리를 질렀다.

"어매애, 선생님이 학급비 받지 않았어."

"도로 갖고 왔단 말이라?"

"홍재수 만냈제, 그제?"

유종은 가지고 온 5원을 내주면서 여간 신이 나 뵈지 않았다. 그렇게 수선을 피우다가 생각난 듯이 말했다.

"어매, 키일났대이. 전쟁이 터졌단다."

"전쟁이 나다니?"

"삼팔선 너머에서 탱꼬가 쳐들어왔단다. 빵빵! 총을 쏘면서."

"머라카노? 탱꼬가 뭔데? 참말로 난리가 났단 말이라?"

"그라이마. 진짜로 났다꼬 선생님이 이바구해 주셨는데, 뭐."

어머니는 봉당 끝에 털썩 주저앉아 말이 없었다.

여름방학이 보름이나 앞당겨 시작되었다. 피난민들이 마을에 한 집, 두 집 불어났다. 처음엔 읍내에서 미리미리 친척들을 찾아 아이들만 오던 것이 7월 중순이 되면서 갑자기 많은 사람들이 봇짐을 이고 지고 나오는 것이었다.

아이들은 낯선 사람들이 자꾸 모여들자 무슨 명절을 맞은 것처럼 즐거웠다. 전쟁이 일어나 총을 쏘고, 사람이 죽고, 집이 불에 타고, 쫓기고 쫓는 일이 있다는 것은 말만 들었을 뿐, 아직은 겪어 보지 못했기 때문이다.

특히 유준이네는 감자농사를 지난해보다 갑절이나 거둬들였고, 배냇소를 먹여 송아지 한 마리를 얻어 왔기 때문에 식구들 모두가 흐뭇해 있었다.

오후만 되면 마을 밖 느티나무 정자에 아이들은 소고삐를 잡고 줄줄이 모여들었다.

"소 잇까리(고삐) 내 잡고 갈게."

유종이 한사코 유준이가 몰고 가는 송아지 고삐를 제가 잡으려 했다.

"띠우만 어얄래. 니 감당할 수 있나?"

유준은 콧등을 찡그리며 얼른 소고삐를 내주지 않는다.

"그라만, 열 발(걸음)쯤만 가다가 싱야 줄꾸마."

"띠우기만 해 봐라. 꿀밤 한 대 먹을 줄 알아라."

유준은 단단히 주의를 줘 놓고 고삐를 유종에게 건네줬다. 유종이 막 고삐를 받아 잡는데 송아지가 폴짝 뛰었다.

"워! 워!"

유종은 고삐를 바짝 여며 쥐고 잡아당겼다. 송아지는 깝신거리며 또 한 번 엉덩이를 흔들더니, 그대로 우르르 달리기 시작했다.

"워이! 워이!"

유종은 두 손으로 고삐를 잡아당겼지만 힘이 달렸다. 그대로 고삐가 손아귀에서 쑥 빠져나갔다. 송아지는 먼짓길을 폴짝폴짝 뛰어가 버린다. 아주 눈 깜짝할 사이만큼 빠른 시간에 그렇게 된 것이다.

"요것아, 띠운다 안 카드나!"

유준이 진짜로 꿀밤 한 대를 유종의 머리에다 되게 먹였다.

"너어미, 너어미 …!"

송아지는 느티나무 정자 쪽 내리막길을 힘껏 내빼고 있다. 느티나무 동산에서 보고 있던 아이들이 우르르 마주 뛰어왔다.

"복식아, 좀 붙잡아 다구."

"너어미, 너어미 …!"

유준과 유종은 마구 송아지 뒤를 쫓아가면서 불러 댄다. 아이들이 쫙 길바닥에 내려와 팔을 벌려 막아섰다. 송아지는 잠깐 멈춰 서는 듯싶더니 아이들을 비켜나서 둔덕 위 조밭으로 뛰어가 버린다.

"어얄로, 밭에 드갔대이."

"너어미, 너어미이!"

"준아, 저쪽 둑으로 가서 막아 서그라."

복식이가 송아지를 따라 조밭으로 뛰어 들어가면서 소리친다.

"너어미, 너어미 …!"

"종아, 니는 저쪽 길에 쌔기 뛰이가아라."

유준은 유종에게 반대쪽으로 가라고 일러 놓고 둑으로 달려갔다.

"너어미, 너어미 …!"

"너어미, 너어미 …!"

송아지는 제 세상을 만난 듯이 조밭을 가로질러, 이번에는 건너편 고추밭으로 뛰어갔다. 그 고추밭을 지나서 다음엔 콩밭으로 달아난다.

열댓 명이나 되는 아이들이 사방팔방으로 흩어져서 송아지를 쫓

앉다.
"너어미, 너미너미너미 …."
"너어미, 너미너미너미 …."
제일 애가 탄 것은 유종이었다. 먼지를 뽀얗게 쓴 얼굴에 땀방울이 줄줄 흘러내렸다. 밭둑으로 달려가다가 찔레 덩굴에 다리를 긁혔다.
(하느님요, 우리 송아지 좀 붙잡아 주이소.)
유종은 마음속으로 간절히 빌면서 젖 먹은 힘을 다해서 달렸다.
"누가 콩밭에 송아지 놨노!"
깜짝 놀라 돌아다보니, 빨래터 가는 언덕배기에 농꼴이 할아버지가 담뱃대를 휘저으며 고함을 지른다.
"콩밭 다 망친다. 쌔기 몰아내라!"
할아버지는 소리소리 지르면서 발을 쾅쾅 구르기도 한다.
"너어미, 너어미 …."
유종은 급했다. 가파른 밭둑길을 헐레벌떡 무작정 뛰다가 그만 돌멩이에 걸렸다. 유종은 곤두박질치듯 넘어졌다.
"와앙!"
유종은 넘어지면서 울음보를 터뜨렸다. 송아지는 그래도 까불까불 신나게 달려간다. 아이들이 콩밭을 가로질러 막아 버리자 저절로 뒤로 돌아섰다. 그러고는 오던 길로 다시 뛰어가더니 느티나무 동산으로 줄곧 쫄랑거리며 갔다. 누가 붙잡은 것도 아니고 제 발로 그렇게 느티나무 밑까지 가더니 털썩 주저앉아 버린다. 거의 스무 마리 가까이 모인 마을 소들이 "음매 음매" 울면서 유준이네 송아지를 반겨 줬다.

그 모양을 바라보던 유준은 그제서야 마음을 놓고 넘어져 울고 있는 유종이한테 뛰어갔다.

"이 맹꽁아, 니가 붙잡고 가다 뱃제 애만 먹었다."

유종의 무릎이 벗겨져 피가 조르르 흐른다.

"흙 발라라. 그라만 얼른 낫는다."

유준은 보드라운 흙가루를 비벼 상처 난 무릎에 솔솔 뿌려 줬다. 그토록 괴롭히는 송아지였지만, 유종은 그래도 귀엽고 사랑스러웠다.

시내미 개울을 거슬러 아이들은 소를 한 줄로 늘어서게 해서 골짜기 깊숙이 들어간다. 미루나무가 죽죽 하늘 닿게 서 있고 그 미루나무 꼭대기에 까치둥지가 걸려 있다. 올해 태어난 새끼 까치들이 서투른 소리로 짹짹 울면서 푸르르 날아다닌다. 그 밑으로 흐르는 골짝물은 맑고 시원했다. 아이들은 건너편 갓재산으로 소를 풀어 놓고 가재잡이를 했다. 꼴망태를 아무렇게나 던져 버리고 우선 실컷 놀다가 꼴을 벨 생각인 것이다. 소는 제 입으로 맛난 풀을 뜯어먹을 테고 송아지는 달아나도 멀리 가지 않기 때문에 안심이다.

"우리나라에 전쟁이 났닥꼬
도우러 왔다 카드라."

"문식아, 나 한 마리 잡았다."

유종이 집게발이 짝짝이인 가재 한 마리를 벌써 잡아 들고 자랑했다.

"피익, 짝발 가잰 맛없어."

문식이 약간 샘티를 내며 곁눈질로 유종이 쳐들어 뵈는 가재를 쳐다봤다.

"맛없어도 좋아. 많이만 잡으만 최고제, 뭐."

"난도 잡았다, 봐!"

문식이 빨갛게 고운 빛깔의 햇가재를 한 마리 잡아 들었다.

"흔튼 물은 나가고 새 물 들온나. 흔튼 물은 나가고 새 물 들온나 …."

유준이는 가재 구멍을 하나 헤쳐 놓고 흙탕물이 가라앉도록 기다리며 중얼거린다. 조금 비껴 선 데서 복식이는 커다란 돌멩이 하나를 들춰 내느라고 끙끙대고 있다.

째액 쨕쨕 쨕쨕 ….

까치들이 쉴 사이 없이 울며 술래잡기라도 하는 듯이 저희들끼리 날아다닌다.

해거름이 거의 될 즈음, 아이들은 잡은 가재를 버드나무 회초리를 꺾어 꿰미를 만들어 기다랗게 꿴다. 버려 뒀던 꼴망태를 찾아가지고, 제각기 꼴을 베기 시작했다. 그 사이, 산에서 풀을 뜯어먹은 소들은 배가 둥둥 불러 있었다.

"꼴멍 내 미고 갈게. 싱야 송아지 끌고 가래이."

유종이 미리부터 겁을 먹고 아예 송아지를 유준이에게 맡겼다.

아이들은 휘파람을 불기도 하고 노래를 흥얼거리기도 하면서, 놀이 곱게 물든 저녁 길을 걸어 내려왔다. 가재 개울을 거의 나왔을 때, 갑자기 비행기 소리가 났다.

"씽씽 …."

빠르게 날아가는 제트기 소리였다. 소리는 바로 머리 위에서 나는데 벌써 몸뚱이는 장 가는 돌고개 너머 정거장 마을까지 날아가고 있다.

"아이고, 간이 떨어질락 칸대이."

"디이기도 쌔기 간다, 그제?"

"저 비행기 호주기라 카드라. 이 대통령님 처가 나라에서 왔닥꼬."

"우리나라에 전쟁이 났닥꼬 도우러 왔다 카드라."

비행기 소리는 잇달아 들렸다. 한 대가 가니까 뒤따라 또 한 대가 날아가고, 모두 네 대였다. 그 네 대의 비행기가 정거장 마을을 한 바퀴 쓰윽 돌더니, 갑자기 아래로 다이빙하듯 머리를 내리꽂았다. 주먹만큼한 빨간 불덩어리가 뒤쪽에서 별똥처럼 주르르 떨어진다.

"……."

아이들은 눈이 휘둥그렇게 되어 모두 말문이 꽉 막혀 버렸다. 그 자리에 발이 붙은 듯 꼼짝할 수 없었다.

꾸르르 꽝! 꽝!

네 대의 비행기가 거꾸로 곤두박질할 때마다 빨간 불덩어리가 떨어지고, 굉장한 소리가 났다.

"난리났대이, 어야노?"

"쌔기쌔기 가자."

아이들은 소고삐를 단단히 잡고 소리를 죽이며 발걸음을 재촉했다. 비행기는 어느덧 네 대가 모두 자취를 감춰 버렸다. 다시 세상은 고요해졌다.

사립문을 들어서는데, 앞마당에 대야 할머니가 커다란 보퉁이를 이고 잔뜩 겁에 질린 듯이 찡그리며 서 있다. 잇달아 금동이네 어머니와 누나가 금동이를 앞세우고 들어왔다.

"어디 가서 숨어야 안 될니껴?"

대야 할머니는 보퉁이를 인 채 마당 가운데서 뺑뺑이를 돌았다. 입술이 파랗게 질려 있는 모습이 겁먹은 엄마쥐 얼굴 같다. 유준이가 송아지를 몰고 들어오자 반가움에 못 견디는 것 같았다.

"유준아, 비행기 다 갔나?"

"막카 갔니더. 남짝으로요."

"용각골로 피난 안 가드나, 모두?"

"안 가요. 아무도 꼼짝 않고 있어요."

"애이고, 세상 다 됐는갑대이."

대야 할머니는 그대로 보퉁이를 머리에 인 채 엉거주춤 여럿을 둘러봤다.

"달래골댁은 어얄래?"
할머니는 금동이네 어머니를 쳐다봤다.
"우리사 젊으니깐 괜찮지만, 할매는 진작 어디 가서 살아야제요."
"아이고, 내사 나이 많아 그른동 겁이 나서 죽을대이."
유준이 아버지가 송아지를 외양간에 들여다 매었다.
"할매요, 좀 주눅히 계시이소. 금방 죽을 것 같지는 않으니께요."
아버지는 대야 할머니의 어깨를 부축해서 앞마당 멍석에 모셔다 앉혔다. 유준이네 어머니가 머리에 얹힌 보퉁이를 받아 내렸다. 모두 멍석자리에 둘러앉았다.
"읍내 사람들이 오늘도 동쪽 마실에 많이 왔는갑대요."
금동이네 어머니 달래골댁이 걱정어린 얼굴을 들고 말했다.
"하지만, 그다지 위급지 않는 모양이대요. 모두 이바구하는 투가."
유준이네 어머니 남동댁이 가라앉은 말씨로 여럿을 안심시켰다. 비행기 소리는 두 번 다시 나지 않았다.
"우리도 얼른 피난 갔으면 좋겠다, 그지?"
유종이 엉뚱한 것을 유준에게 대고 말했다.
"그래. 읍내에서 온 아아들 보니까, 굉장히 재미있어 보이던걸."
유준이도 잔뜩 호기심이 생겼다. 조금 아까 겪었던 폭격이 아슬아슬하면서 무척 마음이 끌리는 것이었다. 그리고 읍내에서 온 아이들은 가지고 온 곤충채집 나비채와 낚싯대를 들고 다니며 하루 종일 신나게 놀고 있기 때문이다. 피난 온 것이 아니고 놀러 온 것처럼 보였다.

　과연 마을 어귀의 화순이네는 읍내 사촌들이 셋이나 와서 활개를 치며 묵고 있었다. 옷차림도 깨끗한 그 아이들은 시골 아이들과는 잘 어울리지 않았다.

　"너어 집에 놀러 온 아아들 참 멋쟁이제?"

　유종이 한 번은 화순이한테 떠 봤다.

　"우리 큰집 오빠들하고 언니야."

　화순이는 좀 으스대는 투로 가르쳐 준다.

　"높은 학교 댕기나?"

　"그래. 큰오빠는 중학교 댕기고, 언니는 국민학교 6학년이다."

　"너어 집에 상구 있니?"

　"안죽 어얄동 모른다."

　화순이는 그 오빠하고 언니한테 졸졸 따라다니며 유종과는 놀지 않았다. 유종도 그 애들과 함께 놀아 보고 싶어도 한 번도 불러 주지 않는다. 이 편에서 먼저 말을 걸어 보고 싶어도 쑥스러워 망설이기만 하다가 말았다.

　정거장 마을에 폭격이 있던 사흘 만에 드디어 유종이네 마을에도 전쟁이 들이닥쳤다. 철모를 쓴 헌병이 새벽녘에 찾아와 피난을 가라고 일러 준 것이다.

피난길

하늘은 푸르고 바람도 맑았다. 강 건너 언덕 저쪽 역마을 지붕들이 아지랑이 속에 반짝거린다. '우보'라는 기차 정거장 건너편 강변에 짐을 풀고 식구들은 지친 몸을 쉬었다. 아카시아 울타리가 둘러쳐 있고, 울타리 안엔 사과나무가 많은 풋열매를 달고 있었다. 홍옥은 한쪽 귀퉁이가 자줏빛으로 물들어 새큼한 맛이 나고 국광도 제법 굵다.

울타리 밖 띄엄띄엄 서 있는 밤나무 밑에 한 집씩 홑이불 천막을 쳤다. 종갑이네는 맨 아래쪽이고 가운데가 금동이네였다. 유종이네랑 세 집 식구들은 이렇게 함께 피난길에 나서게 되었다. 유종이네와 금동이네는 앞뒷집이어서 그랬고, 종갑이네는 종갑이가 금동이랑 한사코 함께 붙어다니느라 그렇게 된 것이다.

우보까지 오는 데 꼭 나흘이 걸렸다. 나흘 동안 사람들은 지칠 만큼 지쳐 버렸다. 고향집에서 떠날 때 가지고 온 봇짐은 반으로 줄어 버렸고, 유준이네는 송아지를 잃어버렸다. 정말 피난이라는 것, 전쟁이라는 것이 얼마나 무섭고 고달픈가를 나흘 동안 다 겪어 버린 것 같다.

처음 집을 나설 땐 그렇지 않았다.

종갑이네 할머니는 네 가마니 수북수북 담아 놓은 보리가 가장 소중했다. 모처럼 보리 풍년을 맞아 거둬들인 양식을 고스란히 두고 쫓겨 가야 하는 것이 억울했지만,

"너무 걱정 말게, 며칠 나갔다가 쉬 돌아올끼니까."

하시는 할아버지 말씀에 마음이 좀 놓였다. 뜰에 놓인 싸리비까지 헛간에 넣고 방문을 잠그고 집을 나섰다.

종갑이가 앞장서서 동네 사람들의 틈에 끼여 이리골 고개를 향해 걸었다. 남쪽으로 무작정 가면 되는 것이다. 조금 갔다가 곧 돌아올 것이라는 생각들이다. 그래서 모두 한가로운 걸음걸이다. 부채로 설렁설렁 바람을 일으키며 걷는 뚱보 아주머니도 있고, 짐 실은 우차에 올라타고 꾸벅꾸벅 졸며 가는 아저씨도 있다.

시냇물을 거슬러 올라가는 방천둑길을 가는데, 얼핏 금동이 모습이 종갑이의 눈에 들어왔다. 종갑은 반가웠다.

"금동아아!"

"소도 버리고 가시오! 이 다리 위론 사람밖에 통과하지 못하오!"
고삐를 풀어 놓은 소들이 언덕 아래로 떠밀려 내려갔다.

소리 질러 불렀다. 금아 누나와 손을 붙잡고 앞서 가던 금동이가 돌아다봤다.

"종갑아아!"

금동이는 좋아서 팔짝팔짝 뛴다.

"같이 가자아!"

종갑은 사람들의 몸을 헤치며 달려갔다.

"갑아, 다친다. 천천히 가자."

할머니가 조금 빠른 걸음으로 종갑의 뒤를 따라가면서 주의를 준다. 종갑은 못 들은 척 뛰어가 금동이 손을 꼭 잡았다. 괜히 싱글벙글 웃음이 나온다. 피난이라는 것이 무척 즐겁다.

논들에는 벼가 한창 무성히 자라고 있다. 꼬불꼬불 시골길에 줄지어 걸어가는 사람들은 소풍이라도 가는 기분이었다.

"재밌다, 그지?"

금동이는 까불까불 뜀질걸음으로 춤추듯 걸으며 말했다.

"맨날맨날 이렇게 걸었으면 좋겠다."

몇 걸음 앞에 워낭 소리를 딸랑딸랑 울리며 송아지를 몰고 가는 유준이 형제도 신 나는 걸음걸이다. 유준이네 아버지 등에 얹힌 짐이 무거워 보이고, 금아와 달래골댁, 남동댁 머리에 얹힌 보따리가 힘들어 뵈는 것이 좀 언짢다. 어른들은 한결같이 힘겨운 짐을 그렇게 지거나 이고 간다.

그러나, 아이들은 이리재 위에 닿을 때까지 조금도 고달프지 않앉다. 콧노래를 부르기도 하고, 재잘재잘 얘기도 했다.

고개 마루턱에서 많은 사람들은 짐을 내려 놓고 흩어져 앉아 쉬었다. 찐 감자를 바가지째 내놓고 먹고 있는 식구들도 있고, 밀부꾸미를 풀어 놓고 맛나게 먹는 이들도 있었다.

"엄마, 우리도 떡 먹자."

유종이 어머니께 졸랐다. 남동댁은 이고 온 보퉁이에서 양푼을 꺼냈다. 밀자라떡이 수북이 담겨 있다.

"금동아, 종갑아, 너어도 와서 같이 먹어라."

금아가 골짜기에 내려가 쪽박에 샘물을 가득 길어 왔다.

"동례 어른들도 이리로 오이소."

종갑이네 할아버지, 할머니까지 셋 집 식구들이 둘러앉아 떡을 먹었다. 꼭 소풍 나와서 먹는 점심처럼.

해거름이 되어 산길을 내려와서 의성 지방 어느 강변에서 잠을 자기로 했다. 웅성대던 피난민들이 조용히 잠들자, 강변은 밤바람을 타고 오싹한 기분이 들 만큼 무서웠다.

갑자기 사방이 왁자하니 시끄럽게 떠드는 바람에 종갑이와 금동이도 눈을 떴다.

"유종아, 일나거라. 쌔기 가야 된대이."

남동댁은 유준이와 유종을 흔들어 깨웠다. 깊은 잠에 들었던 형제는 어리둥절 눈을 비비며 일어나 앉았다.

"호르르르 호르르 …!"

시끄럽게 호루라기 소리가 나고 총을 멘 헌병 아저씨들이 고함을 친다.

"후퇴! 후퇴!"

아이들은 졸지에 간이 콩알만큼 오그라드는 듯했다.

"싱야, 손 붙잡고 가자."

유종은 유준의 손을 잡고 후들후들 떤다. 유준이도 역시 심상치 않은 분위기에 잔뜩 겁이 났다. 송아지 고삐를 단단히 잡았다.

어느새 한길은 빈틈없는 사람들의 물결로 꽉 찼다. 그 한복판을 뚫고 군용 트럭이 환한 불빛을 뿜으며 달려갔다. 트럭은 잇달아 자꾸자꾸 북쪽 산모퉁이를 돌아 나온다. 수레를 끄는 소가 깜짝깜짝 놀라 우르르 몇 걸음 달리다가 겨우 멈추기도 했다. 먼지가 일어나고 여기저기 사람 찾는 소리가 가슴을 졸이며 어둠 속에서 메아리친다.

종갑이는 숨이 찼다. 금동이도 마찬가지다. 소풍처럼 즐겁던 피난길이 이제서야 그 본색을 드러내어 어디까지나 어디까지나 무서운 불길 속으로 몰고 가는 것만 같았다.

시간이 흐를수록 사람들은 점점 불어났다. 비좁은 다리 위에까지 왔다. 거기서 사람들의 물결은 잠깐씩 멎어야 했다. 행진을 방해하는 소달구지를 버리도록 명령이 내려졌다. 사람들의 울음소리가 하늘을 찌를 듯이 높이 울렸다.

철버덩철버덩 짐짝들이 냇물에 던져졌다.

"소도 버리고 가시오! 이 다리 위론 사람밖에 통과하지 못하오!"
헌병의 날카로운 목소리가 아우성치는 사람들 속에서 울려퍼졌다. 고삐를 풀어 놓은 소들이 언덕 아래로 떠밀려 내려갔다.
"움머어어!"
"움머어어!"
어둠 속에서 갑자기 주인을 잃은 소들이 울부짖었다.
송아지 고삐를 꼭 잡고 걷던 유준은 왈칵 불안이 온몸을 얼어붙게 했다.
"아부지, 어야니껑?"
"가만 있거라. 잇가리 이리 다고."
아버지는 유준의 손에서 소고삐를 받아 쥐었다.
"어얄라꼬요?"
유준이 어머니가 걱정스레 물었다.
"아부지, 송아지 내삐리지 마이소."
유준은 어떤 일이 있어도 송아지를 버려서는 안 된다고 생각했다. 동생 유종과 함께, 만 2년 동안 고생하면서 기른 배냇소한테서 가까스로 새끼 한 마리를 얻어 낸 것이다. 유준네 아버지는 송아지를 끌고 언덕 아래로 막 내려가려고 했다. 그때였다.
"누구얏!"
고함 소리와 함께 키 큰 헌병이 아버지 앞을 가로막는다.
"선생님, 용서해 주이소. 송아지 제발 살리 주이소."

"건방진 자식! 송아지 안 버리면 총살이야!"

헌병은 총구멍을 유준네 아버지 가슴 앞에 들이댄다. 아직도 새파란 청년이다. 전쟁마당에선 어른 아이도 없다. 사느냐 죽느냐 오직 하나만을 택할 뿐이다.

유준네 아버지는 송아지 고삐를 놓았다. 헌병이 송아지의 엉덩이를 걷어찼다.

"옴매애애 …."

송아지는 울면서 어둠 속 언덕 밑으로 굴러 내려갔다.

사과나무밭 울타리 가에 짐을 풀던 날은 피난민들이 모두 어디로 흩어졌는지 드문드문 보일 뿐이다. 갑자기 후퇴했다가도 주춤해지기도 하는 것이 전쟁이다. 꼭 아이들의 싸움 같다. 맞기도 하고 두들기기도 하면서 서로가 손해만 본다. 한 가지 다른 것은, 전쟁은 상대편을 때리는 것만 아니라 꼭 죽여야만 하는 것이다.

아직 초저녁인데 쪽박 같은 반달이 사과나무 가지보다 훨씬 높이 떠 있다. 홑이불 천막이 너무 작아 유종이가 누워도 유준이가 누워도 구부리지 않고는 목이 바깥으로 나온다. 아버지는 아예 천막 밖에서 잠이 들었다. 유종이 형제는 다리를 쭈욱 뻗고 목을 내어 하늘을 쳐다보고 있다. 둘이 나란히 누워서 말이 없다. 고향집 앞마당에 누워서 모깃불을 피워 놓고 지내던 일이 까마득한 옛날 일 같다. 둘은 누워서 제각기 생각에 잠겨 있었다. 유준은 역시 버리고 온 송아지 생각을 하고 있었고 유종은 고향집에 두고 온 병아리 생각을 했다. 뒷집 대야 할머니한테 텃밭을 저질러 놓는다고 야단을 맞아 가면서 돌봐 온 아홉 마리의 병아리를 그냥 두고 온 것이다. 어미닭은 장에 내다 팔았지만 병아리들은 아직 팔 수도 없고 잡아먹지도 못할 만큼 어중간했다. 그래 한데 모아 모이를 수북이 주어 놓고 와 버린 것이다. 둥지 문을 열어 놓은 채,

"꼬꼬야, 해 지거든 여기 들어가 자고 싸우지 말고 잘 있거래이."

하고 일렀다. 병아리들은 아무것도 모르고 모이를 쪼아먹고 있었다. 날개가 속속 나고 볏도 돋아나고, 제법 유종이 두 주먹 합친 것만큼 크기도 했다. 금동이네 담모퉁이를 돌아 나올 때까지 삐요삐요 소리가 들렸었다. 그 삐요삐요 울음소리가 홑이불 천막에 누워 있는 지금도 유종의 귀에 쟁쟁 들리는 듯했다. 한데 모여 모이를 쪼아먹는 모습도 환히 보인다. 유종은 눈을 감은 채 유준에게 말했다.

"싱야, 삐아리 둥주리 문을 안 닫고 자면 쪽제비 와서 물어 갔삐마 어야노?"

"깟거, 삐아리사 물어 가마 어뜻노."

유준의 대답이 퉁명스러웠다.

"머락꼬, 그라마 싱야는 삐아리 저꺼짐 두고 왔는 거 불쌍치 않나?"

"삐아리사 머가 불쌍노, 내사 송아지 내삐린 기 더 불쌍타."

"싱야는 송아지배끼 모오드라."

"그래, 내사 송아지배끼 모온다."

"내사 송아지보다 삐아리가 더 불쌍타 뭐."

"내사 송아지가 더 불쌍타."

"어야끼네 그렇노? 삐아리는 쪼맨해서 먼 데도 못 가끼네 불쌍치."

"삐아리사 집에 있으끼네 괜찮지만, 송아지는 낯모르는 데 내삐리고 왔으끼네 불쌍치 뭐."

"암만 캐도 삐아리가 더 불쌍타."

"암만 암만 캐도 송아지가 더 불쌍타."

"삐아리가 불쌍타."

"송아지가 불쌍타."

"삐아리가 불쌍타 삐아리가 불쌍타 삐아리가 ….”

"송아지가 불쌍타 송아지가 불쌍타 송아지가 ….”

둘은 다투어 빨리 말하기 내기라도 하는 것처럼 지지 않고 지껄여 대었다. 어두워 보이지 않는 둘의 눈에 눈물이 그렁그렁 괴기 시작했다. 유종이 그만 반대쪽으로 돌아누우며 덮고 있던 홑이불 자락으로 얼굴을 가리며 왈칵 흐느껴 울고 말았다.

별똥 하나가 남쪽 하늘로 죽 금 긋고 날아갔다. 산들바람이 불었다.

금동이네 천막에서도 식구들 모두가 생각에 잠겨 있었다. 어머니와 누나 사이에 누워 금동이는 어머니 젖꼭지를 만졌다. 아직도 금동이는 어머니 젖꼭지를 만지는 버릇이 있었다.

유종이가 두고 온 병아리 생각을 하면서 울고 있듯이, 금동이도 새끼줄에 매어 놓고 온 복실이 생각을 했다. 금아 시집갈 때 잡으려고 먹이던 새끼 돼지는 헐값에 팔았지만, 강아지는 팔 수 없었다. 개라면 재수가 없어 난리통에 잡아먹지도 못하고 팔지도 못한다는 것이다.

"어매이, 복실이도 뎁고 가재이."

"그거는 안 된다. 금방 갔다가 올끼이까네 새끼줄에 매 두자. 어예이?"

"배골코 죽었쁘마 어야노?"

"괜찮다. 밥 한 옹가지(옹배기) 줘 놓고 가마 된다."

결국 복실이는 길게 길게 새끼줄에 매어 놓고 옹배기에 밥을 담아 놓고 왔다.

"복실아, 집 잘 보고 있거래이. 한 밤이나 두 밤만 자면 돌아온대이."

머리를 쓸어 주니까 복실이는 앉아서 꼬리를 마구 휘젓는다. 싸리비로 마당을 쓸 듯이 똥구멍 쪽 둘레가 걸레 닦아 내듯 깨끗해진다. 사립문을 영 나와 버릴 때까지 복실이는 갸우뚱갸우뚱하면서 착하게 앉아 있었다.

(벌씨로 네 밤 지났는데, 복실이는 배가 고파 죽었을지 모른다.)

금동이는 어머니 젖꼭지를 만적거리며 가슴이 탔다.

어머니는 몹시 고단한지 잠이 들어 있었다. 그때, 뒤쪽에서 보시락거리는 소리가 나더니 금아 누나가 살며시 일어났다. 금동이는 모른 척 가만히 있었다. 금아는 일어나 조용조용 어디론지 가고 있었다.

(오줌 누러 가는갑제.)

금동이는 누나가 돌아오기를 기다렸다. 그러나 금아는 좀처럼 돌아오지 않았다. 금동이는 궁금증이 났다. 기다리고만 있을 수 없어 일어났다. 사방을 두루두루 살폈다. 달이 밝았기 때문에 이내 금아의 모습을 찾아내었다. 금아는 강변 하얀 모래밭에 오도카니 앉아 있었다. 금동이는 살금살금 다가갔다. 바로 등 뒤에 다가섰는데도 금아는 모르고 있다. 그토록 무엇엔가 골똘하고 있었기 때문이다.

"누부야."

흠칫 놀라 금아가 돌아본다.

"누부야, 여기서 뭘 했노?"

"하도 더워서 바람 쐬러 왔제."

"참말?"

"참말이잖고. 금 니는 뭐하러 왔노?"

금아는 제 옆에 금동이를 나란히 앉혔다.

"나, 누부야한테 이바구할라꼬 왔어. 잠이 암만암만 있어도 안 오는걸. 우리 집하고, 유종이네 집하고, 대야 할매네 집하고 생각하고 있었어."

"집에 가고 싶제?"

"응, 복실이 안죽도 살아 있을라? 굶어서 죽었비지 안 했을라?"

"복실이 안 죽었다. 개는 사람하고 달라서 꾀가 많아 오래오래 산다 카드라."

"암것도 안 먹어도?"

"배고프마 뭐든지 찾아 먹을끼다."

"새끼로 묶어 놨는데도?"

"까짓거 새끼 같은 거 금방 끊어 부리제 뭐. 정지에든 방깐에든 가서 찾아 먹고 살끼다."

금동이는 걱정이 싹 가시어진다. 어쩌면 복실이는 용감하게 날감자든, 보릿겨든 먹으면서 금동이가 돌아갈 때까지 집을 지키며 살아 있을 거라 믿어진다.

"아, 인제 마음 푹 놓인다."

달빛도 희고 강변도 희고 물빛도 희다. 거기 앉아 있는 금아의 얼굴빛도 유난히 희었다. 금동이는 누나의 얼굴을 쳐다봤다.

"누부야도 집 생각 했나?"

"으응, 그래."

"참말?"

"그럼?"

"거짓말. 난, 다 안다."

"……."

"새 형님 생각하고 있었제, 그제?"

"새 형님이라니?"

"어매가 글케 불러라 캤어. 누부야캉 미약 먹은 오씨 총각보고 새 형님이라 불러라 캤어."

"……."

금아는 잠자코 말이 없었다.

"그렇제? 새 형님 생각하고 있었제, 응?"

"……."

"피난 왔지만 어디 있는공 궁금하고 걱정도 되고 …."

"……."

"자꾸자꾸 피난을 가다가 전쟁도 끝이 안 나면 죽을 때까지 못 만날끼라고 걱정하는 거제. 이 시상에서 누구든 제 신랑이 제일 소중타 카드라 …."

"……."

금동이는 혼자서 자꾸 지껄이다가 갑자기 말을 멈추었다. 어느새 금아의 하얀 볼 위로 소리없이 두 줄기 눈물이 흘러내리고 있었기 때문이다.

사과 도둑들

사과밭 주인은 젊은 대학생이었다. 집은 마을에 있고, 조그만 한 칸짜리 원두막 같은 농막이 사과밭 한가운데 우뚝 세워져 있다. 다락을 높이 쌓아 올렸기 때문에 꼭 이층집 같다. 주인은 식사 때마다 사과밭을 비웠다. 집에까지 가서 밥을 먹는 모양이다. 하루가 지나자, 유준이네와 훨씬 가까워졌다.

대학생 주인은 사과 몇 개를 따서 울타리 너머로 넘겨 주면서,
"거기 계실 동안 우리 사과밭 좀 지켜 주십시오." 했다.

종갑이네 할아버지를 보면서 진정으로 부탁하는 듯이 말했다. 그러나 그건 진정이 아니었다. 개구쟁이처럼 보이는 꼬마들이 혹시나 틈을 타서 사과밭을 침입해 들어올까 봐서 미리 선수를 치는 것이다.

그러나 아이들은 귀가 솔깃해지며 기분이 좋았다. 아예 자기들이 사과밭 주인이나 된 것처럼 우쭐했다. 풋사과 몇 알씩을 얻어먹고

나서, 그 고마움 때문이기도 했다.

　종일 사과밭 근처를 떠나지 않고, 울타리를 왔다 갔다 하면서 도둑이 올까 봐 지켜봤다. 밤나무에 올라가 매미를 잡아 호주머니에 몇 시간이고 넣어 뒀다가 날려 보내 주기도 하고, 이따금 모래밭에서 씨름도 했다.

　금동이와 종갑이 씨름을 하면 으레 종갑이가 이겼다. 몇 번 지고 난 뒤부터 금동이는 씨름을 하려 들지 않았다.

　종갑이네 할아버지는 손자가 대견했다. 대신 달래골댁은 속으로 퍽 언짢은 모양이다.

　"우리 금동인 생일이 늦어서 종갑이한테 기운이 딸려 그르이더. 금동이 생일은 섣달 그믐날이시더."

　"그래서 지는갑다. 우리 종갑이는 유월이니까 꼭 반 년 먼저 났 그덩요."

　할머니는 어쨌든 종갑이가 대견했다. 조그맣고 곱살하게 생긴 금동이에 비하면 종갑은 훨씬 튼튼했다. 지난봄엔 영양실조로 앓아 눕기까지 했지만, 먹을 것만 있으면 종갑은 탈 없이 잘 놀았다.

　저녁 해거름이 되면 사과밭 주인이 유준이네 천막 근처로 놀러 왔다.

　"댁은 장가 들었니껑?"

　남동댁이 넌지시 물었다. 종갑이네 할아버지 할머니, 그리고 유준이 아버지도, 달래골댁도 호기심이 부쩍 나서 대학생 쪽을 쳐다봤다. 뒤쪽에 앉은 금아도 잠자코 귀를 기울였다.

대학생은 약간 얼굴을 붉히는 듯했다.

"아직 약혼만 하고 혼례는 치르지 않았습니다."

모두들 귀담아듣고 있는데,

"아저씨, 금아 누부야하고 꼭같네요."

유종이 별안간 큰 소리로 말했다.

대학생은 눈을 부리부리 뜨고 금아를 건너다봤다. 금아는 다소곳이 돌아앉아 버린다. 모두 한바탕 웃었다.

금아는 머리가 어지러웠다. 약혼날 한 번 보고 난 오정식이란 청년이 불쑥 떠오른다. 그도 지금 피난길에 있을 텐데 어디쯤에 어떻게 있는지 드러내어 놓고 물어보지도, 찾아보지도 못한다. 이젠 남편이나 다름없는 사람이다. 그래서 이토록 잠시도 잊을 수 없는 것일까? 금아로서도 이상했다. 낯선 청년이 지나가면 자신도 모르게 쳐다보게 되고, 쳐다보고 난 다음에 한숨이 흘러 나온다. 눈만 감으면 온통 오정식의 얼굴이다. 그의 목소리가 어디서 들리는 듯하기도 하고 바스락 소리만 나도 그가 걸어오는 발자국 소리만 같다.

조용한 밤이면 잠이 오지 않는다. 왠지 외롭다. 어머니가 계시고 동생 금동이가 곁에 누워 있는데도 텅 빈 세상에 혼자 있는 것만 같다. 그게 모두가 오정식이 때문이다.

(정식 씨 ….)

금아는 입속으로 불러 본다. 자신도 모르게 중얼거리곤 하는 것이다. 못 견디게 보고 싶어지면 가만 있을 수 없게 된다.

엊저녁만 해도 아무도 몰래 잠자리에서 빠져나갔다가 금동이한테 들켜 눈물까지 보이고 말았다.

이런 금아의 마음을 알고 있다는 듯 유준이네 아버지가 입을 열었다.

"삼밭골 오 총각은 걱정도 안 되나? 색시를 이런 난리판에 혼자 떼어 놓고 찾지도 않는걸."

"애이고 어른요, 무슨 말씀이껴. 이런 북새통에 찾아본들 그리 쉬울리껴."

달래골댁은 사위 될 오정식이 오히려 궁금하고 걱정이다. 이럴 줄 알았으면 피난 나오기 전에 찾아가 보고 함께 떠나올 것을 미처 생각하지 못한 것이 후회된다. 온통 신작로가 비좁도록 끊이지 않고 밀려 나오는 피난민들의 줄을 보면 쉬 전쟁은 끝날 것도 같지 않다.

"그래 학생은 색시가 가까운 데 있나요?"

달래골댁은 대학생에게 물었다.

"아아뇨. 서울에 있지요. 지금쯤 피난을 나왔는지, 서울에 그냥 있는지 알 수도 없답니다."

"우짜노? 쯧쯧 …."

남동댁과 달래골댁이 함께 혀를 찼다.

"걱정한다고 무슨 해결이 나나요. 죽지 않으면 만날 수 있지 않겠어요?"

"학생 말이 맞니더. 우리 금아도 혼인할 총각이 어디 있는지 심히 걱정이시더."

금아는 잠자코 적삼 앞섶을 매만지며 듣고만 있었다.

유종이 금아 누나 곁에 무릎걸음으로 다가갔다.

"금아 누부야 걱정 안 돼?"

"……."

금아는 대답 않고 유종의 무릎을 가볍게 꼬집는다.

"왜 그래?"

"가만 있거라."

금아는 눈을 흘겨 보인다.

유종은 입을 다물었다. 아무 말을 않는 금아 역시 마음으로 걱정하고 있다는 것을 알 수 있었다.

저녁때 소나기가 한 차례 내렸다.

각자가 자기들의 홑이불 천막 속에서 쭈그리고 앉아 비를 피했다. 그러나 워낙 얇은 무명 홑이불인지라 빗물이 새어 들어왔다. 홑이불에 고였다가 새어 든 빗물은 빗방울보다 더 굵었다.

간신히 비를 피하고 나니, 가까스로 소나기가 그친다. 축축하게 젖은 옷을 강변에 널었다.

사과밭 옆에서 지낸 지 사흘째였다. 갑자기 주위가 소란해졌다. 신작로를 지나가는 피난민 행렬이 갑절로 불어났다. 밀고 밀리던 많은 사람들이 신작로를 비껴 나와 논두렁, 밭두렁 길로 걸었다. 어쨌든 남으로만 가면 된다는 생각에서, 아예 산길로 걸어가는 사람들도 많았다.

 유준이네 식구들도 홑이불 천막을 걷고 짐을 챙겼다. 떠날 준비를 서두르고 있는데 한 떼의 피난민들이 사과밭으로 와아 몰려왔다. 더위에 시달려, 앞 젖가슴을 활짝 드러낸 뚱뚱한 아주머니 한 분이 망설이지도 않고 울타리를 헤치고 사과밭으로 뛰어든다. 뒤이어 남자, 여자, 아이들 할 것 없이 어느새 사과밭은 장마당처럼 사람이 빽빽해졌다.

 몸뻬를 벗어 자루처럼 두 가랑이 끝을 묶어 맨 아주머니는 아예 속옷바람으로 사과나무에 올라 닥치는 대로 따 넣고 있다. 한 사람이 그러자, 너도나도 웃저고리랑 바지를 벗어 자루를 만들어 새파란 사과를 모질스럽게 훑어 담는다.

 마침 주인 대학생은 집에 가고 잠시 사과밭을 비운 사이다.

 "보이소, 왜 남우 능금밭에 함부로 들어가시오!"

 유준이네 아버지가 한마디 소리 질렀다. 아무도 들은 척하지 않는다.

 "보이소들, 밭에서 나오시오!"

 다시 한번 소리 질러 말하는데, 가까이에 있던 키가 작달막한 남자 하나가 돌아본다.

 "전쟁이 곧 들이닥치는데 누가 이 사과밭만 지키고 있을라오. 배고파 죽겠는데 따먹어야겠소!"

"전쟁이 곧 들이닥치는데 누가 이 사과밭만 지키고 있을라오. 배고파 죽겠는데 따먹어야겠소!"

그 남자의 목소리도 꽤나 우렁찼다.

사과 도둑을 지켜 주겠다던 유준이네 아이들은 눈만 휘둥그레졌을 뿐, 아예 말 한마디 나오지 않는다. 그보다도 가만히 보고만 있던 그들은 이런 판에 남에게만 다 뺏겨서는 안 되겠다는 생각이 문득 들었다. 과연 전쟁이 곧 들이닥치는데, 사과밭인들 무사할 까닭이 없다. 이런 땐 어쩔 수 없이 모두가 도둑이 된다.

종갑이네 할아버지만 자기들 짐짝 곁에 남겨 놓고, 할머니랑, 어머니들이랑, 아이들은 우우 사과밭으로 들어갔다. 아까 큰 소리로 말리던 유준이네 아버지까지 들어갔다.

유종인 신이 났다. 그렇지 않아도 그동안 울타리 밖에서 군침만 삼키던 사과를 누구 덕택인지는 모르지만 따 가질 수 있게 되었기 때문이다.

"내 올라가서 따 니룰게 받아래이."

유준이가 잽싸게 나무 위로 올라갔다. 금동이와 종갑이는 보자기를 펴 놓고 떨어지는 사과를 주워 담는다. 유준이 가지째 흔들어 대니 후드둑후드둑 사과는 쉽게 떨어진다.

"아쿠쿠, 대가리야!"

금동이가 머리를 싸잡았다.

"빨리빨리 줍자."

종갑이는 헐레벌떡 바쁘게 줍는다. 온몸에 땀이 줄줄 흐른다.

한창 사과밭이 수라장이 되어 있는데 저쪽에서 주인 대학생이 헐레벌떡 달려오는 모습이 보인다.

"싱야, 큰일났대이! 주인 아재씨 온다."

아이들은 찔끔 놀라 잠시 놀리던 손을 멈추었다. 나무에 올라갔던 유준이 바쁘게 내려오느라 발을 헛디뎌 땅에 굴러떨어졌다. 그러나 유준은 재빨리 일어난다. 잔뜩 겁이 났기 때문에 아픈 건 통 모른다.

주인 대학생은 사과밭에 들어서자 우뚝 그 자리에 서 버렸다. 너무도 기막힌 장면이기 때문이다. 이게 전쟁이다. 살기 위해서 짐승처럼 아귀다툼을 하는 사람들, 사람들 ….

조금 아까까지만 해도 탐스러운 푸른 열매를 달고 밝은 햇빛에 반들거리며 살찌우던 사과들을, 모르는 사람들에게 **빼앗겨** 버렸다. 어쩔 수 없는 일이다.

살기 위해 전쟁을 피해 온 사람들이다. 전쟁은 피했지만 먹을 것이 없으니 도둑질이라도 해야 된다. 이런 판에 착하게 살기 위해 그대로 굶어죽는다면 그보다 더 어리석은 짓은 없다. 어차피 누가 먹어도 먹어야 되고, 누구에게 먹히든지 먹히는 건 마찬가지다. 다만 사과밭 주인으로선 피땀 흘려 가꾼 대가를 받지 못한 것이 섭섭할 뿐이다. 참으로 억울한 노릇이다.

벌 떼처럼 들이닥친 사과 도둑들은, 이런 주인의 마음엔 아랑곳 없다. 한 알의 사과라도 더 따 가지고 가는 것이 지금 봐서는 가장 지혜로운 짓이다.

사과나무 가지가 꺾여지고 사과나무 밑에 심어 놓은 땅콩 덩굴이 망가져도 아랑곳 않는다. 바짓가랑이랑 몸뻬 가랑이로 만든 임시 자루의 아구까지 차자 사람들은 사과밭에서 나갔다.
 유준이네 아이들은 농막 곁에 서 있는 주인을 힐끗힐끗 쳐다보면서 사과 보자기를 가지고 나왔다.
 폭풍우가 지나간 것 같은 사과밭은 보기만 해도 쓸쓸했다. 총알이 빗발치는 전쟁마당은 어떨지? 먼 곳에서 쿵쿵 울리는 대포 소리가 아이들의 가슴으로 들려왔다.
 "우리도 어서 떠나자."
 종갑이네 할아버지는 벌써 보퉁이를 지고 일어섰다. 따온 사과 때문에 짐이 갑절이나 무거워졌다.
 금동이도 종갑이도 한짐 잔뜩 짊어지고 걸었다.
 "마침 식량이 떨어질 지경이라서 걱정이 되디이 잘됐제요?"
 "그르이더. 하늘이 무너져도 솟아날 굼기 있다드니 옛말이 맞니더."
 어머니들이 뒤에서 걸으며 주고받는 말이었다. 사과만으로도 며칠 동안은 살아날 것이다. 참으로 다행한 일이다.
 그러나 아이들은 그렇지 않았다.
 "사과밭 쥔 아재씨 가엾다."
 금동이가 사과 자루를 지고 끙끙거리며 말했다.
 "우리가 지켜 준다 해 놓고 같이 도둑질 했제?"
 종갑이도 가슴에 무언가 콕 찌르는 것만 같았다.

"싱야, 우리 모두 나쁘다. 그제?"

유종이도 한마디 했다.

"우리만 안 딴다고 사과밭이 쪼매라도 붙어난다 카마 나도 안 땄을끼다. 그치만 그렇지 않는걸."

유준은 이리저리 생각을 맞추어 잘한 것처럼 내세웠다.

"그건 핑계야."

"유준이 싱야는 꼭 심뽀 나쁜 어른 같다."

"내사 뭐라뭐라해도 나쁘다고 생각해."

유종과 금동이와 종갑이 한마디씩 했다.

한참 걸어가다가 아이들은 뒤를 돌아다봤다. 사과밭이 가물가물 멀리 보인다. 그들은 똑같이 대학생 아저씨를 생각했다. 대낮에 덮친 날도둑 같은 사람들에게 숫제 고함 한 번 질러 보지 못하고 깡그리 도둑을 맞아야 했던 모습이 왠지 자꾸만 켕긴다.

먼 곳에선 연달아 대포 소리가 울렸다.

살기 위해서 총을 쏘고 대포를 쏴서 사람을 죽이는 것이 전쟁이다. 그 총탄을 피해 살기 위해 달아나면서 남의 것을 빼앗아 가지는 것도 전쟁이다.

뜨거운 햇볕은 금방이라도 사람들을 태워 죽일 듯이 들이쬔다. 쫓겨 가는 사람들은 높은 사람도 낮은 사람도 없다. 착한 사람도 잘난 사람도 없다.

"종갑아, 다리 아프제?"

금동이가 비틀거리며 앞서 가는 종갑이에게 말했다.
"아파도 참아야제. 그지, 종아?"
"응, 참아야 돼. 안죽도 어디까지 걸어가야만 될낀데, 뭐."
"우리 영차 영차 할까?"
"그래그래."
아이들은 소리를 합해 힘을 북돋우었다.
"영차! 영차!"
"영차! 영차!"
"우리 종갑이 장하다."
할머니가 응원이라도 하듯이 칭찬을 했다.
"금동이도 장군 같다."
달래골댁이 맞장구쳐 준다.
그때, 갑자기 앞쪽에서 소란이 일어났다.
"잡아라! 잡아라!"
고함치는 소리가 나고 청년들 몇이 피난민들의 틈을 비집고 산비탈로 달아나고 있었다. 날쌘 군인이 뒤를 쫓는다. 한 청년이 군인에게 뒷덜미를 잡혔다.
"게, 서 있어! 서지 않음 쏴 죽인다."
헌병이 고함을 지르며 으름장을 놓는다. 두 사람의 청년이 그 소리에 뛰던 걸음을 멈추었다. 군인이 달려가 손목을 틀어잡고 끌고 왔다. 청년들의 얼굴은 한결같이 검게 탔다. 땀이 줄줄 흘러내리는 모습은 금방 쓰러질 것처럼 지쳐 보인다. 숨이 차서 연방 헐떡거리며 그들은 저만큼 세워 놓은 트럭 쪽으로 끌려갔다. 몽둥이와 총을 든 헌병이 지켜보는 앞에서 그들은 줄줄이 트럭에 기어오르기 시작했다.

가족들이 끌려가는 청년들을 바라보며 울부짖는다. 어머니인 듯한 한 늙은 여인이 길바닥에 주저앉아 통곡을 터뜨린다. 맨발에 누더기나 다름없는 삼베치마를 입은 할머니였다.

"상철아! 상철아아 …!"

울고 있는 할머니를 그냥 두고 피난민들은 끊이지 않고 지나간다. 할머니는 그 피난민들의 발에 채이기도 하고 떼밀리기도 하면서 여전히 울고만 있다.

트럭 가까이에 어느 젊은 여인이 달려왔다. 등에 아기를 업은 앙상하게 여윈 여인이었다. 여인은 트럭에 매달려 몸부림을 친다.

"나도 함께 데려가 주셔요. 차라리 함께 가서 죽는 편이 낫지, 나혼자 어떻게 살아가란 말예요 …."

등에 업힌 아기가 자지러지게 울어 댄다. 트럭 위에 올라탄 남자 가운데, 한 청년이 괴로운 듯이 내려다보다가 먼 하늘로 눈길을 돌려 버린다.

헌병이 여인을 사납게 떠다밀어 버린다. 여인은 쓰러졌다. 헌병이 마지막 트럭 위로 올라가자 차는 먼지를 일으키며 북쪽을 향해 떠났다. 아까 길바닥에 주저앉아 울던 할머니가 벌떡 일어나 트럭 뒤를 쫓아가다가는 쓰러져 버렸다. 트럭은 순식간에 산모퉁이를 돌아서 사라져 버렸다. 조금 주춤했던 피난민 행렬이 다시 제자리를 찾아 움직이기 시작했다.

"모두 쌈터로 끌고 가는 거야."

유준이 유종과 나란히 걸으며 말했다.

"싱야, 무섭다."

유종은 잔뜩 겁에 질렸다.

"무섭다 카만 어야노. 나도 이담에 크만 군대 가야 할끼다."

"옳기로 가야 되나? 진짜 총 가지고 싸우나?"

"이 맹꽁아, 총 안 가주고 무얼로 싸운다드노."

"……."

유종은 가슴이 서늘해지면서 앞이 캄캄해진다. 뒤축이 닳아버린 고무신을 벗어 들고 맨발로 유준이를 따라가느라 종종걸음이 된다.

금동이는 아까부터 금아의 치맛자락을 잡고 눈치를 보고 있다. 금아는 잠자코 앞을 향해 걷고 있다. 커다란 보퉁이를 인 이마 위에 땀방울이 가득히 맺혔다. 오정식 청년의 얼굴이 자꾸 앞을 가리어 버린다. 그도 언젠가는, 아니 벌써 저렇게 끌려 갔는지도 모른다. 다리를 비끄러 매인 채 수레에 실려 무더기로 시장에 끌려가는 닭처럼, 트럭에 실려 가는 청년들 속에 정식의 모습이 아른거린다. 금아는 생각을 떨쳐 버리려고 입술을 지그시 깨물고는 금동이의 손을 잡고 발걸음을 재촉했다.

할머니의 병환

샘가에 사람들이 한 줄로 늘어섰다. 꾸불꾸불 뱀처럼 기다란 줄에 유종이 형제와 금아 남매, 그리고 종갑이도 끼여 서서 차례를 기다리고 있다. 오랜 가뭄 때문에 냇물이 마르고 우물도 달려 물 얻기가 힘이 들었다. 바가지나 그릇을 한 개씩 들고 아이들은 줄지어 서서 오랫동안 기다린 끝에 가까스로 차례가 왔다. 샘물은 산 밑 바위틈에서 간신히 솟아나고 있었다. 물 한 바가지 뜨는 데 5분쯤은 기다려야 했다. 금아가 맨 먼저 한 쪽박 떠가지고 일어섰다.

"너거는 천천히 받아온내이. 할매 때문에 내 먼저 가야겠어."

금아는 일러 놓고 산비탈길을 올라갔다.

종갑이네 할머니는 소나무 가지와 가지 사이에 차일처럼 쳐놓은 천막 밑에 누워 괴로움을 참고 있었다.

"할머니, 물 떠 왔니더. 얼른 좀 마시이소."

할아버지와 남동댁 부부, 그리고 달래골댁은 마을로 식량을 구하러 내려가고 없었다.

"우리 종갑이 먼 데 못 가게 해 다우, 금아 액씨."

할머니는 검푸른 얼굴에 땀을 흘리며 어깨를 연방 들먹거린다.

"금동이캉 물 긷느라고 기다리고 있니더. 아마 곧 올끼시더."

할머니는 간신히 일어나 앉아 물을 몇 모금 마셨다.

피난길에 나서서 한 달이 지났다. 가지고 왔던 식량은 아껴아껴 먹었지만 벌써 바닥이 나 버리고 몇 푼 돈으로 사다 먹기도 했지만 그것마저 며칠이 못 갔다. 먼 길에 시달린 할머니는 주림이 겹쳐 힘을 잃게 되었고, 버티어 나갈 수 없을 만큼 쇠약해져 버렸다.

"금아 액씨, 임진왜란 때도 난리에 많은 사람이 죽었다 카제만 이렇기 고통시러웠으까?"

"……."

"이자 그만하고 전쟁을 거둬 줘야제, 안 그러면 다 죽는다. 다 죽는다 …."

할머니는 눈을 감는다. 몹시 괴로운 표정이다. 그의 말대로 지금 이 순간에도 그 많은 사람의 목숨이 하나하나 불티처럼 사위어 가고 있었다. 어디에서 통곡 소리가 났다고 하면 얼마 뒤엔 누더기에 둘둘 말아 지고 가는 송장을 한두 번 보아온 것이 아니다.

죽은 아기를 묻어 버리고 남편과 함께 피난길을 울며 떠나는 어머니도 있었다. 늙으신 부모님을 타향 산천에 묻기도 하는 자식들도 있었다. 그러면서 살 수 있는 데까지 살기 위해 또다시 남으로 남으로 흘러가는 것이었다.

"할매요, 마음 약하게 잡숫지 마이소. 종갑이 위해서 절대로 돌아가시면 안 되니대이."

금아는 말끝이 흐려지며 목이 멘다. 그도 역시 고달픈 피난길에 시달려 자칫하면 쓰러져 버릴 것만 같았다.

"살아야제. 불쌍한 내 새끼, 제 에미도 애비도 없는 종갑일 두고 죽어선 안 되고말고. 종갑아 …."

할머니 눈에 이슬이 맺힌다. 금아는 수건으로 할머니의 이마를 훔쳐 드렸다.

"누부야아!"

"할매애!"

아이들이 물그릇을 들고 올라오고 있었다. 유준이 형제는 자기들 천막에 물그릇을 들여놓고 금동이도 자기 집 천막에 갖다 놓았다.

"할매, 물 마셔라. 응?"

"물 마셨다, 종갑아."

종갑이가 할머니 머리맡에 무릎을 모두어 앉자, 할머니는 종갑이의 손을 잡고 조용히 쳐다본다. 아이들이 둘러앉아 바라보고 있다.

"종갑아, 어매 보고 싶제?"

"어매?"

"그래, 어매 보고 싶제?"

"어매가 어디 있는데?"

"할매 죽그덩, 넌 어매 찾아가서 거기서 살아래이."

할머니는 흡사 죽어 가는 사람이 마지막 유언이라도 하는 듯이 종갑이에게 또박또박 일러 주고 있었다.

"안 해. 내사 할매캉 할배캉 늙어 죽을 때까지 같이 살끼다. 어매한테 안 간다. 안 가."

종갑이는 몸까지 흔들며 크게 도리질한다.

점심 나절이 되었지만, 먹을 것이 없었다. 마을로 식량을 구하러 간 사람들은 아무도 돌아오지 않는다. 기다리다 말고 금아가 일어났다.

"누가 오는동 니러가 보고 올꾸마. 너거들 할매 곁에 있거래이."

아이들은 잠자코 있지 않았다.

"금아 누부야가 할매한테 있어야제. 우리가 내려가 보고 올꾸마."

"그래, 누부야가 할매 지키고 있어."

아이들은 벌써 일어나 비탈길을 내려가고 있었다.

산 아래 강변에도 들판에도 피난민들이 사람바다처럼 빽빽하게 모여 있었다. 사람이 좀 한산한 강변엔 간밤에 눠 놓은 똥무더기가 또 빈틈없이 널려 있었다. 사람과 똥무더기와 무더운 햇빛 때문에 둘레의 나무들이 무척 시달리는 모양이다. 한결같이 시들어 축 처진 모습이었다.

근처 마을 아이들이 소를 몰고 꼴멍을 메고 지나가고 있었다. 조그만 송아지를 몰고 가는 아이를 보는 순간, 유준이 형제는 그 자리에 우뚝 서 버렸다.

"싱아, 우리 송아지 같제?"

코언저리가 반들거리고 까만 눈, 그리고 노란 털이 예쁘기 그지없는 송아지였다. 한 달 전 헌병의 발길에 채여 강 언덕 아래로 굴러 내려간 뒤 헤어진 유준이네 송아지는 어떻게 되었을까?

소문에 들려오기를 그때 버려진 소들은 군인들의 총에 맞아 죽기도 하고, 재빠른 피난민들이 숨어 있다가 끌고 가기도 하고 잡아 먹히기도 했다고 한다. 그러나, 유준이 형제는 똑같이 자기들 송아지는 아직도 그 강변에서 "음매음매애" 울고 있을 것만 같았다. 유준이는 낯선 송아지를 사랑스레 바라보다가 잃어버린 송아지 생각에 그만 울적해지고 말았다.

"유준이 싱아, 왜 서 있노?"

금동이가 저만치 가다가 서서 유준이를 돌아본다.

"그래, 얼른 가자."

유준은 휘파람을 휘익 불면서 자갈길을 뛰어갔다. 조그만 언덕을 넘으면 마을이 보인다. 저쪽 산 밑에도 이쪽 과수원 옆에도 초가 마을은 꼭 고향 마을처럼 정답다. 그러나 거기 살고 있는 사람들도 언제 봇짐을 싸야 할지 모두가 불안에 떨고 있다.

먼 곳에서 여전히 대포 소리가 들린다.

아이들은 언덕에 올라가 어디로 가야 할지 망설였다.

"어른들 모두 이짝으로 갔겠나? 저짝으로 갔겠나?"

종갑이 언덕에 서서 이쪽 저쪽 마을로 손가락질을 하면서 물었다.

"난, 이짝 마실로 갔다."

"난, 저짝 마실로 갔다."

종갑이와 유종이 한마디씩 대답했다. 그러나, 꼭 어느 쪽으로 갔는지 아무도 짐작조차 못했다.

아이들은 털썩털썩 언덕 길섶에 주저앉았다. 유종이 배 속에서 쪼르륵 소리가 다른 아이들 귀에까지 다 들릴 만큼 크게 났다.

"뭔 소리로, 이게?"

"종이 배 속에서 거시이가 먹을 것 달라고 오줌 싸는 소리다."

아이들은 배가 고프다 못해 아프기까지 했다. 한결같이 눈이 쑥 들어가고 새까맣게 그을린 얼굴이다.

"할배도 왜 안즉 안 오시꼬?"

종갑이는 한쪽 손으로 턱을 괴고 앉아 몸을 흔든다.

"백 분(번) 시알리 봇까, 오겠나?"

"나는 이백 분 시알리만 온다."

"난, 오백 분."

아이들은 소리 맞춰 셈을 세기 시작했다.

"하아나, 두울이, 서어이, 너어이, 다아섯, 여어섯 …."

그렇게 셈을 세고 있는데 강변 쪽이 갑자기 소란스러워졌다. 호루라기 소리가 났다.

"어얄래? 모도 떠날라고 짐을 싼대이."

아이들은 자리에서 벌떡벌떡 일어났다. 피난민들은 한 자리에 짐을 풀면 오래 있어 봤자 사나흘밖에 못 있었다. 금방 자리를 깔고 누웠다가도 떠나라는 명령이 있으면 밤중에도 짐을 싸야 했다. 이곳 강변 둘레에 온 것은 그저께니까 이틀밤을 묵은 셈이다. 한쪽에서 짐을 꾸리면 벌써 한쪽에선 떠나게 마련이다.

아이들이 놀라 서서 보는데 벌써 짐을 꾸린 사람들이 자리를 뜨고 있었다.

"야아들아, 우리도 얼른 가서 짐을 싸자."

유종이 앞장서서 자기들의 천막이 있는 산비탈 쪽으로 향해 뛰기 시작했다. 네 아이들은 마을 쪽을 흘끔흘끔 돌아다보며 초조한 마음을 감출 수 없었다. 산기슭 사람들도 벌써 천막을 뜯어 짐을 싸고 있었다.

"금아 누부야, 어야노? 아직 아무도 안 온대이."

헐떡거리며 올라간 유준이 금아한테 말했다.

"준아, 너거 집 천막부터 뜯어 뭉치자."

금아가 아이들과 함께 천막을 뜯기 시작했다. 할머니가 누워 있는 종갑이네 천막만 남겨 두고 모두 짐을 꾸렸다. 그때까지 마을에 간 어른들은 돌아오지 않는다. 둘레의 이웃들은 하나 둘 자리를 뜨기 시작했다.

해가 서쪽으로 많이 기울었다.

"저기 할배 오신다!"

목을 빼고 기다리던 종갑이가 큰 소리로 말했다. 아까 아이들이 앉아서 기다리던 언덕을 넘어 피난민들이 붐비고 있는 사이를 뚫고 할아버지가 바쁘게 걸어오는 모습이 보인다.

"할배요오!"

종갑이와 아이들은 산을 우르르 뛰어 내려갔다. 뒤이어 남동댁과 달래골댁이 달려오고, 제일 늦게 유준이네 아버지가 조그만 자루를 메고 헐떡거리며 달려왔다.

"자, 배고픈데 이걸로 목이나 축여야지."

달래골댁과 남동댁이 치마에 싸 들고 온 사과를 쏟아 놓았다. 사과밭 주인에게 사정해서 땅에 떨어진 것을 주워 왔다고 했다. 바쁘지만 우선 배를 채워야 걸어갈 수 있다. 식구들은 흙이 묻은 사과를 풀밭에다 쓱쓱 닦아 버리고 깨물기 시작했다.

"할매도 숟가락으로 끌거 디림시더."

남동댁이 개중에 좀 물기가 많은 걸로 골라 숟가락으로 부드럽게 즙을 내어 누워 있는 종갑이네 할머니 입에 떠 넣어 드렸다.

"유준네 아밴 자루에 든 게 뭐이꺼?"

"보리쌀이시더. 큰 기와집에서 피난짐을 묶어 줬디이 그걸 주대요. 얼매나 반갑든동."

"내사 한나절끈 댕겨도 아무것도 못 구했네, 허허."

종갑이네 할아버지가 좀 쑥스러운 듯이 말했다.

"자, 우리도 그만 떠나시더."

"할매요, 여기 업히이소."

유준이네 아버지가 지겟가지에 이불을 깔고 종갑이네 할머니를 안아 올렸다.

"에고오, 내가 못할 짓 하제."

그동안 다른 피난 보따리는 많이 줄었다. 그게 다행이었다. 짐이 많았으면 종갑이네 할머니를 지게 위에 업고 갈 수는 없을지도 모른다.

유준이네 아버지가 지고 가야 할 보따리를 딴 사람들이 나눠 졌다. 고달픈 행렬이 또다시 시작되었다.

그러나, 지게 위에 업혀 가는 할머니는 더 이상 견뎌 내지 못했다. 행렬은 밤에도 멈추지 않았다.

"준네 아배요, 날 니라 주이소. 내사 고마 죽을시데이."

유준이네 아버지도 할머니의 괴롬을 알고 있었다. 행렬에서 비켜 나와 지게를 세웠다. 다른 식구들 모두가 한쪽으로 비켜 나와 섰다.

할머니는 지게에서 내려놓으니 그냥 쓰러져 꼼짝 못한다.

"날 그냥 내버려 두고 가이소."

할머니는 간신히 모깃소리만 하게 말했다.

종갑이네 할아버지가 할머니를 부축했다.

"늙은이들 둘은 남을 테니 모두 앞에 가이소. 여태까지 우리 때문에 수고 많았소. 이담에 살아서 고향에 돌아가마 만내시더."

할아버지는 자기들의 몫인 보따리 두 개를 할머니 옆에 받아 내려놓으며 말했다. 모두 아무런 대답이 없다.

"종갑아, 니는 금동이 따라가서 피난 잘하고 살아서 어매 찾아가래이."

할머니가 종갑이 손을 꼭 쥐었다가 놓는다.

"싫애, 나도 할매하고 할배하고 같이 있는다."

종갑이는 그만 비죽비죽 울기 시작한다.

행렬이 밀리면서 더 버티고 서 있을 수도 없다.

"쌔기 떠나이소. 종갑인 그럼 할배하고 여기 남아 있거라."

할아버지가 종갑이 손을 끌어다 안았다. 그 소리를 들은 금동이가 이번엔 입술을 실룩거리며 울기 시작했다.

"종갑아아 ···."

"금동아아 ···."

유종이도 울었다. 금아가 울고 유준이도 울고 달래골댁도, 남동댁도 모두 훌쩍거렸다.

"안 죽으면 만날 테니까 몸조심하이소."

할아버지와 할머니, 종갑이 셋이 어두운 밤 낯선 피난길에 그대로 남아 있게 되었다. 아무도 이런 처지에 어쩔 수 없었다.

"할매요, 어예든동 죽지 말고 살아서 후에 만내시데이."

"이것 가지고 있다 날이 새그덩 끓여 잡수시소."

남동댁이 보리쌀 자루를 할아버지에게 안겨 드렸다.

"종갑아, 뒤에 온내이이."

"금동아, 금동아아 …."

마지막 종갑이의 흐느끼는 소리가 끊어지면서, 종갑이네 식구들과 완전히 헤어졌다.

길고 높은 고개를 넘고 구불구불한 벼랑길을 걸어 30여 리를 걷고 나니, 겨우 날이 새기 시작했다. 해가 떠오르자 피난민 행렬은 여기저기 흩어져 가고 조용해졌다. 두 집 식구들은 산기슭 밑 길섶에 짐을 내리고 쉬었다.

금동이는 지난밤 떼어 놓고 온 종갑이 생각에 온 세상이 텅 빈 듯 허전했다. 내려놓은 짐짝에 퍼질러 앉아 동쪽에 솟아오르는 해를 봤다. 배가 고프고 밤새 시달린 탓인지 졸음이 왔다. 곁에 앉아 있는 유종과 유준이도 옴짝달싹할 기운도 없이 늘어져 버렸다. 남동댁이 보따리 귀퉁이에서 어제 남겨 둔 사과 몇 개를 꺼내어 아이들에게 나눠 줬다.

"이것따나 먹고 기운 차려야 한다. 씨러지만 다 죽는다. 정신 똑똑히 채려야 한다."

"남동댁요, 바가치 가지고 마실로 찾아가 보시더. 밥 한술이라도 얻어다 야아들 믹여야만 될시더. 하마 곡기 못 먹은 제가 사흘째시더."

정말 그랬다. 사흘 동안 아직 곡기라고는 먹어 보지 못했다. 물과 사과 몇 개와 그리고 낯모르는 집 밭에서 훔친 열무를 맨것으로 먹어 본 것뿐이다.

"안 죽으면 만날 테니까 몸조심하이소."
할아버지와 할머니, 종갑이 셋이
어두운 밤 낯선 피난길에 그대로 남아 있게 되었다.

"나도 가 볼래요. 준네 아부지, 아아들하고 짐 곁에 기이시소."

금아가 옷자락을 여미며 바가지 하나를 들고 일어섰다.

"아서라, 넌 동이하고 기대리고 있거라."

달래골댁은 일어서는 금아를 떼밀어 앉힌다. 그러나 금아는 뿌리치고 벌써 종종걸음으로 마을 쪽 오솔길로 내려가고 있었다.

금아는 마을로 들어와 집집마다 기웃거렸다. 그러나 어느 집에나 모두 피난민들이 들어와 봉당에도 마당에도 짐을 풀어 놓고 있었다. 밥 한술 얻을 만한 집은 아무리 봐도 없었다. 서른 채 넘어 되는 집을 한 바퀴 거의 돌고 났을 때 어느 빈집을 들어가자 사람들 몇이 곳간에서 곡식을 훔치고 있었다. 금아는 눈이 번쩍 뜨여 자기도 모르게 뛰어 들어갔다. 사람들은 자루에 보리쌀이고 밀이고 할 것 없이 퍼담고 있었다. 금아도 무언가 담을 그릇을 찾았지만 아무것도 없었다. 다급한 김에 입고 있던 치마를 후두둑 따 버렸다. 속옷바람이 되었다. 그러나 부끄러운 줄도 몰랐다.

곳간에 비집고 들어가 항아리 속을 보니 보리쌀은 바닥이 나 버리고 한 항아리에 밀이 반이나 남아 있었다. 금아는 그 밀을 치마를 벌려 퍼담기 시작했다. 아래위 주둥이를 묶으니 한 말이 넘어 보인다. 금아는 그것을 머리 위에 였다. 그러나 금아는 심한 현기증이 났다. 비칠거리며 몇 걸음 걷다가 그만 쓰러지고 말았다.

금아는 쓰러지면서도 밀이 담긴 자루를 꽉 끌어안았다. 이대로 정신을 잃어서는 안 된다고 입술을 깨물었다.

그때였다.

"아가씨, 정신 차리십시오."

어떤 청년 하나가 금아 곁에 달려와 안아 일으키려 한다. 쓰러진 금아가 청년의 목소리에 귀가 번쩍 뜨였다. 어디서 한 번 들어 본 목소리였다. 금아는 뱅글뱅글 돌아가는 눈동자를 간신히 뜨고 내려다보는 청년의 얼굴을 쳐다봤다. 청년의 눈과 금아의 눈이 마주치는 순간, 둘은 자신들도 모르게 손을 맞잡았다.

"정식 씨!"

"금아 아가씨가 아닙니까?"

뜻밖에도 그 청년은 지난봄 금아와 약혼을 한 삼밭골 오정식이었던 것이다. 하느님이 도우셨는지 이런 위급한 때에 만나게 되다니, 부끄러운 줄도 모르고 금아는 오정식 청년의 무릎에 얼굴을 기대고 흐느껴 울고 말았다.

금아의 결혼식

강변 자갈밭에 거적을 깔았다. 병풍 대신 홑이불을 둘러치고, 어디서 구했는지 작은 소반엔 빈 소주병 두 개에 대나무와 솔가지가 꽂혀 있다. 그 소반을 가운데 두고 금아와 정식이 마주보고 섰다. 같은 피난민들, 그러나 낯선 타관 사람들이 구경 삼아 모여서 축하를 해 주고 있었다.

금아는 족두리도 쓰지 않았다. 얼굴에 분도 연지도 바르지 않았다. 다홍치마도 입지 않았다. 다만 피난 보따리 속에서 가장 깨끗한 인조견 남색 치마와 지난 설날 한 번 입었던 노랑저고리를 찾아내어 입었다. 길게 땋아 늘였던 머리를 말아올려 비녀를 꽂고 정식과 혼례식을 치르기 위해 서 있는 것이다.

정말 꿈에도 생각해 보지 못했던 결혼식이다. 전쟁에 쫓기는 피난길, 이렇게 낯선 강변 벌판에서 평생에 한 번밖에 없는 혼례식을 치러야 하는 것이 서글프면서 우스꽝스러운 것이었다. 그러나 사정이 달랐다.

어제 아침, 훔친 밀자루를 껴안고 쓰러진 금아를 부축해 온 정식을 보자 달래골댁은 꼭 6년 전에 죽은 남편이 살아 온 것처럼 반가웠다.

"이건, 오 서방 아닌가? 어이구, 어이구, 오 서방, 자네가 살아 있었구마 …."

정식은 햇볕에 그을러 얼굴이 얼핏 보아선 못 알아볼 만큼 검게 탔다. 옷도 때에 찌들어 말이 아니었지만 건강만은 잃지 않고 있었다.

"장모님, 고생이 얼마나 많으십니까."

정식은 선 채 공손히 절을 했다.

유준이네 아버지와 어머니도 정식의 손을 꼭 쥐며 목이 메어 버렸다.

"새 형님, 어느 길로 왔인껴? 우린 얼마나 새 형님 찾았다고요. 누부야는 새 형님 때문에 걱정 디이기 했니데이. 밤마다 혼자 울기도 많이 했니더."

금동이가 원망이라도 하듯이 말했다.

일행은 짐을 챙겨 지고 정식을 따라 그의 가족들이 있는 강변으로 갔다. 체면도 예의도 갖출 사이도 없었다. 이젠 어쩔 수 없이 인연을 맺게 된 사돈끼리니까 함께 있어야만 되겠다는

"내일이라도 당장 물 한 그릇 떠 놓고 머리를 올려 주시더."
정식이와 금아는 참말 부부가 되었다.

마음뿐이었다. 타향에서 의지할 수 있는 사람을 만났으니 금아도 정식을 끝까지 따라가야 할 것만 같았다. 정식이도 그걸 원했다.

　정식의 가족도 역시 사돈네 식구를 가족처럼 맞아 주었다. 금아는 시아버지 되는 정식의 아버지에게 큰절을 했다. 시어머니에게도 절을 했다. 그런데, 함께 모이고 보니 어려운 것이 있었다. 약혼은 했지만 아직 혼례식을 치르지 않은 금아와 정식의 사이였기 때문이다. 그래서 궁리 끝에 간소하게나마 혼례식을 치르기로 의견이 모아진 것이다. 옛날 얘기에서도 찬물 한 그릇 떠 놓고 혼례식 치르는 젊은 부부의 딱한 얘기가 더러 있었지 않은가.

　"내일이라도 당장 물 한 그릇 떠 놓고 머리를 올려 주시더."

　정식의 어머니 밤실댁이 한숨 섞인 말을 했다. 달래골댁은 그예 눈물을 흘리고 말았다.

　이렇게 해서 갑작스런 금아의 결혼식이 이루어진 것이다.

　족두리도 없이 다홍치마도 못 입은 채 금아는 정식이와 마주 서서 혼례를 올렸다.

　정식이가 한 번 절을 하고 금아가 두 번 하고, 다시 정식이가 절을 하고 금아가 절을 하고, 북쪽을 향해 또 하고 그렇게 몇 차례 절을 하고 나자 식은 끝나 버렸다. 이제부터는 정식이와 금아는 참말 부부가 되었다.

　혼례식을 끝내고 나서 모인 사람들에게 수제비를 끓여 조금씩 대접을 했다. 어제 금아가 훔쳐 온 밀을 마을에 가서 밤새도록 디딜

방아에 빻아 가루를 장만했던 것이다. 금아는 밀을 훔칠 때 꼭 잔치를 치를 것을 미리 알았던 것만 같다. 국수를 말려니까 홍두깨도 안반도 없었다. 그래서 쉬운 대로 수제비를 끓인 것이다.

잔치가 끝나고 사람들이 흩어져 갔다.

저녁때, 유준이네 아버지와 금아네 시아버지 그리고 정식이가 조그만 천막을 따로 만들었다.

금동이가 자기 어머니에게 물었다.

"어매, 누부야 이제 우리캉 같이 안 자나?"

"그래, 새 형님 색시가 됐으니까네 둘이 같이 따로 자야제."

금동이는 왠지 꺼림했다. 결혼이라는 것은 이렇게 싱거운 것인지, 일껏 부풀었던 가슴이 홀쭉하게 공기가 빠져나간 풍선 같아졌다.

누나가 없는 천막 안에 어머니와 단둘이 누웠다. 달래골댁은 금동이의 손을 꼭 쥐고 말했다.

"금동아."

"응?"

"니도 내중에 크그덩 색시 얻어가지고 잘살아야 한대이."

"내사 색시 안 얻을래."

"자슥아, 색시 안 얻고 혼자 늙어 죽을라나? 이담에 크만 너도 색시 얻고 싶어진다."

"피잇, 내사 암만 커도 색시 안 얻고 싶다."

달래골댁은 금동이를 끌어다 안았다. 왠지 잠이 안 온다. 죽은 남편 생각이 났다. 해방이 되기 1년 전이었다. 금동이가 첫돌을 갓 지난 이른 봄, 그해도 보릿고개는 한층 심했다.

이틀째 굶다시피 지내는데, 아랫마을 막걸리 지점에서 일거리를 부탁해 왔다. 돈이 생기는 일이었다. 소달구지 바퀴 한 짝이 부서져 읍내까지 가서 고쳐다 달라고 했다.

"보이소, 그 무거운 걸 40리를 지고 못 가니더. 무리하지 마이소, 야."

달래골댁은 처음부터 위태로웠다. 이틀 동안 굶은 남편이다. 장정이 져도 한 짐엔 벅차다고 하는 수레바퀴를 오고 가고 80리를 져야 한다는 건 무리였다. 그러나 남편은 그만두지 않았다.

"품삯 얻으마 쌀 받아 와서 금아캉 금동이캉 죽이라도 끼리 줘야제."

이 말에 달래골댁도 말문이 막혀 버렸다. 그 이상 말릴 수도 없었다.

남편은 꼭두새벽에 읍내로 떠났다. 그날 종일토록 달래골댁은 마음을 놓지 못했다. 해가 넘어가고 어두워서야 남편은 바퀴를 고쳐 지고 돌아왔다. 무사히 돌아왔다고 식구들은 모두 기뻐했다. 품삯을 받아 식량을 구했다. 그런데 다음날 아침 남편은 일어나자 목으로 피를 토하며 쓰러지고 말았다. 쓰러져 누운 채 사흘 만에 숨을 거둬 버렸다.

그게 벌써 6년 전 일이다. 그때, 첫돌을 지냈던 금동이가 이만큼 자랐다. 그리고 금아가 시집을 가게 된 것이다. 곱게 키워 남들처럼 갖추갖추 갖추어 시집보내겠다고 벼러 온 금아를 족두리도 씌우지 않고 맨몸으로 시집을 보냈다. 그것도 전쟁 중인 피난길에서 첫날밤을 바깥에서 새워야 했다.
"애비도 없이 키운 불쌍한 것을 ….."
달래골댁은 참을 수 없어 금동이를 안고 또 한 번 울고 말았다.
"어매도 누부야 없으니까네 싫제?"
금동이는 어머니의 볼에 흘러내리는 눈물을 문질러 닦아 준다.
밤이 깊었는지 어두운 강변은 조용했다.

이튿날, 강변에 묵었던 사람들이 또 자리를 뜨고 있었다. 이젠 보따리를 챙기는 일에 익숙해진 사람들은 말없이 흐르는 강물처럼 쉬임 없이 흘러가는 것이었다.
헤어진 종갑이네 식구 대신 정식이네 식구들과 일행이 되었다. 정식이네는 부모님과 동생 셋, 모두 여섯 식구였다. 결혼식을 올렸으니 금아도 정식이네 식구가 된다. 그러면 모두 일곱 식구이다.
대신 금동이네는 어머니와 금동이 단 두 식구가 되어 버렸다. 정식이네 식구가 된 금아는 그쪽 집 시누이 동생들에게 더 많이 마음을 두는 것 같다. 금아보다 한 살 아래인 정분이란 누이동생을 보곤 "애기씨"라 부르고, 열세 살짜리 귀식이와 열한 살짜리 순식이에겐 "데렴(도련님), 데렴." 하고 부른다. 그럴 수 없이 고분고분 잘

해 준다. 옷매무새를 바로 고쳐 주기도 하고, 물을 떠 오면 으레 그 애들에게 먼저 준다. 금동이는 아예 못 본 척해 버릴 때가 많다.

　정식이네 아버지와 어머니에게는 깍듯이 대한다.

　(누부야 새 형님한테 홀딱 반했제.)

　금동이로선 그렇게밖에 풀이되지 않는다. 이따금씩 금동이는 못 견디도록 외로워진다. 먼짓길로 뜨거운 뙤약볕을 받으며 걷다가도 사람들 틈바구니에서 종갑이를 찾았다. 헤어진 지 벌써 사흘이 지났다. 편찮으신 할머니는 어떻게 되었는지 알 수 없다. 만약 일어나지 못했다면 종갑이네는 아직 그 자리에 남아 있을지도 모른다. 피난민들은 자꾸자꾸 밀려오는데, 종갑이네가 남아 있는 그곳이 포탄이 터지는 싸움터가 되었으면 어찌 되는 것일까.

　밀려오는 피난민들은 아무리 봐도 낯선 사람들뿐이다. 정답던 고향 사람들은 모두 어디로 갔는지. 그동안 뿔뿔이 흩어진 뒤 아무리 찾아봐도 만날 수 없었다. 그런데 금아는 정식을 용케도 만났다. 그것이 또 어떤 불길한 낌새를 만들어 줄 실마리가 되어 가는 것을 아무도 몰랐다.

　강변에서 혼례식을 치르고 나서 꼭 닷새 뒤였다.

　피난민들은 조용하면 낮잠을 잔다. 먹을 것이 조금만 있어도 다른 걱정은 없다. 일할 것이 아무것도 없기 때문이다. 언제나처럼 산비탈과 강변은 장마당 같다. 누더기나 홑이불 자락으로 그늘을 만들어 그 속에서 늘어지게 잠이 든 사람들이 대부분이다. 더러는 빨래를 하고, 더러는 모여 웃으며 얘기도 하고 이따금 삿대질을 하며 싸우는 일도 있다.

이런 한가로운 날이면 금동이와 유종인 신작로 가에 나와 서서 지나가는 사람들을 눈여겨 본다. 종갑이를 찾고 있는 것이다. 서서 기다리다가 다리가 아프면 그냥 땅바닥에 털썩 주저앉아서 기다린다. 머리에서 발끝까지 먼지투성이다. 이따금 지나가는 사람들은 있었지만 종갑이네 식구는 없다.

유종이 앉아서 하품을 했다. 금동이도 덩달아 하품이 나온다.

"종갑이, 이리로 벌씨 지나갔뿌랬는동 모온다."

"할매 아픈 데 다 나았일라?"

"안죽 못 오고 그기 남았이만 어야노?"

"저쪽 군사가 쳐들어와서 잡아 죽이만 어야노?"

둘은 이러쿵저러쿵 생각나는 대로 지껄였다. 종갑이네는 편찮으신 할머니 때문에 아직 그 자리에 남아 있는 듯싶기도 하고, 아니면 벌써 남으로 내려가 버렸는 듯싶기도 했다.

지루할 만큼 신작로 가에 앉아 있던 둘은 부스스 일어났다. 바지 궁둥이를 툴툴 털고는 한 번 더, 먼 데 북쪽 산모롱이를 돌아보고 나서 식구들이 있는 강변으로 달려갔다.

한낮이 가까워졌기 때문에 사람들은 더위를 피해 손바닥만한 그늘만 있어도 거기 의지하여 누워 있거나 앉아 있다. 그러나 역시 시장

마당처럼 시끄럽다. 유종이네 천막 근처에도 사람들은 빈틈이 없다.

"종인 어디로 돌아댕기다 오노?"

아버지와 함께 땔나무를 잔뜩 모아 온 유준이 불쑥 화를 내며 뚝배기 깨지는 소리를 했다.

"금동이캉 갔지, 뭐!"

"금동이캉 뭐하러 갔드노?"

"뭐하러 가기사, 종갑이네 오는강 바래로 갔제."

유종이도 떵떵거리며 말대꾸를 했다. 조금도 나쁜 짓을 하지 않았다고 큰소리치는 것이다.

"니가 금동이 데리고 갔제?"

"그래, 데리고 갔다. 왜?"

"이 맹꽁아, 금동이 얼마나 찾았는동 아나?"

둘이 말다툼을 하는데, 저희 집 천막에 갔던 금동이가 울상이 되어 유준이를 쳐다본다.

"유준이 싱야, 울 어매 어디 갔노?"

"너그 어매 곧 올끼다. 여기 와서 기다려라."

"어디 갔노, 응? 누부야네도 아무도 없네."

유준이는 잠시 망설이다가 가르쳐 줬다.

"너그 새 형님 모병(모집병)으로 끌려갔대이. 우리 어매캉 너거 어매캉 금아 누부야네 식구들 거기 모두 따라갔다."

"뭐락꼬?"

유종이 눈이 동그랗게 커졌다. 언니가 꾸짖었던 까닭을 이제 알았다.

"새 형님이 끌려갔닥꼬?"

금동이도 깜짝 놀랐다.

"이 근방 젊은 남자는 다아 끌려갔단다. 큰 소리로 말하지 마."

유준이는 아직도 겁이 나는지 사방을 두리번거린다. 금동이는 입술이 실쭉거리더니 기어이 울음을 터뜨린다.

"어매야아 …!"

"금동아, 괜찮다. 모두 곧 올끼이까네 이리 오느라."

유준이네 아버지가 금동이의 손을 잡고 천막 그늘로 데리고 가서 눈물을 닦아 주고 콧물도 닦아 준다. 금동이를 가운데 두고 유종과 유준이 붙어 앉았다. 유준이 속이 풀어져 정식이 끌려간 모습을 얘기하기 시작했다.

"군인 아저씨가 둘이 왔어. 키가 짱대만 하든걸. 저쪽 집 청년 둘이 잡혀가지 않을라고 드러빼다가 붙잡힛제. 금동이네 새 형님도 모두 숨어라 카이 언제 가도 갈낀데 하면서 순순히 따라갔단다. 너거 새 형님네 어매도 울고, 금동이네 어매도 울고, 사람들이 우르르 따라갔제. 금아 누부야 한참 꼬대기 서 있다가 갑자기 울면서 따라갔어. 금아 누부야가 따라가니까네 아아들하고 너그 새 형님 아부지도 따라갔어. 저짝 방천둑길로 쭉 한 줄로 서서 갔는데 너거는 왜 몰랬노?"

"우린 저짝편 신작로에 있었어."

방천둑길과 신작로는 반대편이었다. 그래서 금동이와 유종인 감쪽같이 모르고 있었던 것이다.

"어디꺼정 간다 카드노?"

"모두 말하는데 저어기 국민학교로 갔다 카드라."

금동이와 유종이 함께 고개를 길게 늘여 양철 지붕이 햇빛에 반짝거리는 고향 운산 장터만한 역마을을 바라보았다. 누나와 어머니와 다른 많은 사람들이 울고 있는 모습이 보이는 듯했다. 방천둑에 끊임없이 사람들이 줄지어 오가고 있다.

금동이는 금아 누나가 가엾었다.

(누부야는 밤마다 또 울끼다.)

한낮이 훨씬 지나 정식이를 따라갔던 사람들이 돌아왔다. 모두 풀죽은 모습으로 말없이 와서는 털썩 땅바닥에 주저앉는다. 제일 늦게 따라온 금아도 한쪽 구석에 쭈그리고 앉았다.

금동이는 얼른 누나 곁에 다가갔다.

"누부야, 새 형님 전쟁하러 가서 총 맞아 죽으마 누나하고 결혼한 거 어야노?"

금동이는 정말 걱정이 되어 물었다.

그런데, 금아는 새파랗게 얼굴빛이 변하며 금동이의 따귀를 철썩 때린다.

"방정맞은 소리 하지 마!"

졸지에 뺨을 얻어맞은 금동이는 울음도 나오지 않고 와락 두려워진다. 누나한테 얻어맞기는 처음이다. 뺨을 싸안고 무서워진 누나의 얼굴을 다시 한번 쳐다보자 금아는 한 번 더 동생의 뺨을 내리친다. 피난길에 쌓이고 쌓인 울분이 한꺼번에 터진 것이다.

"못된 자식, 새 형님 끌려가서 죽으라고 언제부터 벨러 왔노!"

금동이는 그제서야 와락 울음을 터뜨린다. 달래골댁이 놀라 다가왔다.

"야가 왜 금동이를 때리노? 불쌍한 새끼, 무슨 죄가 있다꼬 …."

달래골댁은 빨갛게 부어오르는 금동이의 뺨을 보듬어 안으며 엎질린 물동이처럼 눈물을 와락 쏟아 놓는다. 마음에도 없이 동생에게 울분을 터뜨렸던 금아 역시 달래골댁의 팔을 붙잡고 쓰러져 통곡을 해 버린다.

그때였다. 사이렌 소리를 울리며 트럭이 건너편 신작로로 달려간다. 트럭은 한 대, 두 대, 세 대 … 잇달아 쏜살처럼 남쪽으로 달려가는 것이었다. 때를 맞추어 근처의 천막들이 훌훌 걷히고 사람들은 풀었던 보따리를 싸고 있었다.

"금아야, 속상해도 우짜노? 금방 죽을 수도 없고 전쟁이 끝나마오 서방도 금방 돌아올끼이까네 그때꺼정 기두리자."

달래골댁은 금아를 달래어 일으킨다. 금아는 눈물을 닦았다. 잠시 동안 눈을 감고 입술을 깨문다.

"금동아, 누부야 잘못했대이."

금동이의 작은 손을 꼬옥 틀어쥔다.

"자, 우리도 얼른 짐 싸야제."

유준이네 아버지가 천막을 훌훌 걷으며 울고 있는 사람들을 재촉한다. 모두들 짐을 꾸렸다. 금아는 보통이의 매듭을 여느때보다 더 꼭꼭 묶으며 가슴이 돌처럼 굳어짐을 느낀다.

(언제까지라도 살아야 된다. 세상이 끝장이 날 때까지 버티어야 한다.)

모두들 이고 지고 걷기 시작했다.

돌아가는 길

추석이 가까워지고 있었다. 고향을 떠나온 지 3개월이나 된다. 북쪽 멀리 팔공산이 바라보이는 금호강 변두리를 옮겨 다니며 그 이상 남쪽으로 나가지 않았다.

들판의 벼이삭은 누렇게 익어 가고, 아침 저녁 찬바람이 피난민들의 마음을 한층 애타게 했다. 식구들은 각자가 제 먹을 것을 제가 구하러 나섰다. 유준이 형제와 금동이와 정식이 동생들도 바가지나 양은그릇을 가지고 구걸을 했다. 그러나, 거기 지방 사람들은 워낙 피난민들에게 시달려서인지 지나치게 쌀쌀했다. 아예 대문을 닫아걸어 버리기도 하고 사립문 앞에 지키고 서서 아무도 얼씬하지 못하게 했다. 아이들은 부지런히 종종걸음을 치며 이집 저집 다녔다. 온 동네를 한 바퀴 돌고 나서도 겨우 서너 숟갈의 밥과 나물 몇 가닥을 얻었을 뿐이다.

"싱야, 내보다 많이 얻었나?"

"내사 똥개빠지도록 댕겨도 요거밖에 못 얻었다."

유종과 유준은 얻은 밥을 서로 견주어 가면서 자기들의 천막으로 돌아갔다. 얻어 온 밥을 식구들이 모여, 많은 그릇에서는 덜어내고 작은 그릇에 나누기도 하고, 어떤 땐 아예 한데 모아 나눠 먹기도 했다.

그렇게 목숨을 부지해 가면서 지내던 어느 날, 아이들은 커다란 기쁜 소식을 안고 천막으로 돌아왔다. 미국의 맥아더 장군이 부하들을 거느리고 인천으로 들어가 서울을 빼앗았다는 소식이다. 피난민들은 기쁨에 들떠 버렸다. 신바람이 나서 괜히 쫓아다니며 다 알고 있는 이야기를 혼자서만 아는 듯이 떠들어 대는 사람도 있었다.

한결같이 풀이 죽어 슬픔에 잠겨 있던 눈빛들이 갑자기 생기를 찾아 반짝거리고 발걸음이 가벼워졌다. 이제 낙동강 둘레에 숨어 있는 인민군을 쳐부수면 모두 고향에 돌아가게 된다는 것이다. 며칠만 기다리면 그리운 내 집으로 가게 된다는 것이다.

밤마다 팔공산 변두리엔 빨간 불꽃이 활활 날아가는 모습이 먼 곳에서도 분명히 보였다. 그러나, 마침내 그 불꽃이 깨끗이 사라지고 드디어 피난민들은 고향에 돌아갈 것을 알려 주었다. 스피커를 단 지프차가 천천히 다니며 큰 소리로 일러 준 것이었다.

가까운 국민학교에서는 피난민들에게 누런 종이로 만든 배급표 같은 피난민 증명서를 꼭 받아 가도록 했다. 피난민 증명서를 받으려는 사람들이 줄지어 서서 차례를 기다렸다.

유준이네도 이 증명서를 받았다. 금동이네도 그리고 군대에 끌려간 오정식이네 남은 식구들도 받았다. 그런데 금아를 어느 쪽 식구로 넣느냐에 대해 약간 이야기가 오갔다. 이젠 결혼식을 올렸으니 정식이네 식구 쪽에 이름을 올려야 한다고 우기기도 하고, 아직 혼인신고가 되지 않았으니 친정집 식구로 이름을 올려야 한다고 우기기도 했다. 쉽게 결정이 안 나자, 금아한테 뜻을 물어보기로 했다. 금아는 얼굴을 붉히며, 아직 친정집 식구로 해 달라고 말했다.

"고향에 가도 안죽 친정에 있일라니더. 그러이까네 친정 식구로 올려 주이소."

금동이는 금아 누나의 속셈을 빤히 들여다보고 있었다.

(누부야 마음 난 다 안다. 새 형님 같이 있으마 누부얀 새 형님네 식구로 이름을 올렸을끼다.)

추석 다음날 유준이네는 남으로 밀려왔던 사람들과 어울려 줄지어 북쪽 고향을 향해 걸었다.

남으로 내려갈 때와는 달리 발걸음도 가볍다. 모두 날개가 있으면 훨훨 날아서 한시바삐 고향집에 가고 싶을 뿐이다.

"종아, 너무 쌔기 가지 마."

남동댁은 유종이 앞장서서 자꾸 내닫는 것이 걱정이다. 돌아가는 길이라지만 아직 고향까지 수백 리나 된다. 며칠은 걸려야 할 텐데

이 많은 사람 속에 섞여 잃어버릴지 모르기 때문이다.

"어매가 쌔기 걸으마 될낀데 왜 날 못 가게 하노?"

금동이도 유준이도, 그리고 정식이 동생 귀식이와 순식이도 곧장 앞으로 내뺀다.

"야아들아, 좀 천천히 가자."

가을 바람이 불어 걸어가기가 더한층 쉽다. 오랜만에 피난민에게 나누어 준 납작보리쌀이 어른들의 짐짝에 한 자루씩 얹혀 있기 때문에 먹을 것도 걱정되지 않는다. 앞서거니 뒤서거니 너무 빨리 걷는다거니, 왜 그렇게 발걸음이 더디느냐니, 핀잔을 주면서도 마냥 즐겁다.

사람들은 쉬지 않고 걸었다. 배가 고프면 잠깐 밥을 지어 먹고는 또 걸었다. 밤길을 줄곧 걷는 이도 있었다. 어린아이들이나 노인들이 있는 사람들은 밤늦게 뉘집 헛간을 빌려 잠을 자고는 새벽같이 일어나 또 걸었다.

백 리 길을 걷고 나니, 피난민들은 각자 고향으로 가느라 흩어져, 한 무더기씩 대열이 한산해지기 시작했다.

유준이네와 금동이네 그리고 귀식이네 식구들도 어느새 따로 한 무더기가 되어 앞쪽 뒤쪽은 사이가 비었다. 되도록 지름길로 가기 위해 꼬불꼬불 산길로 가기도 하고 높은 고개도 넘고 들을 가기도 했다.

어느 산길에서였다. 유종이 구두 한 짝을 발견하고 달려갔다. 생

전쟁이 지나간 자국은 참혹했다.

전 처음 보는 발목까지 푹 싸인 목이 넉넉한 가죽구두였다.

"싱야, 봐아라! 구두 한 짝 좌았다."

유종은 풀숲에 뒹굴고 있는 군화 한 짝을 주워 들었다. 그런데 이상하게도 구두 안에 무엇이 꽉 들어차 있어 묵직했다.

유준이와 귀식이, 순식이, 금동이까지 우르르 달려갔다.

"구두 안에 뭐 들었다."

"구두 안에 뭐가 들었노?"

"헤헤헤, 톳제비가 들었나? 귀신이 들었나?"

"아이고, 이거 사람 발이다아!"

유종은 구두를 팽개쳤다. 송장 썩는 냄새가 넌더리쳐진다. 모두 등골이 오싹해지도록 무서워진다.

"자아들이 무얼 가지고 저러제?"

유준이네 아버지와 귀식이네 아버지가 아이들 곁으로 갔다. 한 쪽 발이 신겨진 채 나뒹굴고 있는 군화 한 짝은 필시 폭격에 맞아 떨어져 날아온 게 분명했다.

"이것, 어디 감추어야 될시더."

유준이네 아버지가 등에 진 보따리를 내려놓자 귀식이네 아버지도 짐을 부린다. 다른 일행 모두 멈추어 서서 구경만 하고 있다. 아버지들은 길쭉하게 생긴 돌멩이를 주워 구덩이를 팠다. 그러고는 구두를 그 안에 묻었다.

금아는 유심히 봤다.

(저건 어뜬 남자 발일꼬? 몸뚱이는 어딜로 갔뻬고 발만 저게 떨어져 있을꼬?)

싸움터로 끌려간 정식은 지금 어디쯤에서 싸우고 있는지 금아는 되도록 생각을 떨쳐 버리려 애쓴다.

전쟁이 지나간 자국은 참혹했다. 사람의 발이 신겨진 구두짝을 보고 난 뒤, 얼마 안 가 이번에는 길쭉한 무덤 같은 곳에 군복 소맷자락에 가려진 손 하나가 무덤 밖으로 쑥 나와 있었다. 그걸 비켜 돌아가는데 이번에는 아카시아 숲 속에 흑인 병사의 시체가 그냥 엎드러진 채 버려져 있었다. 못 본 척하면서 얼른얼른 지나가자, 커다란 못이 나타났다. 물빛은 푸르도록 맑은데 못물에 흰 말 한 필이 둥둥 불어 떠올라 있다. 근처엔 부서진 전쟁 마차가 반쯤 물에 잠겨 있다. 하얀 말은 저 마차를 끌고 오다가 폭격을 맞은 모양이다.

사람들은 아무런 말이 없었다.

폭격에 맞아 까맣게 숯덩이가 된 고목나무가 뒹굴어 있고, 탱크가 길가에 처박혀 있다. 산 밑 조그만 초가집 마을도 무사하지 않았다. 엉성하게 흙담벽이 무너져 있고, 모두 잿더미였다. 그 사이사이에 가끔 불타지 않은 집에, 고향에 금방 돌아온 주인들이 마당의 잡초를 뽑고 방 안을 치우고 있었다.

면사무소도 국민학교도 지서도 모두 불에 탔다.

"싱야, 우리 학교 폭탄 안 맞을라?"

유종이 어느 불타 버린 국민학교 앞을 지나치다가 유준에게 물었다.

"우리 학교 …?"

유준은 대답이 얼른 나오지 않았다.

"우리 학교 천하 대장군님이 꽉 버티고 지켜 줘서 괜찮을끼다."

유종은 교문 안에 세워 둔 선생님 키보다 더 크고 늠름하게 생긴 장승을 떠올리며 혹시나 하고 기대를 걸어 본다.

"까짓것, 나무기동 가주 맨글어 논 게 무슨 힘이 있노?"

금동이가 콧구멍 한쪽을 빼딱하게 발름거리며 말했다.

"폭탄을 맞았는동 안 맞았는동 가 봐야 알제 뭐."

북녘 먼 하늘을 다 같이 바라보았다. 거기서 불어온 바람이 제법 산들거린다.

반소매 옷을 입은 아이들은 그걸 더욱 자세히 느낄 수 있었다.

이틀을 걷고 나니 고향까지 거의 절반을 왔다고 한다. 얼마나 바쁘게 걸었는지, 하루 1백 리를 넘게 걸었다. 앞서거니 뒤서거니 서로 쫓아가기 내기라도 하듯이 걸었기 때문이다. 그러나, 사흘째부터는 힘이 빠졌다. 금동이와 종갑이, 순식이가 자꾸 짜증을 낸다.

"어매이, 물 먹구 싶우다."

금동이는 자꾸 꾀를 부렸다.

"그래, 저어기 물이 있네요. 모두 가서 마시고 가시더."

산골짝 바위 사이로 흐르는 물이어서 맑고 시원했다. 산마을 사람들은 보통 그런 물은 아무 생각 없이 마시기 예사이다. 그런데, 물을 차례로 마시고 난 일행이 거기 풀밭에 앉아 쉬는데 바로 바위

덩치 너머로 아이들은 뛰어 올라가 봤다.

"어매애!"

유종이 제일 먼저 소리친다.

"사람 봐라아!"

아이들은 새파랗게 질려 제각기 소리 지른다.

어른들이 달려 올라가 봤다. 그랬더니 바로 바위덩치 너머에 군복을 입은 시체 하나가 뒤로 넘어진 채 반쯤 물에 잠겨 있었다.

"야아들아, 얼른 가자."

어른들은 아이들을 재촉해서 내려놓았던 짐을 지고 달아나듯 그 자리를 떠났다. 방금 마신 물이 배 속을 뒤틀리게 했지만 무서움 때문에 웬만큼 참아 낼 수 있었다.

종종걸음으로 산길을 내려가는데, 한 2백 미터쯤 앞에, 앞서 걸어가던 사람들 속에서 "콰앙!" 하고 땅이 뒤집히는 듯한 소리가 났다. 소리와 함께 검은 연기가 푹 치솟아 오르더니 앞이 보이지 않는다.

유준이네 식구들은 눈이 휘둥그렇게 되어 그 자리에 멈추어 섰다.

한참 뒤, 연기가 가라앉고 나자, 사람들의 통곡 소리가 나고 여기저기서 많은 사람이 모여들었다. 조심조심 가까이 가 보니, 할머니 한 분과 젊은 여인이 앉아서 울고 있었다.

"우리 성봉아아 … 성봉아 …."

성봉이는 여덟 살짜리 삼대 독자라고 했다. 아버지는 싸움터로 끌려가고 할머니와 어머니, 이렇게 셋이서 고향에 돌아가는 길이었다. 그런데, 성봉이가 갑자기 앞으로 혼자 달려가다가 묻어 놓은 지뢰를 밟았다는 것이다.

다행히 죽은 사람은 성봉이 하나뿐이었지만, 할머니는 울면서 부르짖듯 말했다.

"이 자식아, 내가 차라리 죽을걸, 왜 니가 죽는 거야. 아이구, 우리 성봉아 …!"

성봉이의 시체는 갈기갈기 찢겨 형체도 없었다.

달려온 헌병이 피난민들을 보고 빨리 이 자리를 떠나라고 소리친다. 보는 눈초리, 지르는 말소리, 모두가 칼끝처럼 날카로운 전쟁터의 모습들이다.

"산길로는 위태로우니, 모두 신작로로 가시오."

피난민들은 큰길로 나갔다. 헌병이 말하지 않아도 이젠 산길이나 지름길은 두려웠다.

"금동아, 자꾸 앞에 가지 마라."

달래골댁은 금동이를 수다스러울 만큼 타이른다. 금아 역시 금동이의 뒤를 살피느라 잠시도 여념이 없다.

"준이캉 종이도 좀 천천히 걸어라."

남동댁도 똑같았다. 귀식이네 형제도 역시 밤실댁의 눈에서 조금도 벗어날 수 없었다. 그 무섭고 고달픈 전쟁을 무사히 피하고 고향에 돌아가는 지금 자칫하면 모든 게 허사가 되고 만다. 그만큼 어디에서나 죽음은 도사리고 있었다.

  나흘 만에 우보까지 왔다. 사과 도둑들이 들이닥쳐 망쳐 놓았던 대학생 주인의 사과밭이 멀리 바라보였다. 의성 지방에 온 것은 7일째 되는 오전이었다. 송아지를 떼밀어 버리고 갔던 다리가 있는 곳에 왔다. 다리는 폭격에 부서졌다. 유준이네 아버지가 잠시 서서 사방을 두루 살핀다.
  "아부지, 우리 송아지 …?"
  유준이 걸음을 멈추고 서서 언덕 아래 냇가를 유심히 봤다. 그러나 둔덕의 풀들이 노르스름히 단풍이 든 들판에 버리고 갔던 송아지는 그림자조차 없었다.
  (웬걸 안죽까지 있을라고 ….)
  유준은 또 한 번 가슴 안에 찬바람이 지나가듯 쓸쓸해진다.
  조금 더 오다가 샛길이 나왔다. 삼밭골 가는 길이다. 거기서 금아네 시댁 식구들이 헤어져 갔다.
  "아가, 집에 가그덩 부디 몸조심하라."
  시아버지 되는 귀식이네 아버지가 금아에게 측은한 듯 헤어지는 자리에서 말했다.
  "아배임, 상심해 가시이소."
  금아는 목이 메었다.
  사돈네끼리 아쉬운 작별을 하고는 다시 발걸음을 재촉했다. 고향

역마을, 운산 장터에 닿은 것은 한나절이 조금 지나서였다. 남면 사람들이 건너다니는 입구의 다리가 역시 폭격으로 한쪽 구석이 내려앉아 있었다. 방천둑 밑으로 내려가 강을 건넜다.

장터의 집들이 반 이상 불타 버렸다. 띄엄띄엄 남아 있는 집도 벽이 헐었고 문짝이 달아나고 없었다. 벌써 돌아온 집들은 불탄 자리를 쓸고 움집을 짓고 있었다. 장터의 돌고개를 넘으면 유종이네 학교가 보인다.

잔뜩 긴장이 된 아이들은 조마조마한 마음으로 청산 중간을 잘라내어 닦은 신작로를 얼른 돌아가 봤다. 저 아래 멀리 먼물동네가 보이고 학교가 눈에 확 들어왔다.

"싱야아 …!"

유종의 얼굴이 단박 일그러졌다.

"누부야아 …!"

금동이도 금방 울상이 되었다.

학교는 실버들나무도 교사도 흔적조차 없어져 버렸다. 불그레한 잿더미만 먼 곳에서 쓸쓸히 보일 뿐이었다. 아무 말도 않고 우뚝 선 유준이 눈에 금방 눈물이 맺힌다.

"싱야네 교실 다 탔다."

다행히도 유종이네 교실이 있는 뒷교사가 조그맣게 남아 있는 것을 보고 유종은 언니한테 미안한 생각이 났다. 그만큼 유종은 학교를 자기 집같이 여기고 있었다.

"야아들아, 어쩌작꼬 넋빠진 것처럼 서 있노?"

남동댁이 유종의 손을 잡아끌었다. 그러는 남동댁의 콧날이 찡하게 더워진다.

"얼른 가자. 우리 집 어예 됐는가 쌔기 보고 싶잖아?"

유준이네 아버지가 저만치 가다가 돌아다보고 말하고 다시 뚜벅뚜벅 걸어간다. 기와공장 뒤쪽으로 송리동 가는 달구지 길이 있다. 국시골, 샛들, 탑마을, 송마골 사람들 모두 이 달구지 길로 장을 보러 다닌다. 아버지가 앞장서서 멀리 걸어가자 아이들도 빨리 뒤따르기 시작했다. 굴다리를 지나 구텃마을도 폭격으로 집이 탔다. 수재개골을 지나 창거리 모퉁이를 지나자 정다운 외딴집이 냇물 건너 언덕에 있었다. 그 외딴집은 둘레의 대추나무까지 모두 무사히 남아 있었다. 징검다리를 건너, 새 방천둑을 올라서자 송리동 마을이 눈앞에 다가왔다. 학이 둥지를 틀고 있는 회나무는 무사했다. 그러나 초입에 들어가는 집들이 불타고 없었다.

학교 길, 매일 지나다니는 비각 앞을 지나 송마골 갈림길에 와서 금동이는 발을 멈추었다.

"종갑이네 돌아왔을라?"

"그래, 인지 안 와도 곧 돌아올끼제 뭐."

금아 누나는 어서 집에 가고 싶어 금동이 손을 잡고 종종걸음을 친다. 탑마을은 무사했다. 골목길 양쪽에 잡초가 우거지고, 지나치게 조용한 것이 꺼림했지만, 유준과 유종은 등에 보따리를 진 채 달음박질을 했다.

 우물이 있는 작은 골목길을 달려 들어가 그립던 집으로 한달음에 뛰어갔다. 온 마당 가득히 댑싸리, 참비름, 오요강아지풀이 유종이 키만치 자라서 우거졌다. 그러나, 유준과 유종은 정든 봉당 끝의 디딤돌에 달려가 짐을 내려놓고 털썩털썩 주저앉았다. 한꺼번에 말할 수 없는 포근함이 온몸을 감싸면서 그지없이 평화로워지는 것이었다.

 유준은 동생의 손을 잡았다.

 "종아아!"

 "으응?"

 그러나 유준은 불러만 놓고 할 말이 없었다.

 그때, 앞집 금동이네 집에서 "와앙!" 울음이 터졌다.

 "복실아아!"

 금동이가 뛰어와 유준이네 집을 기웃거린다.

 "종아아, 우리 복실이 너거 집에도 없나?"

 "울 집에도 없다."

 유종의 말이 끝나기도 전에 금동이는 골목길로 달려나가면서, "복실아! 복실아!" 하고, 새끼줄에 매어 두고 갔던 강아지를 계속 부르는 것이었다.

그립던 동무들

학분이는 부서져 버린 교문으로 주저주저하면서 들어갔다. 저절로 고개가 수그러진다.

작년 가을 3학년 때였다. 그해 운동회에 일등을 하게 되면 시집갈 때 황소 한 마리에 삼베 한 필을 주기로 부모님과 약속을 했었다. 어쩐 일인지 해마다 꼴찌만 하던 학분이가 그날은 뜻밖에도 일등을 한 것이다. 일등을 도맡아 놓고 하던 귀순이가 맨 앞에 달려가다가 넘어지자 뒤따르던 아이들 둘이 한꺼번에 또 넘어졌기 때문이다.

학분이는 싱글벙글 몇며칠을 두고 입을 다물지 못했다.

"금주야, 아부지캉 어매캉 그카는데 내가 일등하마 시집갈 때 황소 한 마리하고 삼베 한 필 준닥 했어."

금주한테 얘기한 것이 온 학교에 퍼지고 학교에서 듣고 집으로 돌아간 아이들은 또 동네에다 퍼뜨렸다. 이래서 학분이는 운동회를 지나자 굉장히 유명해져 버렸다. 3학년까지도 덧셈 뺄셈을 할 줄 몰랐다. 국어책도 읽을 수 없었다. 언제나 주눅이 들고 기를 펴지 못했다.

이런 학분이가 운동회를 치르고 나서부터 갑자기 생기를 찾고, 선생님 말씀도 잘 들었다.

그러나 역시 4학년에 올라왔어도 공부만은 꼴찌였다. 하지만 학분이는 꿈이 누구보다 컸다.

(나는 이제 시집갈 때 황소 한 마리하고 삼베 한 필 가지고 간다.)

학분이는 여자이고, 그리고 크면 시집을 가야 되고 시집갈 땐 족두리를 쓰고 가마를 타고, 혼숫감이랑 다른 살림살이를 친정집에서 얻어 가는 것이 굉장히 행복한 것으로 듣고 봐서 알고 있었다.

(지집아는 공부 암만 해도 소용없다 카드라. 시집가서 잘살만 그게 제일 복이라 카드라.)

그러나 국민학교만은 여자라도 졸업해야 신식 여자가 된다고 학분이도 하기 싫은 공부를 하러 학교에 다녔다. 부모님에게는 늦게 얻은 자식이었다. 딸이면서도 영리하지 못한 학분이지만 이를 데 없이 귀한 자식이었다.

이런 부모님을 이번 전쟁으로 모두 잃어버린 학분이는 그 한 가닥 꿈마저 앗겨 버렸다. 작은아버지 댁에서 동생 학달이를 데리고 얹혀살게 되었지만 학분이는 날마다 울면서 지냈다.

후퇴만 하던 국군이 유엔군의 도움으로 다시 쳐올라가게 되어, 그동안 쉬었던 학교가 다시 문을 열게 된 오늘도 학분이는 학교에 나올 마음이 조금도 없었다.

"학분아, 그래도 핵고(학교)는 가야제. 내가 디러다 줄까?"

작은어머니가 머리까지 빗겨 주면서 이끌자, 학분이는 마지못해 일어섰다.

"작은어매, 내 혼자 갔다 옵시더."

"에이고오, 몹씰 놈의 난리 땜에 가엾은 거 …."

운동장에 모인 아이들은 그래도 재잘거리며 웃기도 한다. 무덕무덕 여기저기 모여서는 그동안의 겪은 이야기에 시간 가는 줄을 모른다. 곁에 가서 들어 보면 웃음도 나고 눈물도 난다.

지난 여름, 화순이랑 금난이랑 다른 아이들이 강변에서 주워다 가꿔 놓은 꽃밭 둘레의 가지가지 돌멩이도 흩어지고 깨어져 보이지 않는다. 대신 창문 유리가 뜨거운 불길에 녹아 엉겨 덩어리가 된 채 잿더미가 된 꽃밭에 뒹굴고 있다.

그 허물어진 꽃밭 가장자리에서 엉덩이에 돌을 받치고 앉은 5학년 봉희하고 말숙이는 서로 손을 꼭 잡고 울다가 웃다가 하면서 한창 얘기에 빠져 있다.

"무꾸씨래기하고 밥하고 맨걸로 먹었대이. 그래도 꿀맛이드래이."

"우리사, 찬물만 마시고 이틀 꼬박 살았대이."

"통밀을 삶아 먹고 배탈이 나가주 똥 누러 댕기니락꼬 밤잠도 못

잤다."

"내사 다리가 아파가주 엉엉 울면서 따라갔다."

"떡깨구리 잡아먹을라꼬 짝대기 가주 댕기다가 모르는 아아들하고 싸웠뿌랬어."

"능금이 먹고 싶어가주 능금밭 가새 왔다 갔다 하면서 배가 꼬르륵꼬르륵 춤만 생킷제 뭐."

거의가 배고팠던 이야기였다. 이야기는 아무리 해도 끝이 나지 않았다.

그렇게 모두가 모여서 웃고 떠드는데 금동이는 남쪽 플라타너스 나무 밑에 혼자 서 있다. 이마 위에는 온통 먹구름이 드리워진 듯 잔뜩 우울하다.

(종갑이는 왜 안죽도 안 돌아왔잇꼬?)

송마골의 삿갓집 종갑이네는 오늘 아침까지 빈집 그대로였다. 금동이는 그동안 하루도 빠지지 않고 종갑이네 집을 찾아갔었다. 방문은 다 부서졌고, 처마 끝엔 온통 거미줄투성이며 마당에는 잡초가 무성했다. 이웃집들은 모두가 사람들이 쓸고닦고 옛날의 모습을 되찾고 있는데, 종갑이네는 소식조차 감감하다.

(할매가 편찮으시니까네 늦게늦게 오는갑제.)

종소리가 울렸다.

땡땡땡땡 땡땡땡땡 …

정말 오랜만에 들어 보는 종소리였다. 종은 불탄 잿더미에서 찾

"종갑아아!"
"금동아, 울 할매 죽었어."

아내어 동쪽 측백나무 가지에 달아 놓았다.

아이들이 운동장 가운데 모였다. 4개월 전의 절반도 될까 말까 했다. 그중에도 왜기재 너머 돌음바우골 아이들은 1학년에서 6학년까지 한 사람도 오지 않았다. 돌음바우골은 전쟁 중에 한 채의 집도 남지 않고 전부 폭격에 불타 버렸던 것이다. 구미동과 망호동 아이들도 절반은 오지 않았다.

아이들의 숫자만큼 선생님들의 얼굴도 몇 되지 않는다.

4학년 유준이네 오열발 선생님과 6학년 강희준 선생님, 3학년의 김범준 선생님이 입대해 갔고, 다른 몇 분 선생님도 보이지 않는다.

2학년의 이민구 선생님과 1학년의 금동이네 우화자 선생님의 모습이 나타나자 1학년 아이들은 제자리에서 팔짝팔짝 뛰며 어쩔 줄을 모른다.

"선생님요오!"

"똥단지 선생님요오!"

"똥단지 선생님 오셨다아!"

그러나 똥단지 선생님은 그전처럼 뚱뚱하지 않았다. 얼굴빛도 노오랗다. 머리카락 파마도 풀어지고 하늘색 저고리 빛깔도 바래어졌다.

교장 선생님이 단 위에 올라갔다. 흰 머리카락이 더 늘어나고 두 볼이 홀쭉하게 들어간 교장 선생님은 어린애처럼 금방 울음을 터뜨릴 듯한 모습이다.

"사랑하는 학생 여러분, 이렇게 다시 만나게 되니 무어라 말할 수 없이 반갑습니다. … 훌쩍 ….”

교장 선생님은 콧물도 나오지 않는데 코를 한 번 훌쩍 들이키고 나서 다시 말을 이었다.

"… 뜻하지 않았던 전쟁으로 지금 대한민국 국민들은 너무도 어려움 속에 살고 있습니다. 여러분처럼 나이 어린 소년 소녀들까지 이렇게 잿더미가 된 마당에 서서 갈 곳조차 없게 되었습니다. 더욱이 이 가운데에는 정든 집과 부모 형제를 폭격으로 잃어버리고 하루아침에 불쌍한 고아가 된 아이들도 있을 것입니다 ….”

여기저기서 훌쩍거리는 소리가 들려왔다. 교장 선생님은 손수건으로 눈을 지그시 씻고 나서 다시 말을 이었다.

"이제 곧 추운 겨울은 닥치고 ….”

그때였다. 4학년 줄에서

"와앙 …!"

하는 울음소리와 함께 땅바닥에 털썩 주저앉아 버리는 아이가 있었다. 모두의 눈길이 그 아이한테 쏠렸다.

학분이었다.

"우와아아!"

학분이의 울음소리는 불타 버린 학교 운동장을 꽉 죄듯이 맴돌며 불길 때문에 잎사귀가 빨리 말라 버린 플라타너스 나뭇가지를 흔들면서 하늘 높이 솟아올라 갔다.

아이들이 와글와글 떠들기 시작했다.

우화자 선생님이 뛰어오고 다른 선생님들도 달려와 학분이를 일으켜 세우려 했다. 학분이는 주저앉은 채 버티고 일어나지 않는다.

단 위의 교장 선생님도 하던 말을 중간에서 그만두고 잠시 기다리다가 내려왔다.

"애야, 왜 우니? 왜 우니 …?"

우화자 선생님은 눈물이 뒤범벅이 된 학분이 얼굴을 손수건으로 닦아 주면서 달래지만 학분이 울음소리는 더 커지기만 한다.

"선생님요, 학분이네 아부지랑 어매캉 폭탄 맞아 죽었뻐렀니더."

5학년 줄에서 구경하던 같은 원호동에 살고 있는 순웅이가 무뚝뚝하게 가르쳐 줬다.

"어머나!"

우화자 선생님의 낯빛이 하얗게 질린다.

"방 안에서 자다가 폭탄이 떨어져 납따그래졌뿌랬니더."

종찬이가 말해 놓고 찔끔했다. "납따그래졌뿌랬니더."가 아무래도 좋은 표현이 아니라는 것을 알아차렸기 때문이다.

"까르르 …."

하는 웃음소리가 났지만 금방 조용해졌다. 순웅이가 더 자세하게 이야기했다.

"뒷산 너매 산골짜기에 동네 사람들 모두 숨어 있다가 양식 가지러 집에 갔는데, 밤이 늦어서 자다가 폭탄이 떨어졌제요. 그날 밤에 우리 학교도 다 탔뿌랬고요. 산속에 숨어서 보니까 온 하늘이 뻘

젖게 대낮 같았어요."

학분이는 눈물을 닦고 일어섰다.

(얼래?)

1학년 줄에서 금동이가 교문 쪽으로 무심코 고개를 돌리는데 이상한 사람이 서 있었다. 거지 같은 할아버지와 조그만 아이가 망설이는 듯 이쪽을 보고 서성대는 것이다. 어쩐지 낯익은 할아버지 같아서 갸우뚱거리며 보던 금동이는 하마터면 뛰어오를 듯이 놀랐다.

"종갑아아!"

금동이는 젖 먹은 힘까지 다 내어 달려갔다. 금동이가 달려가는 것을 본 유종이 고개를 그쪽으로 돌렸다. 유준이도 돌아봤다.

달려간 금동이는 종갑이와 다섯 발쯤 사이를 두고 딱 멈추어 섰다. 차렷을 하고는 먼저 할아버지께 절을 했다.

종갑이는 생글생글 웃는다. 금동이는 종갑이와 마주 바라보기만 하고 입이 떨어지지 않는다. 조금 뒤에야 금동이는 가까스로 말할 수 있었다.

"너그 집에 오늘 아침에도 가 보고, 엊지녁답에도 가 보고, 날매둥 날매둥 가 봤어. 갈 때매둥 아무도 없어가주 눈물이 날라카드라."

생글생글 웃던 종갑이가 갑자기 입을 꽉 다물었다. 그러나 종갑이는 목구멍에서 치밀어 오르는 덩어리를 애써 삼킨다.

"금동아, 울 할매 죽었어."

"할매가?!"

"그래가주 산대백이에 묻어 놓고 왔어."

운동장 위, 드넓은 하늘로 물오리떼가 줄지어 날아가고 있다.

"종갑아아!"

"종갑아아!"

유종과 유준이 부르면서 함께 달려오고 있다. 그리고 우화자 선생님도 뛰어온다.

"할배요, 인제 돌아오셨니껴?"

유종과 유준이 절을 꾸뻑꾸뻑 했다.

"선생님요오."

종갑이가 우화자 선생님을 쳐다봤다.

"선상님, 오랜만이시더."

종갑이네 할아버지가 등에 보퉁이를 진 채 공손히 절을 했다.

"할아버지, 고생 많이 하셨죠?"

우화자 선생님은 주름투성이인 할아버지의 손을 잡아 드렸다.

"고생이사 아무나 없이 다 했제요. 볼일이 있어 인제사 돌아오는데, 종갑이가 핵고부터 가 보자 해서 이러키 누추하제만 찾아왔니더."

"별말씀 하십니다. 할아버지도 …."

우 선생님은 할아버지의 검게 그을린 얼굴을 바라보았다. 가을인데도 아직 무삼베 중우 적삼을 입고 있다. 해지고 깁고, 군데군데

살갗이 드러나 보이는 곳도 있다. 전쟁이 지나간 거리에 이런 모습은 보통 있는 일이지만 역시 그냥 지나쳐 볼 수는 없다.

"혹시나 하고 요행을 바랬더니만, 결국 핵고도 이렇게 없어졌구만요."

할아버지는 조용히 한숨을 내쉬고는 종갑이 손을 잡았다.

"갑아, 이젠 집에 가 보자."

"······."

"선상님, 이담에 또 찾아뵈옵시더. 고생이제만 수고하시이소."

"할아버지, 부디부디 몸조심하세요."

우 선생님은 무어라 위로해야 할지, 할 말이 너무 많아 정작 한 마디도 나오지 않는다.

"종갑아, 이따가 학교 마치고 갈게."

금동이와 유종이, 유준이가 고개를 까닥까닥거린다.

할아버지의 손을 잡은 종갑이는 철둑길을 지나 들판에 나왔다. 4개월 전에 이 길로 금동이와 학교에 다니던 정다운 길이다. 노랗게 익은 벼이삭이 고개 숙이고 전쟁 속에서도 용하게도 제구실을 해 왔다.

"할배, 할매도 없이 둘이서 어떻게 하니껴?"

중들 냇물을 건너 언덕길을 올라가며 종갑이가 물었다.

"할매 없어도 살아야제. 종갑이 얼른얼른 커서 장개가두룩 ···."

"인지부터 내가 밥할까요?"

"밥할 줄 아나?"

"할 줄 알제요."

송리동 들머리 학나무 밑을 지나 송마골 가는 길에 들어섰다. 그립던 삿갓집을 보는 순간, 종갑이는 갑자기 콧날이 시큰대었다. 할머니가 금방 내다보고 손짓하는 것만 같았다. 수백 리 남쪽 낯설은 산등성이에다 묻어 두고 온 할머니가 내다봐 줄 리 없다.

그때, 피난길에서 밤중에 금동이네와 헤어지고 난 사흘 뒤, 소나기가 내리던 저녁때 할머니는 한 많은 일생을 끝맺으신 것이다. 피난길에서 약 한 첩 잡수어 보지 못하신 채 고통 속에서 숨을 거두셨다.

(할매는 내치 내 걱정만 했제.)

"종갑인 밥 많이 먹고 얼른얼른 커야 된대이."

할머니는 종잇장처럼 하얗게 핏기를 잃어 갔다. 할아버지는 마냥 말없이 지켜보고만 있었다.

"할매애 … 할매애 …."

종갑이는 꿇어앉아서 울었다. 죽는 것이 바로 이런 것이라고 두려움과 슬픔이 밀어닥쳐 종잡을 수 없었다.

먹구름이 밀려오더니 갑자기 소나기가 퍼부었다.

할아버지는 천막을 여미고 할머니를 안았지만 빗방울은 사정없이 불어닥쳐 셋은 머리에서 물이 줄줄 흐르도록 젖어 버렸다.

"할매애 … 할매애 …."

갑자기 바람이 거칠게 불어치더니 천막이 훌렁 벗겨져 버렸다. 할아버지는 온 힘을 다해 할머니를 감싸 주었지만 역시 허사였다.

소나기가 그치고 난 다음엔 물속에 빠졌다 금방 나온 것처럼 흠뻑 젖어 버렸다.

구름이 걷혀 햇빛이 나왔을 때 할아버지는 조심스레 할머니 얼굴을 가렸던 누더기를 벗겼다. 할머니는 눈을 꼭 감고 벌써 숨이 끊어져 있었다.

"여보오오 ⋯."

흐느낌인지 통곡인지, 할아버지의 눈에 처음으로 굵은 물방울이 방울방울 떨어져 내리고 있었다.

"종갑아, 할맨 좋은 데 갔다. 이자 아무 고생 않고도 피안히 피안히 살 수 있는 데 갔다."

놀이 빨갛게 물드는데 할아버지는 마을로 내려갔다.

"괭이하고 삽하고 얻어 올끼이까네 여기 지키고 있거래이."

처음엔 섬뜩하게 겁이 났지만, 종갑이는 꼿꼿이 앉아서 기다렸다.

얼마 뒤에 할아버지는 뭉툭하게 닳은 삽과 괭이를 얻어 왔다. 할아버지는 할머니를 보듬어 안고 괭이를 종갑이에게 들리고 삽만을 들고 산을 올라갔다. 뒤따르던 종갑이가 문득 멈춰선 곳은 잔디가 고운 양지쪽 산등성이였다. 할아버지는 거기다 구덩이를 팠다.

해가 넘어가고 별이 돋고, 그리고 밤이 깊도록 깊이깊이 구덩이를 팠다. 종갑이가 졸음이 와서 꾸벅꾸벅 졸자 할아버지는 한녘에

눕혀 잠재워 주었다.

  잠들었던 종갑이가 눈을 떴을 땐 아침이었다. 할머니 무덤은 봉우리까지 잘 다듬어져 있었다.

  "종갑아, 이제 됐다. 내려가자."

  할아버지는 종갑이 손을 잡고 산을 내려왔다.

  "마실에 가서 밥을 얻어먹어야제."

  보따리를 챙겨 지고 함께 터벅터벅 걸어 마을로 갔다.

  할머니와의 이별은 이렇게 쉽게 이루어진 것이다.

  지금도 종갑이는 빗속에서 숨을 거둔 할머니의 얼굴이 확 다가오는 듯한 느낌이었다. 그러다간 갑자기 활짝 웃으시는 인자한 생전의 할머니 모습이 보인다.

  그러나, 그립게 찾아온 삿갓집은 쓸쓸히 비어 있었다. 거미줄과 잡초와 눅눅한 냄새뿐이었다.

  방문은 온통 부서져 있고, 다섯 가마니 수북수북 담아 놓고 갔던 보릿가마니는 하나도 없었다.

  "할배요, 아무것도 없니대이. 누가 다 가주갔뻐릿니더."

  할아버지는 잠시 눈을 감았다가 뜨고는 앞산 너머 먼 하늘을 조용히 바라보았다.

남아 있던 사람들

"유준아, 우린 인지부터 언지까지나 언지까지나 슬플끼다."

달빛이 훤한 냇가 둔덕에서 복식은 풀밭에 웅크리고 앉아 혼잣말처럼 유준에게 이야기했다.

"흡사 「마의태자」 연극 대사 같네."

유준은 작년 봄 학예회 때, 6학년들이 보여 준 연극 「마의태자」의 마지막 장면에서 베옷을 입은 왕자가 혼자 금강산으로 들어가면서 읊던 말이 생각났다. 지금 복식이가 말한 것이 그때 마의태자의 그것과 너무도 닮아서 한 번 놀려 준 것이다.

"남은 잔뜩 벨러가주고 이야기하는데 니는 웃나?"

복식은 일어서 가려고 했다.

"골났나?"

"……."

복식은 대답 않고 몇 발자국 그대로 걸어갔다.

소슬바람이 불어오자 달빛에 비친 냇물이 흔들리며 물속의 달을 조몰락거린다.

복식은 둔덕을 넘어 마을 쪽 오솔길로 미끄러지듯 내려가 버린다. 유준은 좀 난처했지만 그대로 앉아 있었다. 서른 번을 셀 수 있는 짧은 사이에 복식은 되돌아왔다.

"왜 돌아왔노?"

"유준아, 그라지 마고 내 말 들어 봐라, 응."

둘은 자세를 고쳐앉았다. 복식은 유준이 곁으로 바싹 다가앉는다.

"인민군들이 또 언제 쳐내려오겠노, 응, 준아?"

"야가 뭐라카노? 인민군이 또 쳐내려오마 다아 죽는다."

"안 죽어. 쳐내려와야만 된다. 그래야 우리가 살 수 있어."

유준은 후딱 생각났다. 복식이 하는 말이 우스개가 아니라는 것을 알아차렸다.

복식은 저희 아버지 걱정을 하고 있는 것이다. 유준이네가 긴 피난살이를 하고 돌아온 그 사이, 마을에 남아 있던 사람들이 모두 북쪽 공산당 밑에서 일을 하고 있었다. 동사무소 창고를 임시 교실로 만들어 국민학교의 책상 걸상, 칠판을 날라다가 사용했다. 어른들은 모두 공산당 조직에 들어가 한 가지씩 일거리를 맡고, 아이들은 그들이 가르쳐 주는 북쪽 노래와 인민교육을 받고 있었다.

피난을 나간 사람들의 논밭을 남아 있던 사람들에게 고루고루 나

뉘 주고, 앞으로는 정말 꿈같이 살기 좋은 세상이 될 것이라 얘기하고 있었다.

그러나, 굴참나무 산 밑에 살고 있는 채소장수댁이 자기네 몫으로 분배받은 동장 댁 콩밭에서 투실투실 영근 수수 이삭을 잘라 오던 날, 그토록 자신만만하던 북쪽 인민군들이 서둘러 마을을 떠나고 있었다.

잇달아 들려오는 소문은 쫓겨 내려갔던 국군이 벌써 서울을 차지했다는 것이다.

마을 사람들은 모두 죄인이 되었다. 공산당에 들어가 일하던 남자 어른들은 사흘 안에 모두 밤길을 걸어 북쪽으로 피난을 간 것이다.

"그래서 인민군이 다시 쳐내려 오마 북쪽으로 내뺀 사람들이 돌아올 수 있단 말이제?"

"그렇제."

유준은 복식이 마음을 알 수 있었다. 그러나, 그건 안 될 일이다.

"하지만, 그건 안 돼!"

"왜 안 되노?"

"인민군이 또 쳐내려 오마 너도 죽고, 나도 죽는다."

"니는 너그 아부지 살아 있다꼬 너그 집만 생각하네?"

"……."

"너그도 남쪽으로 피난갔을 때, 얼른 국군이 쳐올라갔이만 하고 빌었제. 남 다 죽는 것 하나도 안 생각하고, 그랬제, 응? 그랬제?"

복식은 다그치고 있었다.

"복식아, 그건 다르제. 국군이 우리 땅 도로 찾을라꼬 쳐올라온 건 옳은 일이제."

"어예가주 그게 옳노? 우리 땅이마 첨부터 뺏기지 말아야제. 너그는 왜 우리 땅 냇삐리고 왜 들어뺏드노? 왜 들어뺏드노! 울 아부진 어디 공산당이 좋아서 여기 남아 있었나?"

"……."

"내사 소련 탱크도 싫제만 미국 비행기도 싫다. 우리 학교 다 때리부신 거는 미국 비행기다. 너그는 미국 비행기가 우리땅 다 때려뿌샤도 너그만 살아나마 된다꼬 했제? 응, 그랬제?!"

유준은 끝내 몰리고 말았다. 복식의 내리치는 듯한 물음에 대답할 말이 없었다. 평화롭기만 했던 고향 마을에 이런 슬픈 일들이 기다리고 있을 줄은 꿈에도 몰랐던 것이다.

남아 있던 사람들은 통 바깥나들이도 하지 않았다. 간혹 볼일이 있어 나오면 으레 고개를 숙이고 다녔다.

읍내 가는 신작로를 비껴 나간 암산 골짜기에서 몇 트럭이나 되는 사람을 실어다가 굴비 두름처럼 줄줄이 묶어 놓고 총살해 버린 사건만 없었어도 그렇게 죄인 노릇을 하지 않았을 게다. 복식이 말처럼 남쪽으로 비겁하게 달아났던 사람들보다 남아 있던 사람들이 더 떳떳하고 잘한 것일 텐데, 도리어 그들은 반역죄로 끌려가 죽은 것이다.

총살당한 사람 속엔 큰 대문집 화순이네 아버지도 끼여 있었다. 공교롭게도 그 화순이네 읍내 큰아버지는 공산당들에게 맞아 죽었다. 형제가 하나는 인민군에게 죽고, 하나는 국군에게 총살당한 것이다. 한쪽 다리를 저는 짝발이 아저씨, 윤씨 아저씨, 집배원이었던 박씨 아저씨, 그들은 정말 순박하고 착한 사람들이었다.
　"복식아, 너그 아부지는 그래도 살았으니까 언지등동 기대리마 올끼다."
　한참 뒤, 복식이 마음이 좀 가라앉은 다음에야 유준은 그렇게 말했다.
　"그건 맞아. 아부진 언진가는 돌아오실끼다."
　"나도 인제 좀 알 수 있을 것 같애. 우린 누구한테 속고 있는 거다."
　"유준아, 니한테만 이것 보이 줄끼까네 오늘 밤새 다 보고 불에 태웠뻬러래이."
　복식은 품속에 감춰 놓았던 책 한 권을 내어 놓았다.
　"그게 무신 책이로?"
　"인민군한테 얻은 거래."
　"인민군한테서?"
　"왜 놀랬노? 니는 우리가 인민교육 받았다고 모두 공산당이 다 된 줄 알제? 그건 큰 잘못이다. 그 책을 읽고 우리 내일 다시 이야기하자."
　복식이와 헤어져, 유준은 오지랖 속에 책을 감춰 들고 집으로 갔다. 건넌방에서 동생 유종이 벌써 잠들어 있었다.

　유준은 유종의 잠든 것을 한 번 더 자세히 보고, 그리고 누가 엿보는 사람이 있나 없나 눈여겨본 다음, 복식이 준 책을 꺼내었다. 호롱불에 바싹 다가앉아 겉장부터 들여다봤다.

　초가집이 그려져 있고, 커다란 황소가 있고, 머슴애 하나가 그 황소를 몰고 가는 그림이었다. 그 책은 북쪽 아이들이 읽는 어린이 잡지였다.

　유준은 부쩍 호기심이 나서 책을 활짝 펼쳤다가 다시 꼭 닫아 버렸다. 그러다가 겨우 두근거리는 가슴을 억누르며 읽기 시작했다.

　이튿날, 학교 가는 길에서 복식이와 책 이야기를 했다. 복식은 좀 걱정되는 듯이 유준을 쳐다봤다.

　"준아, 그 책 아무한테도 안 보여 줬지?"

　"그래, 내 혼자 보고 부석에다 태웠부랬어."

　"동화 읽었제? 영식이네 아부지 엿장사 이야기 ….''

　복식은 유준의 얼굴에서 어떤 생각이 나타나는지 살피느라 눈빛이 유달리 반짝거렸다.

　"읽었다."

　유준은 복식의 눈을 마주 봤다.

　"영식인 아부지가 엿장수라도 부끄럽지 않다 했제?"

　"그래, 그건 좋은 태도야."

　"그런데 …."

"그런데?"

"영식이 일본 국기 싫어한 것 참말이겠나?"

복식은 끈덕지게 묻는다.

"아마 싫어했겠제. 일본 국기는 한국 사람 다 싫어했으이까네."

"그라마 소련 국기는 뭣이 좋아서 까불고 날뛰었노?"

유준은 화끈하게 얼굴이 붉어졌다. 어젯밤 냇가에서 복식이 미국 비행기 폭격에 대해 쏘아붙이던 말이 생각났다.

(… 너그는 미국 비행기가 우리땅 다 때려뿌샤도 너그만 살아나마 된다꼬 했제? 응, 그랬제! 그랬제! 그랬제 …!)

복식은 광대뼈에 힘을 꽉 주면서 계속 속을 이기지 못한다.

"영식이 짜식, 터구배기 짜식!"

그 소리가 흡사 "유준이 짜식, 터구배기 짜식!" 하는 것 같다.

"복식아, 내가 잘못했대이. 그래, 우린 앞으로 어짜마 좋노?"

"우린 모두 영식이 자식 거튼 아아들 보고, 소련군도 미국군도 다 못 믿는다꼬 갈쳐 줘야 해. 안 그라마 다 죽는다. 산다 해도 그건 부끄러운 목숨이제."

복식은 너덜하게 허리에 맨 무명 책보자기를 엉덩이에서 조금 추슬러 올렸다. 먼 데 산과 들을 바라보았다. 읍내 쪽 신작로 저기만치에 암산 바위벼랑이 보인다.

저 후미진 골짜기에서 화순이네 아버지가 죽었다. 짝발이 아저씨도, 윤씨 아저씨도, 그들은 소련군이 좋다고 끌어들이지 않았다. 미군이 좋다고 끌어들이지도 않았다. 다만 기나긴 세월 고달프게 이 땅 위에 살아온 한국의 백성들이다. 시대가 바뀔 때마다 살기 위해 겉으로만 이런 모습도 되고 저런 모습도 되면서 밭을 갈고 씨를 뿌리며 집을 짓고 아이들을 낳고 ….

피난을 미처 못 간 사람들은 이런저런 까닭이 다 있었다. 유준이네가 송아지를 다리 밑에 밀어 놓고 가던 그날 밤, 시장골 고개 밑에서 잠자던 사람들은 갑자기 들이닥친 전쟁을 빠져나갈 수 없었다. 도리어 총탄을 피해 북으로 되돌아가야 했다.

복식이네는 할아버지가 편찮으셔서 고개 밑까지 가는 데 날이 저물어 버렸고 화순이는 많은 가족들이 앞서거니 뒤서거니, 걸음이 느렸다. 송마골에서도, 송리동에서도, 먼물동네, 장사리, 향교골 사람들도 시장골 고개에서 길이 막힌 사람들은 남으로 빠져나간 사람들과 거의 비슷한 숫자였다.

피난민들은 으슥한 산길로 가면 안전하다고 해서 그쪽으로만 몰렸던 것이 도리어 잘못되었다. 인민군 탱크부대는 넓은 신작로로 유유히 내려왔기 때문이다.

"유준아, 우린 남쪽으로 간 너거 집하고, 모두 우째 됐일꼬 걱정 뒤기 했대이. 너거는 피난하니락꼬 고생 많이 했다 카제만, 우리도 석 달 동안 하루도 마음 놓고 지내 보지 못했다."

"그래, 안다. 니캉 내캉 둘만 알아도 된다. 우리는 아무도 잘못한 사람들 없대이."

"앞으로 또 어찌 되노?"

"안 죽으마 사는 거지 뭐. 열심히 공부나 하자."

어느새 갈림길 신작로까지 나와 버렸다. 추수가 끝난 학교 길은 목덜미가 시리고 아직 양말을 신지 않은 맨발이 시렸다. 누런 가로수 잎사귀가 우수수 떨어져 흩어졌다.

"싱야, 이따 올 때, 내 연필 꼭 사온내이."

문식이가 복식에게 한마디 던져 놓고 먼물동 학교 쪽으로 유종과 같이 달려간다. 3학년 아이들은 2학년들이 무척 부럽다. 불타다 남은 국민학교 뒷교사는 6학년 언니들과 2학년과 1학년이 남고, 3학년에서 5학년까지는 이곳저곳 흩어져 간 것이다. 학년별로 세 반씩 네 반씩 있던 것을 모두 두 반으로 줄여 버렸다. 3학년들은 망호동 양지쪽 옛날 서당 두 채를 빌렸고 4학년은 그곳 교회당을 빌려 세 학급이 함께 공부했다. 5학년 1반은 망호동 음지마을 서당 하나를 빌리고, 2반은 냇물 건넛마을로 갔다.

4학년, 5학년은 상급생이어서 먼 길에도 참을 수 있지만 3학년 아이들은 가장 고생이었다.

"우우우리도 먼물 학교에 대대댕기게 해야제."

말을 너무 많이 더듬어서 "닷다뿌리기"라고 불리는 3학년 1반 동수는 무척 불평을 했다.

용각동과 국곡동 아이들은 왕복 40리가 넘었다. 아침엔 아무리 새벽밥을 먹고 와도 항시 지각이었다.

"너거는 그래도 집이 자까우이까네 괜찮제. 우리맹꼬로 멀어 봐라, 우째 댕기겠노."

제일 멀다고 하는 용각 2동의 원달이는 동수 말에 핀잔을 준다. 원달이는 20리 길을 걸어와도 조금도 불평이 없다. 깍지째 삶은 콩을 저고리 안주머니에 넣고 다니며 부지런히 까먹는다.

"돼돼돼돼애지야, 호혼자 먹지 마고, 쪼쫌 도오고."

"그래, 죽거마."

원달이는 인심 좋게 한 줌 듬뿍 쥐어 동수를 준다.

은행잎이 떨어지는 서당 언덕길은 그래도 즐거운 편이다. 먼물동 본교에 남은 1학년에 비하면 깨끗한 서당 마루방이 있기 때문이다. 가장 억울한 것은 1학년 아이들이었다.

금동이와 종갑이네는 현관 시멘트 바닥에 가마니때기를 깔아 놓고 거기 앉아서 공부했다. 우르르 뛰어 들어가면 먼지가 콧속으로 사정없이 들어간다. 전에 책보를 들고 언니들의 교실에 옮겨 다니며 제각기 친한 짝과 함께 앉아 공부하던 때가 얼마나 즐거웠던가.

금동이와 종갑이는 현관 교실에서는 한자리에 앉지 못했다. 키가 큰 종갑이는 맨 뒤쪽에 앉았고, 키가 조금 작은 금동이는 앞자리에 앉았다.

우화자 선생님은 먼지 때문인지 연방 재채기를 했다. 아이들이 가마니때기를 펄렁거리면 얼른 입과 코를 꼭 막았다. 코를 꼭 잡고 있다가 놓으면 콧잔등이 새빨갰다.

소련군이 좋다고 끌어들이지 않았다.
미군이 좋다고 끌어들이지도 않았다.
다만 기나긴 세월 고달프게 이땅 위에 살아온 한국의 백성들이다.

"선생님 코 봐라아!"

아이들이 까르르 웃으면, 선생님도 따라 웃는다. 우 선생님의 웃는 소리는 유달리 컸다.

"자, 우리, 책 잘 추려 놓고 밖으로 나가요."

"와아!"

아이들은 책보자기를 대충 치워 놓고 바깥 운동장으로 나간다. 넓은 운동장만은 폭격에도 끄떡없이 말끔하게 정돈되어 있다. 가을 낮 햇볕은 무척 포근하다.

아이들은 플라타너스 나무 밑으로 가서 옹기종기 섰다. 우 선생님은 벌써 노래를 부르기 시작했다.

뻐꾹 뻐꾹 산속에서 울면
뚝딱 뚝딱 나무 찍는 소리
뻐꾹 소리 장단 맞춰 찍고
찍는 소리 흉내 내어 운다
뻐꾹 뻐꾹 깊은 산속에
뚝딱 뚝딱 해는 저문다

뒤따라 부르는 아이들은 마지막 끝맺을 땐 목청껏 "해는 저문다 아아!" 하고 소리 지른다.

"선생님요오! 이바구해 주이소오."

"이바구해 주이소오!"

아이들은 땅바닥에 그냥 털썩 주저앉는다.

"무슨 이야기?"

"옛날 이바구우!"

선생님은 얘기를 시작했다. 녹두영감과 토끼 얘기다.

"… 녹두영감이 토끼 잡으려고 덫을 놓았거든. 하지만 토끼들은 꾀가 많아서 덫을 묶어 놓은 칡덩굴을 이빨로 모두 갉아먹어 버렸어. 생각다 못해 녹두영감은 토끼 한 마리라도 붙잡으려고 녹두밭에 죽은 척하고 드르누워 있었어. 토끼들은 정말 죽은 건지, 거짓 죽은 건지 알아보려고 살금살금 가까이 가 보니, 이것 봐라, 녹두영감이 한쪽 눈을 금방 떴다가 슬쩍 감아 버리거든. '안 죽었다. 눈이 매롱매롱거린다.' 토끼들은 모두 달아났어. 녹두영감은 진짜 이젠 눈을 꼭 감고 한나절 동안 꼼짝 않고 누워 있었어. 토끼들은 정말 죽은 걸로 생각하고 여럿이 떠메고 '녹두영감 죽었다! 녹두영감 죽었다!' 파묻으려고 메고 가는데 …."

몇 번이나 들은 얘기지만 조금도 싫증이 나지 않고 재미있었다.

우화자 선생님은 어둠컴컴한 현관에서 국어 읽기보다 산수 공부보다 노래와 얘기가 훨씬 좋았다. 듣는 아이들도 좋지만 선생님도 아이들만큼 재미있고 즐겁다.

오전 수업이 모두 끝나 돌아가는데, 숙직실 옆 조그만 창고를 임시 직원실로 사용하고 있는 그 앞에서 우 선생님이 부른다.

"종갑아아, 종갑아아 …!"

종갑이는 힐끗 돌아보고는 달려갔다.

"종갑이는 할배하고 둘이 심심하지?"

"안 심심해요. 어제 저녁에도 이불 깔아 놓고 할배하고 씨름했더니."

"할배하고 씨름을?"

"할배 한 분 이기고, 내 두 분 이겼니더."

우화자 선생님은 빙그레 웃었다. 왠지 눈시울이 더워진다. 할아버지가 불쌍한 손자와 함께 씨름을 하는 모습이 그렇게 웃어 버릴 수만은 없었다.

"이것 선생님이 종갑이한테만 주는 거다."

선생님은 세 자루의 연필을 종갑이 손에 쥐어 준다. 종갑이는 눈이 동그래졌다. 잠시 얼떨떨하게 서 있다가,

"싫으이더, 선생님요."

하면서 몸을 흔들었다.

"왜 싫으니?"

"선생님 돈도 없으면서요?"

"……."

우 선생님은 자기도 모르게 목구멍이 뜨거워졌다.

"아니야, 선생님 돈 많어. 가지고 가."

종갑이는 선생님의 반짝거리는 눈을 잠깐 보다가 마지못해 연필

을 받았다.
 "고마부이더."
 절을 꾸뻑 하고는 연필을 꼭 쥐고 저만치 금동이가 서서 기다리는 교문으로 달려갔다.

종갑이와 할아버지

망초동 임시학교로 다니는 아이들은 오가는 길이 무척 위태로웠다. 12월이 가까워지면서 많은 미군 병사들이 모여들었다. 새까만 흑인 병사 쪽이 더 많았다.

지서 앞을 지나 부서진 다리 입구에서 그 미군 병사들이 한창 복구 작업을 하고 있었다. 삽차, 불도저, 덤프트럭 등이 복잡하게 다니는 그 사이를 아이들은 빠져나가 학교에 가야 했다.

길거리나 들판에 전쟁 중에 버려진 총알 같은 폭발물이 아무 데나 흩어져 있었고, 얼마 전 구계리에서 나무꾼이 산에서 갈퀴로 솔잎을 긁다가 지뢰를 건드려 터지는 바람에 몸뚱이가 산산조각이 나서 죽었다.

5학년들이 공부하고 있는 음지마을 서당 건너편 행길 옆에, 커다란 탱크 한 대가 버려진 채 녹이 슬고 있었다. 아이들에겐 이런 위험물이 도리어 호기심을 돋우어 주고 가장 즐거운 놀이터였다. 바퀴 밑에서 탱크의 꼭대기까지 아이들은 주렁주렁 매달려 돌망치나 쇳조각으로 나사를 두들기고 비틀어 작은 부품들을 뽑아내었다. 하얗게 반질반질 빛이 나는 쇳덩어리 구슬은 큰 것은 주먹만 하고 작은 것은 콩알만 한 것도 나왔다.

수류탄 껍질, 총알 껍질, 그리고 아직 사용하지 않은 탄알들을 부지런히 주워 모았다. 아이들에겐 그것만이 제일가는 장난감이며 자랑거리였다. 누가 더 많이 갖고 있나 다투어 주워다가 식구들 몰래 뒤란에 묻어 두었다.

폭발물을 줍다가 다치거나 죽는 아이들이 생겨났다. 5학년 영득이가 기관총 탄알로 권총을 만들다가 폭발해서 죽었고, 4학년 명관이는 손가락이 전부 잘려 나갔다.

학교 선생님들은 심하면 벌을 서게 하고 종아리를 때리기까지 했지만, 따라다니며 말릴 수는 없었다. 부모님들조차 이 쓰레기처럼 흔한 폭발물에서 아이들을 보호하기란 어려운 노릇이었다.

아이들의 호기심을 끄는 또 한 가지는 장마을에 모여 있는 미군 병사들이다.

어른들은 이 외국인들을 못마땅한 듯 멀리하는 눈치였다. 그것은 얼마 전 몇 사람의 흑인 병사가 밤중에 마을로 들어와 처녀들을 끌어다가 자기네 천막에서 나쁜 짓을 저지른 일이 있었기 때문이다. 그러나 아이들은 이런 것쯤으로 그들을 미워하거나 무서워하지 않았다. 미군 병사들을 졸졸 따라다니는 아이들의 모습은 그대로 거지떼였다.

되지도 않는 외국말을 몇 마디 지껄이며 온갖 아첨을 다 부린다. 운이 좋으면 초콜릿이나 껌을 던져 주고 그렇지 않으면 고함을 쳐 대며 쫓아 버린다. 못 알아들었지만, 아마 고약한 욕지거리를 아이들에게 쏘아붙였을 게다.

12월 초순인 어느 토요일 오후, 학교를 마치고 금동이와 종갑이도 돌고개 너머 다리 복구 공사장에 가 보기로 했다. 운이 좋아 검둥이 아저씨든 흰둥이 아저씨든, 누구라도 껌 한 통만 던져 주면 굉장히 기분 좋을 텐데, 속으로 생각하면서 자갈밭 신작로 비탈길을 올라갔다.

지프차가 지나가고 군인 트럭이 지나갔다. 어쩌다가 미군 트럭이 지나갈 때 "와아!" 소리 지르면 건빵이 봉지째 날아오기도 한다.

그런데 종갑이는 발걸음이 잘 가지지 않았다. 그날따라 아침에 할아버지는 나무를 하러 가느라고 지게를 지고 골목길까지 함께 나와 종갑이를 보내면서 왠지 쓸쓸하게 서 있던 모습이 머릿속에 남았기 때문이다.

(그냥 돌아갔뻣까?)

종갑이는 몇 번이고 돌아서고 싶으면서도 걸음은 멎어지지 않았다.

고개를 넘어서자 저어기 한창 일하는 공사장에 아이들이 북적거리며 있었다.

(껌 얻어갓고 할배 갖다 디린다.)

종갑이는 운이 좋으면 껌 한 통쯤 얻을 수 있을지 모른다는 생각을 한다. 아니면 두 개, 아니면 한 개라도 얻어가지고 집에 가서 할아버지와 반 쪽씩 나눠 씹어도 좋겠다는 생각이 든다. 종갑이는 어떡하면 할아버지를 기쁘게 할 수 있는지 방법을 몹시 찾고 있었다. 할머니가 돌아가시고 나서부터 할아버지는 기운이 없다. 다만, 종갑이 보는 앞에서만 기운이 있는 척, 즐거운 척한다.

(내사 이 세상에서 울 할배가 젤 좋제.)

그런데, 그 할아버지가 무척 외로워 보여 종갑이는 안타깝다.

(할매가 안 계시니까 할배가 디이기 불쌍해 보이제.)

그래서 종갑이는 그만큼 할아버지가 마음에 쓰인다.

"금동아, 난 과자 얻으마 할배 갖다 디린다."

앙상한 가로수 밑 비탈길에서 종갑이는 금동이의 손을 꽉 그러잡으며 눈빛이 반짝거린다.

"나도 어매하고 누부야 줄끼다."

금동이는 윗입술까지 쪽 내려오는 콧물을 홀짝 코 안으로 도로 밀어 올리고는 혀끝으로 입언저리를 핥았다.

그리고는 둘이 함께 발걸음을 더욱 빠르게 옮겨 놓느라 잡았던 손을 놓았다.

불도저의 바퀴 소리, 트럭의 엔진 소리, 그리고 아이들의 떠드는 소리, 다리 공사장은 몹시 시끄럽다.

종갑이와 금동이도 시끄러운 소리 속에 한몫 휩쓸린다.

"할로우, 할로우 …."

"해브 유우."

"쌘큐, 베리마치 …."

벌써 모여든 아이들은 몇 개의 외국말을 되는 대로 지껄이면서 떠들고 있다.

흑인 병사가 주먹을 휘두르며 고함치면 우르르 달아났다가 다시 모여든다. 핫바지에 까까머리, 콧물이 줄곧 흘러내리는 것을 저고리 소매로 닦아 내며 꼬마들은 끈덕지다.

남쪽 미루나무 앙상한 가로수들이 먼지를 쓰고 있는 기다란 신작로로 몇 대의 트럭이 올라온다. 부서진 다리 앞 모서리를 깎아 낸 개울 바닥으로 지날 땐 모든 차들이 천천히 속력을 늦춘다. 세 대의 트럭에 모두 미군 병사가 타고 있다. 아이들은 그 세 대의 트럭에 몰려갔다.

"어이! 어이! 코쟁이, 할로우!"

"껌 한 통 안 주마 이거다!"

아이들은 팔뚝을 쑥쑥 내받으며 욕을 해 대다간 깔깔 웃어 제낀다.

금동이와 종갑이도 우우 떠드는 아이들과 섞여 트럭 곁으로 바싹 다가갔다. 종갑이는 가슴까지 설레었다. 꼭 할아버지께 갖다 드릴 선물을 얻어야 한다는 바람이 컸기 때문에 되도록 아이들을 헤치고 앞으로 나갔다.

맨 앞 트럭에서 무엇인가 홱 뿌려졌다. 멀리 던졌기 때문에 앞에 서 있던 종갑이는 그냥 멍청히 서 있어야 했다. 뒤편에 서 있던 아이들의 손에 반짝반짝 은지에 싸인 초콜릿 과자와 다른 이름 모를 과자들이 들려져 있다. 아이들은 다투어 줍느라 떼밀리고 치받아 넘기며 아우성들이다. 트럭에 탄 코쟁이 병사들이 큰 소리로 웃으며 재미있어 하고 있다.

두 번째 트럭에서는 아무것도 떨어지지 않았다. 마지막 트럭이 내를 건너 신작로로 올라가는 비탈을 슬슬 올라가면서 한 뭉치의 과자가 홱 뿌려졌다. 아이들이 와아 한꺼번에 몰려갔다. 종갑이는 동그랗고 납작한 통조림 한 개를 용하게 집어 들었다. 그리고 바로 옆에 운 좋게 떨어진 과자 봉지를 또 주웠다. 가슴 안이 온통 방망이질했다.

(할배, 할배, 이봐! 두 개나 주웠다. 재수 좋제? 응, 할배!)

아이들은 좋아라 날뛰면서 소리소리 지르고 있었다.

"쌘큐! 쌘큐우!"

"베리마치 …!"

그런데 그때, 아이들은 그걸 미처 보지 못했다. 더욱이 종갑이는 트럭과는 반대쪽을 향해 있었기 때문에, 비탈을 오르던 트럭이 뒷걸음질하고 있는 것을 꿈에도 생각지 못하고 있었다.

"종갑아아! 비키라! 비키 …."

"임마! 비키라 …!"

아이들은 소리 지르고 있었고, 종갑이는 후딱 뒤를 돌아다보는 순간 그 육중한 트럭의 뒷바퀴가 사정없이 종갑이를 쓰러뜨린 것이다.

"종갑아아 …!"

금동이가 발을 굴러 가면서 울음을 터뜨렸다. 그러나, 울던 금동이도 종갑이가 트럭 바퀴에 깔려 버둥대자 얼어붙은 듯 파랗게 질려 버렸다. 모여 선 아이들은 순식간에 조용해지고, 트럭 운전사는 자기 자동차 바퀴에 사고가 난 것을 금방 알아차리고 차를 멈췄다.

미군 병사들은 트럭에서 뛰어내려와 차를 앞으로 떼밀어 내었다. 바퀴에 깔렸던 종갑이는 피와 흙투성이가 되어 벌써 시체가 되어 있었다.

"죽었다아! 죽었다 …!"

아이들은 어느새, 이 끔찍한 소식을 빨리 전하기 위해 송리동 들길을 마구 달려가는 것이었다.

종갑이네 할아버지는 점심 나절까지 나무를 해 와서는 두 식구가 먹을 죽을 끓였다. 솥에 그냥 둔 채 종갑이를 기다리다가 그릇에 퍼 담아 놓고 또 기다렸다. 죽그릇은 자꾸 식어 가도록 종갑이는 좀처럼 오지 않았다.

할아버지는 골목길에 나와 서성대다가 추우면 방에 들어갔다가 하면서 기다렸다.

(날씨도 춥고 오늘은 반공일인데 왜 일찍 안 올꼬? 선상님도, 이

른 날은 쫌 일찍 돌려보내 주시야제.)

할아버지는 기다리다 못해 종갑이 몫의 죽그릇을 솥 안에 넣어 두고 나머지를 먹으려고 방으로 막 가지고 들어갔다.

그때, 밖에 아이들이 헐떡거리며 부르는 소리가 났다.

"종갑이네 할배요오!"

"할배요오!"

할아버지는 갑자기 가슴이 두근거리며 어떤 불길한 생각이 일어났다.

"왜들 그러나? 종갑이 어딨노?"

"종갑이가 도락구에 칭겼니더."

"피가 철철 흐르고 꼼짝 않고 눕었니더."

할아버지 얼굴이 핏기가 가시어져 하얗다 못해 파래진다.

할아버지는 짚신을 끌어다 신으면서 어지러워 넘어지려는 것을 간신히 버티었다. 아무것도 보이지 않고 아무 소리도 들리지 않는다. 숨이 차다 못해 콱 막혀 버린다. 할아버지는 멈추어 서서 목구멍을 티운 다음 다시 달렸다. 방천둑을, 앞냇물 돌다리를, 그리고 수재골 비탈길을 정신없이 뛰었다. 왼쪽 발의 짚신이 벗겨져 뒹굴었다. 그리고 오른쪽 짚신이 또 벗겨져 달아났다.

(종갑아아, 종갑아아 ….)

신작로 자갈밭길 돌고개를 넘었다. 지서 앞을, 그러고는 다리 공사장에까지 왔을 땐 거의 쓰러져 버릴 것 같았다.

종갑이의 시체는 헌 가마니때기로 가리어져 있었다. 할아버지는 고꾸라지듯 그 가마니때기 앞에 주저앉았다.

(종갑아, 니가 왜 여기 누웠노? 이 추운 거렁바닥에 왜 누웠노?)

할아버지는 가마니때기를 가만히 들췄다. 종갑이가 눈을 반짝 뜨고 웃으며 할아버지를 쳐다볼 것만 같았다.

그러나 종갑이는 눈을 뜨지 않았다. 이 세상에서 젤 좋다는 할아버지가 왔는데도 종갑이는 눈을 뜨지 않았다.

미군 병사 한 사람이 한국 군인과 함께 종갑이네 할아버지 곁으로 다가왔다.

"할아버지, 그 아이와 어떤 관계이십니까?"

철모를 쓴 군인이 물었다.

할아버지는 들리지 않는지 잠자코 앉은 그대로 꼼짝도 하지 않는다.

"할아버지, 이쪽을 보십시오."

군인이 할아버지의 어깨를 흔들었다. 할아버지는 그제서야 앉은 채 고개를 들고 군인을 쳐다봤다. 그리고 나란히 서 있는 미군 병사를 보았다. 여전히 아무런 말이 없다.

미군 병사가 군인에게 무어라 말하고 있었다. 군인이 그것을 통역하는 모양이다.

"할아버지, 실수를 해서 일이 그렇게 되었다고 사과하는군요."

구경꾼들이 멀찍이 둘러서서 이쪽을 보고 있다. 미군 병사가 호주머니에서 부스럭거리며 무엇인가 꺼내어 군인에게 건네준다. 군인

"종갑아아! 비키라! 비키…."

은 그것을 받아 할아버지께 내어민다. 한 묶음이나 되는 돈이었다.

"할아버지, 지금은 전시여서 어쩔 수 없습니다. 이걸 받아 그 아이 장례라도 치르세요."

할아버지는 군인을 멀거니 쳐다보았다. 그리고 미군 병사를 번갈아 봤다. 노란 눈알에 코끝이 유난히 튀어나온 거만스런 미군 병사의 얼굴이, 할아버지의 눈에서 커다랗게 확대되었다. 할아버지는 턱에서 입술까지, 그리고 온 얼굴의 살가죽이 부들부들 떨리고 있었다.

군인이 돈을 할아버지의 손에 집어 줬다. 할아버지는 여전히 미군 병사를 뚫어져라 보고만 있다.

(네놈들이, 네놈들이 우리 종갑이를 죽였구나. 할마씨는 쏘련놈의 탱크에 쫓겨가다가 죽었고, 애비는 왜놈들이 끌고 갔고 ….)

할아버지는 이젠 온몸을 부들부들 떨고 있었다. 군인이 집어 준 돈은 할아버지 손에 잡혀 있지 않고 땅바닥에 떨어졌다.

미군 병사와 군인은 무어라 중얼거리며 돌아서서 성큼성큼 가 버렸다. 할아버지는 와들와들 떨면서 더 버티고 있지 못하고 그 자리에서 앞으로 고꾸라졌다. 땅바닥에 떨어진 돈이 스르르 흩어져 바람이 불어오자 종이돈은 휙 날아올라 낙엽처럼 사방으로 흩어졌다.

눈을 감고 쓰러진 할아버지 눈앞이 희미하게 밝아오더니 삿갓집 양지바른 뜰 앞이 나타났다. 그 앞마당에서 할머니가 목화송이를 말리고, 종갑이는 대추나무 위에서 대추를 따고 있었다.
 종다래끼 가득히 빨간 대추를 딴 종갑이는 할아버지를 불렀다.
 "할배, 대래끼 비워 주이소."
 "오냐, 벌써 한 대래끼 찼나."
 할아버지는 종갑이한테서 대추 다래끼를 받아 내렸다. 광주리에 쏟아붓고는 다시 종갑에게 다래끼를 올려 줬다.
 "할마씨, 대추 먹어 보게나."
 할아버지는 할머니 곁에 대추 광주리를 들고 갔다. 할머니는 빨간 대추를 한 개 집어 입에 넣는다.
 "그것 엄침이 달구만요."
 할머니는 한 개를 더 집어다 입에 넣는다.
 대추나무 위의 종갑이가 내려다보고 큰 소리로 말한다.
 "할매, 대추 넣고 떡해 먹자, 응?"
 "그래, 조북심이 쪄서 먹자."
 할아버지가 참견을 했다.
 "왜 조북심이 찐다노? 대추찰떡을 한 시루 쪄야지."
 "할배, 참말이껑?"
 "참말이제."
 "그럼, 영감 먹고 싶으마 대추찰떡 해 먹제."
 가을볕은 따뜻하고, 애기 소리 또한 너무도 정답다.
 갑자기 대추나무 위의 종갑이가 찢어지는 듯한 소리를 한다.

"할배애애!"

소리와 함께 대추나무가 거꾸로 뒤집혀지며 종갑이가 저쪽 언덕 아래로 내동댕이쳐졌다.

깜짝 놀라 할아버지는 눈을 떴다. 양지쪽 앞마당은 간곳없고, 찬바람이 불어치는 냇가였다. 가마니때기에 가려진 종갑이의 시체만 거기 있고 할머니는 없었다.

할아버지는 종갑이의 싸늘한 손을 끌어다 잡았다. 참았던 눈물이 줄줄 흐르기 시작했다. 할아버지는 더없이 소중스레 피에 얼룩진 종갑이의 시체를 보듬어 안고 일어섰다. 벌써 그물그물 겨울 해가 서산으로 넘어가고 있었다. 할아버지는 천천히 걷기 시작했다. 아무것도 없는 허허벌판뿐인 세상을 혼자서 종갑이를 끌어안고 걷고 있는 듯했다.

할아버지는 이 세상에서 마지막인 자신의 핏줄을 뒷산 골짜기 깊숙이 묻었다. 할아버지는 종갑이 무덤의 흙을 부드럽게 쓰다듬으며 꼭꼭 다졌다.

집에 돌아온 할아버지는 어두운 방 안에 조용히 앉아 있었다. 이웃 사람들이 위로하러 찾아왔지만 도무지 말 한마디 하지 않았다.

밤이 깊도록 그렇게 혼자서 꼿꼿이 앉아 있던 할아버지는 어둠 속을 더듬어 뜰로 나갔다. 뜰 앞 대추나무를 찾았다. 아까 낮에 종갑이 시체 옆에 쓰러졌을 때, 꿈속처럼 나타났던 그 대추나무였다.

할아버지는 대추나무에 기어올라갔다. 그러고는 외따로 뻗어 나간 굵은 가지에 지게 꼬리를 비끄러매었다.

할아버지는 잠시 어두운 밤하늘을 쳐다보았다.

(종갑아, 너도 할매한테 갔이까네 나도 가야제 ….)

다음 날 아침, 날이 밝고 이웃 사람들이 와 보니 대추나무 가지에 목을 맨 할아버지의 시체는 벌써 얼음처럼 싸늘하게 식은 채 길게 늘어뜨려져 있었다.

대야 할머니네 암탉

두 번 눈이 내렸다. 산과 들은 흰 눈에 덮여 찬바람에 그대로 꽝꽝 얼어 버렸다. 방학이 되면서 아이들은 그 눈 내린 산으로 나무를 하러 다녔다.

아버지가 북쪽으로 가 버린 복식이 형제는 눈이 녹은 양지쪽 산등성이를 찾아다니며 갈비(마른 솔잎)를 긁어 왔다. 유준이와 함께 갈 때도 있지만, 동생 문식이와 둘이서만 갈 때도 있다.

유준이네는 저희 아버지가 초겨울부터 많은 나무를 해다 뒤란에 쌓아 뒀기 때문에 굳이 추운 날은 산에 가지 않아도 되었다. 그러나 복식은 눈비 오는 궂은 날은 어쩔 수 없었지만 아무리 추워도 갠 날은 빠지지 않고 지게를 지고 나섰다.

복식은 곧바로 산으로 갈 수 있는 샛길을 두고 일부러 돌아서 유준이네 집으로 가 본다.

"준아, 나무 안 가나?"

유준이가 함께 가 주면 복식은 더할 수 없이 좋았다. 하기는 나무 가는 아이들은 시내미골, 사내골, 흠시골로 줄을 이어 가고 있었지만 유준이와 함께 가면 왠지 힘이 생기는 것이다. 그런데, 유준이가 다른 일로 못 간다고 할 땐, 동생 문식이와 골목길을 돌아 나오며, 힐끔 유준이네 뒤란 집채만 한 나뭇가리를 쳐다보게 된다. 그러고는 아버지가 있는 유준이 처지와 견주어 보게 되고 공연히 돌아오지 않는 자기 아버지 생각이 나서 서러워지는 것이었다. 복식은 시내미골 양지쪽을 부지런히 쏘다니며 갈비를 긁으면서도 자꾸 춥고 힘드는 것을 어쩔 수 없었다. 유준이와 복식이네는 한마을에 살면서도 다른 세상에 살고 있는 느낌이 들 때가 한두 번이 아니었다.

"준아, 나무 같이 가자."

"그래, 같이 가자."

유준이 쉽게 달려 나와 지게를 지고 함께 가는 날은 아무런 생각도 들지 않는다.

겨울방학이 시작되고 열흘쯤 되던 그날도 유준이네 형제와 함께 복식은 달미골 막바지까지 가서 갈비를 해 지고 꼬불꼬불 산길을 돌아 나와 당집 앞으로 걸어오고 있었다. 한낮이 조금 지난 햇살이 겨울치고 제법 따사로웠다.

갑자기 총소리가 "탕! 탕!" 거듭 들리더니 굴참나무 산 밑에서 대야 할머니네 수탉이 피를 흘리며 퍼덕거리는 것이었다. 안에서 대

"국군은 백성들을 사랑하고 보호한다 카면서
불쌍한 할매네 닭을 왜 잡아가노?"

야 할머니가 놀라 쫓아오는데 총을 멘 군인 두 사람이 달려와 죽은 닭을 집어 들고는 아무 말 없이 한길 쪽으로 가 버렸다. 할머니는 잔뜩 겁먹은 표정으로 멍청히 서 있기만 했다.

  복식은 나뭇짐을 진 채, 헐떡거리며 몇 걸음 달려가 닭을 잡아가는 군인의 차림새를 바라보았다. 지난 여름 인민군들이 들어왔을 때, 마을의 닭들이 모조리 저렇게 총을 맞고 잡혀간 것이다. 그러나, 방금 피가 뚝뚝 떨어지는 닭을 거꾸로 들고 한길 모퉁이를 돌아가는 두 사람의 군인은 틀림없이 인민군은 아니었다.

  복식은 우뚝 걸음을 멈추었다.

  "복식아, 왜 뛰이가다가 서 있노?"

  유준이 뒤따라오면서 물었다.

  "아무것도 아닛다."

  "대야 할매네 닭 잡아가는 걸 뺏으로 갈라 캤드나?"

  "누가 잡으러 가마 준다나?"

  "군인들 너무하다, 그제?"

  "사람도 잡아다 죽이는 세상인데 뭐."

  복식은 저도 모르게 말소리가 퉁명스러워졌다. 그런 복식의 모난 목소리 때문이었는지 유준의 다음 말이 엉뚱하게 빗나가 버렸다.

  "인민군은 마실 닭을 모조리 잡아 죽였다면서."

  약간 비꼬는 듯한 말 같았다.

  이 한마디에 앞서 걷던 복식이 나뭇짐을 진 채 홱 돌아섰다.

"누가 그러드노? 보지도 못했으면서 함부로 말하지 마래!"

복식은 유준을 잔뜩 꼬나봤다.

유준은 "아뿔싸" 하는 뉘우침이 일어났지만 때는 늦었다. 그냥 입을 꾹 다물고 복식을 마주 봤다.

"……."

"그래, 너그 국군은 한편이면서 닭 잡아가는 것 니도 봤제?"

복식은 "너그 국군"이라 했다. 그러고는 말했다.

"저 닭은 대야 할매가 전쟁 중에 뒤지(뒤주) 안에 감춰 놓고 얼라(어린애)거치 키운 닭이다. 우리 마실에서 닭이란 씨가 다 마르고 대야 할매네 한 장우(한 쌍)뿐인 걸 니도 알제. 국군은 백성들을 사랑하고 보호한다 카면서 불쌍한 할매네 닭을 왜 잡아가노?"

유준은 놀라면서 어쩔 줄을 몰랐다. 복식은 왜 조그만 일에도 국군을 못마땅히 여기고 꼬치꼬치 따지는 걸까?

"복식인 인민군 편드나?"

유준이 자기도 모르게 튀어나온 말이었다. 복식은 끝내 유준을 무섭게 노려봤다.

"그래, 울 아부지가 인민군 편에 일하다가 인민군 따라갔이까네 나도 인민군 편드는 거다. 어얄래? 지서에 고발해서 잡아다 쥑일래? 쥑이고 싶그덩 잡아다 쥑여라."

어느새 복식은 울고 있었다. 부릅뜬 굵다란 눈이 빨갛게 물들면서 눈물방울이 뚜둑뚜둑 떨어져 흘러내렸다.

"누가 고발한다 카나? 니가 꼬치꼬치 따지니까 해 본 소리제."

유준은 앞에 버티고 선 복식을 비켜 골목길을 빠져나가려 했다. 복식은 지겟작대기로 유준의 앞을 막았다.

"왜 꽁지 뺄라 카노? 어서 잡아가그라."

"이것, 치워라!"

유준의 말소리도 어느새 바늘끝처럼 가시가 돋쳤다. 가로막은 지겟작대기를 거칠게 떠다밀었다.

그러나 뒤로 돌아섰던 복식은 유준이 밀치는 힘에 무거운 나뭇짐이 기우뚱 중심을 잃고 몸뚱이와 함께 뒤로 넘어지고 말았다. 복식은 넘어지면서 지게의 밑세장에 허리를 다쳤는지 잠시 얼굴을 찌푸리며 손을 옆구리에 댄 채 괴로워하더니 다리를 부들부들 떨며 나뭇짐을 벗어 두고 일어섰다. 서면서 유준의 앞으로 다가가 그의 멱살을 모질게 움켜잡았다.

"쥑이라! 쥑이라! 인민군 편든 건 모두 죽어야제 …."

복식이 유준의 멱살을 잡고 힘을 줘 뒤로 밀어 버리자 이번엔 유준이 맥없이 나뭇짐과 함께 뒤로 자빠졌다. 갈비짐이 길바닥에 흩어지고 둘은 맞붙어 치고받기 시작했다.

뒤에서 말없이 나뭇짐을 지고 따라오던 문식이와 유종이 말벌처럼 "와왕!" 울음보를 터뜨렸다.

그때, 긴대골 산지기 아저씨가 달려와 싸우는 아이들을 뜯어 놓았기 때문에 둘 다 큰 상처는 나지 않았다. 그러나 마음의 상처는 엄청나게 컸다. 특히 복식이 쪽은 말할 수 없을 만큼 고통을 안아 버렸다.

　복식이네 어머니 옥산댁은 맘씨 곱고 얌전하기로 마을에서도 손꼽히고 있었다. 옥산댁은 복식을 무척 조심스레 달래었다. 문식이가 복식이와 유준이 싸움한 이야기를 자세히 들려 주었기 때문에 옥산댁은 무척 걱정을 했다.

　"복식아, 사나이는 통이 커야제. 앞을 멀리 내다보고 참을 줄 알아야제. 내 보기엔 유준이도 니만치는 착한 아이다."

　그건 맞는 말이라고 복식이도 옳게 생각한다. 유준인 정말 착한 아이다. 유준이가 훨씬 조용하고 생각이 깊다. 그런데 복식은 왜 유준이 앞에서는 걸핏하면 말을 받아넘기려는 마음이 생기는지 이상했다. 그것도 옛날엔 절대 그렇지 않았는데, 한 차례 지나간 전쟁 뒤부터였다. 복식인 잘 알 수 없었지만 넉넉히 그럴 만한 까닭은 있었다.

　피난을 나가지 못하고 남아 있던 사람들과 피난을 나갔던 사람들 사이에 생긴 이상한 틈바구니는 날이 갈수록 더욱 벌어졌다. 그건 피난을 갔다 온 사람들이 무언지 젠체하는 듯한 인상을 풍기기 때문에 남아 있던 사람들은 저절로 맞서게 되고, 왠지 죄진 것 같은 마음을 떨쳐 버리지 못했다. 그런 기운이 아이들 사이에서도 마음 한구석에 도사리게 되어 피난 못 간 아이들은 한풀 꺾여 있었다. 더욱이 아버지가 인민군을 따라 북쪽으로 가 버린 복식은 한층 주눅이 들어 조그만 일에도 감정이 날카로워졌다.

(유준인 아무 잘못이 없제. 내가 내 바람에 화가 나서 유준이 마음 아프게 했제.)

복식은 부끄러운 마음이 들어 혼자서 얼굴을 붉혔다. 결국 유준이와 생전 처음 싸운 것이 어이없는 짓이 되고 말았다.

복식은 마음이 찌뿌드드했다. 여지껏 마음에 있는 말을 숨김없이 털어놓은 단짝이었던 유준이기 때문이다.

다음 날은 새벽부터 눈이 내렸다. 겨울 들어 세 번째 눈이었다. 함박눈이 산을 겹겹이 뒤덮고 온 들판이 하얀 벌판이 되었다.

눈은 저녁까지 그치지 않았다. 골목길의 눈은 가래로 치고 쓸어도 자꾸만 쌓였다. 저녁때 복식이 우물길을 쓸고 있는데 우물가에서 배나무집 인기 어머니와 화순이네 어머니가 얘기를 주고받고 있었다.

"화순네 어맨 어쩌제요? 인민군이 또 쳐내려온다 카대요."

"그게 참말이껴?"

인기 어머니는 두레박 가득 길어올린 물을 동이에 붓고 나서 속삭이듯이,

"이번엔 중국놈들이 같이 떼서리지어 밀고 왔다는구만요."

하는 것이었다.

화순이네 어머니는 잠시 뜻밖이라는 듯이 놀란 표정을 짓더니 이

내 시답잖게,

"마음대로 쳐내려오라제. 다 죽고 나마 끝장나겠지."

했다.

"북쪽으로 내뺀 사람들 이판에 따라 내려올까요?"

인기 어머니는 무척 궁금한 표정이었다.

"살아 있는 사람이사 언지라도 오겠지요."

화순이네 어머니는 물동이를 이고 총총 가 버렸다. 복식은 빗자루를 길바닥에 그냥 두고 우물가로 다가갔다.

"인기 어매요, 인민군 또 쳐내려온다 카는 거 누구한테 들었니껴?"

복식은 목소리를 죽여 물었다.

"장터 도가집 최 서방이 주막에 술배달 와서 이바구하드란다. 장터 사람들은 벌써 피난 갈 준비 하느라고 엿을 고고 백설기 쪄 말리느라고 부산하단다."

복식은 가슴이 퉁퉁 뛰었다.

"너 아부지랑 인기 아부지 요번에 내려올지 모린다."

인기 어머니는 보조개가 폭 파일 만큼 활짝 웃어 보인다. 아직 스물다섯밖에 안 되는 나이기도 하지만 인기 어머니는 새댁처럼 고운 얼굴을 가졌다. 하얀 눈을 맞으며 서 있는 모습은 한층 아름답다. 불행히도 지난번 인민군을 따라 남편이 북으로 넘어간 뒤 애태우며 소식을 기다리고 있는 것은 복식이네와 똑같은 처지였다.

그날 저녁 복식이네 집은 밤늦도록 식구들이 혹시나 하는 기대에 부풀어 있었다. 복식이 아버지가 집 나간 뒤, 병이 더욱 나빠져 버린 할아버지까지 일어나 앉아 잠을 못 이루는 것이었다.

마을은 또 한 번 술렁대었다.

떡을 쪄 말리고, 미숫가루를 빻고, 엿을 고았다. 솜옷도 겹겹이 준비했다. 지난번 여름의 피난은 화전놀이나 다름없었다는 둥, 이번엔 정말 살아서 돌아오지 못할 거라는 둥, 수군거리며 가슴을 태웠다.

그러나 겨울방학이 다 지나도록 인민군은 내려오지 않았다. 서울을 다시 뺏기고, 북한에서 추운 눈길을 걸어 피난을 온 사람들이 가끔 보였지만, 지난번처럼 무서운 탱크는 나타나지 않았다.

만들어 놓은 엿과 미숫가루와 떡은 야금야금 다 먹어 버리고 드디어 아이들은 개학을 했다.

복식이네 할아버지는 이젠 미음도 마실 수 없을 만큼 기운을 잃어버렸다.

"인민군이 두 번 다시 쳐내려와선 안 되제. 애빌 사뭇 잃어버려도, 더 많은 사람 죽게 해선 안 돼."

복식이네 할아버지는 가물가물 눈앞이 어지러운지 눈을 꼭 감고 누워 있기만 했다.

개학하던 날, 복식은 외딴집 냇물 돌다리에서 유준을 만났다. 싸우고 난 뒤 한 번도 마주쳐 보지 못한 사이였다.

"복식아, 얼른 온나아!"

유준은 얼굴이 빨개지면서 좀 꾸민 듯한 웃음을 크게 웃는다.

"......"

복식은 얼른 대답이 나오지 않았다. 가까스로 씨익 웃으며 고개만 끄덕했다.

가까이 다가가서 유준은 여전히 얼굴을 붉히며 말했다.

"복식아, 내 혼자 그동안 속 태웠다. 전번에 싸운 거 용서해라, 응?"

유준은 어쩌면 이렇게 시원히 말할 수 있는지, 복식은 부럽기까지 했다.

"나도 그랬다. 내 자꾸 니한테 풀썩풀썩 대든 거 잘못이제."

둘은 이렇게 해서 쉽사리 가까워졌다.

정말이지, 복식은 유준이 서슴없이 대해 줘서 여간 고맙지가 않았다. 그렇잖아도 조금 깐깐한 복식이로서는 아무래도 먼저 말을 걸지 못했을 게다.

학교를 파하고 돌아오는 길엔 줄곧 어깨를 맞대고 이전보다 더욱 사이좋게 얘기하며 돌아왔다.

유준이 집에 돌아오니 마침 대야 할머니가 달걀 한 바가지를 가지고 와서 유준네 어머니에게 물어보고 있었다.

"남동댁아, 장닭이 없이 낳은 알은 뼈아리를 못 깐다제?"
"할매요, 장닭이 있을 때 낳은 건 몇 개나 됐는지 모르니껴?"

대야 할머니는 암탉이 알을 품으려고 하는데, 지난번 군인들이 수탉을 잡아가 버려 홀어미 닭이 낳은 알을 품게 할 수 있는지 궁금해서 찾아온 것이다.

"할매요, 홀알은 뼈아리 안 까요. 우리 요 앞서 학교서 배웠니더. 장닭이 없이 낳은 알은 씨눈이 없다 카대요."

유준이 자연 공부 시간에 배운 것을 얘기했다.

"그람 어야노? 장닭 있을 때 낳은 건 요쪽에 댓낱은 될낀데 디리 섞여가주 어느 것인동 알겠나?"

대야 할머니는 바가지 아래쪽 것을 겨우 여남은 개 골라내었다.

"할매요, 뉘집엔가 장닭하고 같이 낳은 알이 있는동 찾아보시더."

남동댁이 말했다.

"어디 그런 알이 있나베. 동네에 닭이라곤 씨가 말랐는데 어디 가서 구하노."

정말 그건 기대할 수 없는 노릇이었다. 이웃 마을에도 장터에도 닭은 없었기 때문이다.

"그럼, 그것만이라도 한번 안겨 보이소. 씨 받을 거라도 놓쳐서는 안 되제요."

대야 할머니는 여남은 개 골라 놓은 달걀을 따로 가지고 돌아갔다.

할머니네 처마 밑에 달린 둥우리에서 암탉이 따리를 틀고 앉아 있다.

"꼬꼬야, 이건따나 알뜰히 까거래이."

할머니는 알을 정성껏 둥우리에 넣어 줬다. 암탉은 "까우" 지껄이며 주둥이로 알을 품속에다 굴려 넣는다.

전쟁 중에 할머니가 뒤주 속에 감춰 놓고 키운 닭이다. 꼭 한 쌍의 닭을 보살펴 오는 데 할머니는 얼마나 공을 들였는지 모른다.

애기를 낳지 못해 시집에서 소박맞고 쫓겨난 할머니가 이 조그만 오두막에 살아온 지 서른 해가 지나갔다. 할머니는 강아지와 닭과 그리고 슬픔과 외롬과 더불어 평생을 살아왔던 것이다.

품팔이도 하고, 길쌈도 하고, 돌담에 호박도 심고, 약초도 캤다.

"꼬꼬야, 삼신한테 뼈아리 많이많이 까도록 빌어 죽거마."

할머니는 암탉의 머리에서부터 잔등까지 보드랍게 쓸어 주었다.

"이것도 모두 그놈의 난리 때문이제. 씨닭 한 마리 제대로 남았나, 강아지 새끼 한 마리 남았나 …."

과연 마을엔 강아지도 없었다. 소도 몇 마리밖에 없다. 국군에게 빼앗기고 인민군에게 잡아먹히고 그리고 폭탄에 맞아 죽기도 했다.

대야 할머니네 둥우리의 달걀 얘기는 온 마을의 관심거리였다. 병아리가 한 마리도 깨나지 않는다는 사람도 있고 다섯 마리쯤은 나올 거라는 사람들도 있었다.

할머니는 손을 꼽으며 기다렸다. 스무하루 만이면 알에서 병아리가 나오기 때문이다. 둥우리의 암탉은 그걸 아는지 모르는지 제 할 일만 하고 있었다. 하루 한 번씩 둥우리에서 내려와 모이를 주워 먹고 똥 누고 모래미역을 감았다.

  하루, 이틀, 사흘, 나흘, … 날짜는 자꾸 지나가고, 그리고 그와 함께 산봉우리마다 쌓였던 하얀 눈이 녹으면서 봄이 다가오고 있었다.

금아는 아기를 낳고

"누부야, 사람은 죽으마 모두 어디로 가노?"
"땅속으로 간다."
"한번 땅속에 들어가마 다시 못 나오나?"
"그 속에서 썩어 흙 된다."
"그라마, 종갑이도 종갑이네 할배도 땅속에서 썩어가주 흙 되나?"
"그래, 흙 된다."

갓재산 양지에 참꽃이 야들야들 피었다. 분홍빛 보드란 꽃잎을 입에 넣으면 씁쓸하면서도 단물이 나온다.

금동이와 금아 남매는 들로 나가 나물을 캐고 있었다. 금아는 나물바구니를 끼고 논둑 밭둑 부지런히 찾아다닌다.

금아는 아기를 뱄다. 제법 치마 앞쪽이 도드라질 만큼 배가 불러 있다.

금동이는 금아의 배가 불러 온 건 틀림없이 작년 여름 피난길에서 오정식과 결혼을 했기 때문인 것으로 알고 있었다.

(뱃제 결혼을 해가지고 누부야 고마 얼라 뱃부랬제.)

금아는 한참 엎드려 나물을 찾다가는 노란 잔디밭에서 숨을 돌리곤 했다. 무척 움직이기가 거북한 모양이다.

바구니엔 쑥과 지칭개가 반반씩 뒤섞여 있다. 쑥과 지칭개는 몸에 이롭다고 국을 끓여 먹는다. 작년엔 피난 때문에 채소를 심지 못했다. 그래서 겨우내 시래기국조차 한 번 끓여 먹지 못했다.

가을에 거둬들인 농작물은 아쉬울 때마다 조금씩 팔아 쓰고 식량은 턱없이 모자랐다. 게다가 물건값은 작년 여름에 비해 꼭 백 곱절이 올라 버렸다. 한 가락에 십 원 하던 엿이 천 원이나 되고 고무신 한 켤레에 만오천 원이나 갔다.

금동이 밤색 고무신이 한쪽 귀가 찢어진 걸 금아가 무명 헝겊을 대고 꿰매 줬다. 금동이는 누나가 풀밭에 앉아 있을 동안도 부지런히 쑥을 캤다.

(그날 종갑이하고 다리목 공사장에 과자 얻으러 가지 말걸 그랬제.)

금동이는 두고두고 후회를 했다. 눈이 내리는 날도, 찬바람 부는 추운 밤에도, 금동이는 종갑이 생각을 했다. 땅속에 묻혀 종갑이는 춥기도 하고 무섭기도 할 것이라고 걱정을 하는 것이다.

그러나 금아 누나는 일부러 그러는지 종갑이 말을 꺼내려고 하면 두 번 거듭 말 못하도록 차갑게 잘라 버렸다.

"죽은 사람 자꾸 생각하면 못씬다. 종갑이하고 할배는 몸띠이가 다 썩어도 혼은 남아서 먼먼 하늘나라에 가 있단다."

무슨 생각에선지 금아는 좀 부드러워지면서 그렇게 말했다. 잔디밭에 앉아 쳐다본 봄하늘이 맑고 아름다웠기 때문인지 모른다.

"혼이 뭣이고?"

"사람이 죽으마 몸속에 들어 있던 무지개 거튼 생각이 훨훨 날아가주 하늘로 가는기다."

"……."

금동이는 얼른 알 수 없었지만 누나의 말이 맞을 것 같았다.

종갑이도 그렇게 무지개처럼 아름다운 혼이 훨훨 하늘에 올라갔다는 생각을 하자 왠지 마음이 놓이는 것 같았다.

째졸째졸째졸 … 노고지리가 운다.

바구니 가득히 쑥을 캐 들고 밭둑길을 걸어서 돌아가는데, 시내 미골 달구지 길로 누가 울면서 넋두리를 하는 소리가 들렸다.

"아이고 아이고오 내 팔자야, 아이고 내 팔자야 …."

목소리는 조그만 계집애 목소리인데 넋두리는 꼭 어른처럼 지껄이는 게 이상했다. 금아는 발돋움을 하면서 공동묘지 산 밑을 건너다봤다. 조그만 계집애 하나가 소리를 질러 가며 울고 오는데, 뒤쪽에 조금 떨어져 네댓 명의 계집아이들이 한 무더기 따로 사이를 두고 걸어오고 있었다. 혼자서 앞서 걸어오는 계집애는 줄곧 통곡을 하고 있다.

"… 아이고오, 아부지요오! 아부지는 왜 한 번 가신 뒤 돌아오지 않느이꺼어. 저승길이 얼매나 멀어 한 번 가면 못 오시니꺼어. 아이고오, 내 팔자야 …."

"누부야, 저건 화순잇대이."

금동이는 우는 아이가 화순인 것을 금방 알았다.

"자가 왜 저리 큰 소리로 우노?"

금아는 밭둑길을 바쁘게 걸었다. 곤드라운 밭둑길을 걸어가자니까다로워 밭 가운데로 내려와 총총 걸었다.

화순이는 콧물 눈물이 뒤범벅이 되어 고래고래 목청껏 운다.

"순아, 왜 누캉 싸웠노?"

금아가 가까이 가서 화순이 어깨를 보듬자, 화순이는 그만 길바닥에 주저앉아 버린다. 앉아서 역시 넋두리를 내놓으면서 운다.

"아부지요, 아부지요오, 날 디리가 주이소. 이 불쌍한 것 놔 두고 어딜 갔니껴 …. 아이고 아이고오 …."

금아는 기가 막혔다. 화순이가 언제 그런 넋두리를 배워서 아는지 어안이 벙벙할 따름이었다.

그러고 있는데, 뒤에 따라오던 아이들이 열 걸음쯤 떨어진 곳에서 멈춰 선 채 떨떠름해가지고 있다.

"금난아, 화순이 누캉 싸웠노? 너어 모두 핀 짜고 울겠제?"

금아가 조금 무섭게 을러대듯 물었다.

"내사 안 싸웠어. 갑숙이가 화순이네 아부지 총 맞아 죽었으니께 땡땡귀신 됐다고 놀려 줬제."

"지집아, 지도 땡때롱 땡때롱 놀려 놓고 호박씨 깐다."

갑숙이가 얼굴이 빨개지며 대든다.

숙자하고 연이가 뒤편에 뚱하게 서 있다. 모두 귀퉁이가 깨진 바가지에 쑥을 캐 담아 들고 있다. 이번 3월에 화순이와 함께 3학년이 된 한마을 동무들이다. 걸핏하면 싸우고 삐치고 하는 계집애들이니 타일러 봤댔자 소용도 없다. 울고불고 하다가도 다음 날이면 싹 잊어버리고 친해 버리는 아이들이니 걱정하지 않아도 된다.

금아는 화순이의 눈물 콧물을 쓱쓱 닦아 주고는 등을 밀어 집으로 보냈다. 한쪽 손에 호미와 한쪽 손에 쑥이 담긴 바가지를 꼭 쥐고 화순이는 징징 울면서 걸었다.

화순이는 저희 집 어머니 흉내를 내고 있는 것이다. 화순이네 어머니 장골댁은 남편이 잡혀가 죽은 뒤, 이따금 두 다리를 뻗고 앉아서 소리 내어 울었다. 넋두리를 늘어놓으면서 슬프게 울면 곁에서 보고 있는 화순이도 덩달아 눈물이 나오곤 했다.

정말 화순이는 아홉 살이란 어린 나이에 이 세상에서 가장 슬픈 일을 겪은 것이다. 아버지가 끌려가던 날, 지서 앞에는 트럭이 줄지어 서 있고 많은 사람이 웅성대었다. 어머니 치맛자락을 꼭 쥐고 화순이는 손을 뒤로 돌려 포승줄에 묶인 아버지가 트럭에 끌려 올라가는 것을 지켜보고 있었다. 아버지는 수염이 새까맣게 자랐고 얼굴이

까칠했다. 머리카락은 아무렇게 헝클어지고 저고리 어깨가 찢겨 있었다. 찢긴 자리엔 피가 흘렀는지 얼룩이 져 있었다. 아버지는 어머니와 화순이, 그리고 어머니 등에 업힌 수복이를 건너다봤다.

트럭 네 귀퉁이엔 총을 든 군인이 서서 지키고 있었다. 아버지와 비슷한 남자 어른들이 트럭에 가득 올라타자 차는 부르릉 소리를 내며 움직이기 시작했다. 트럭이 움직이자 그때까지 잠자코 서서 보고만 있던 어머니는 수복이를 업은 채 자갈밭 신작로 바닥에 털썩 퍼더버리고 앉아 통곡을 했다. 호야네 어머니도, 자두나무집 할아버지도, 곳집 모퉁이 길례 할머니도 울음을 터뜨렸다.

갑자기 화순이 눈시울이 화끈거리더니 눈물이 왈칵 쏟아졌.

화순이는,

"아부지이!"

했다. 아버지는 트럭 위에서 고개를 푹 숙여 버렸다. 돌고개를 넘어 차는 금세 보이지 않았다. 아버지의 모습을 본 것은 그것이 마지막이었다.

이튿날 한밤중에 아버지의 시체를 가마니에 둘둘 말아가지고 왔다가 밤중에 또 공동묘지에 내다 묻었다.

작년 여름부터 여지껏 화순이는 무서운 일들만 보아 왔다. 인민군이 마을에 들어오고 유엔군 비행기가 폭격을 하고, 시장골 산속에 숨어 살면서 겪은 가지가지의 일들은 화순이 머릿속에 꽉 들어차 버렸다. 읍내 오빠들과 마을로 내려오다가 제트기 폭격에 물이 그득한 논바닥에 엎드려 기절했던 일, 따발총을 든 인민군 밑에서 겁에 질린 채 소를 잡고 밥을 지어 나르던 마을 어른들, 그리고 총을 맞고 피투성이가 된 인민군 부상병을 들것에 메고 기찻길 굴속으로 데리고 가서 치료를 해주던 어머니들, 그러나 부상병은 반 이상이 죽었다. 죽은 인민군 시체는 트럭에 실어 북으로 가져갔다. 모두 불에 태워 재를 만들어 가족들에게 보내 준다고 했다. 꼭 읍내 사촌오빠만큼 나이 어린 인민군도 많았다. 물을 얻어 마시러 왔다가 몇 마디의 이야기 끝에 고향 생각을 하면서 눈물을 글썽거리던 얼굴이 예쁘장한 학생 의용군은 나이 열여섯밖에 되지 않는다고 했다. 그들이 북으로 돌아갈 즈음엔 신발이 해져 거의 맨발이었다. 그 맨발에다 헌 옷가지를 북북 찢어 붕대처럼 감아가지고 절뚝거리며 갔다.

어느 쪽이고 이긴 쪽이 없는 전쟁이었다. 이긴 쪽이 없으니 양쪽 다 손해만 본 전쟁이었다.

(우리도 종이네맨치로 피난 갔이마 아부지 안 죽었을 텐데 ….)

화순이는 집이 가까워지자 소맷자락으로 눈물 콧물을 깨끗이 훔쳤다. 그러고는 나물바구니를 들썩거려 벙그렇게 많이 보이게 했다.

양지쪽 뒷산 굴참나무 밑으로 햇볕이 핫옷처럼 따뜻하다.

대야 할머니는 어미닭과 병아리를 그 양지쪽에 내다 놓고 모이를 주고 있다. 한 마리도 깨나지 않는다는 둥, 다섯 마리는 깨날 거라는 둥, 얘깃거리가 되었던 병아리는 모두 여섯 마리가 깨난 것이다.

"어이구 기특해라. 기특도 해라."

할머니는 흡사 손자 아기들이 태어난 듯이 기뻤다.

추우면 방 안에 들여놓고 따뜻한 낮에만 바깥에 내다 놓고 키웠다.

"할매요, 뻬아리 젖 떼그덩 우리 한 마리 주세이?"

유종이는 대야 할머니께 진작부터 졸라 대었다. 금동이도 학교에서 돌아오기만 하면 유종이네 뒤란에 조그맣게 터놓은 울타리를 헤집고 대야 할머니한테 갔다.

"할매, 뻬아리 귀경해도 되제요?"

"너무 오래 안 있으마 보예 주제."

"한 시간만 보고 감시더."

"한 시간은 너무 멀다. 할매 물 두 동우 일 동안만 보고 있그라."

"할매 물 백 동우 이고 오이소."

"고 자슥, 백 동우마 사흘은 여야 될낀데."

할머니는 부엌 거적문을 들치고 빈 물동이를 이고 우물로 갔다. 금동이는 병아리가 놀고 있는 바로 앞에 쪼그리고 앉았다. 여섯 마리의 노란 병아리가 어미닭이 가는 대로 "뺙 뺙" 지껄이며 따라다닌다. 성냥개비보다 더 가늘고 작은 발로 비비적거리기도 한다. 형체만 나 있는 조그만 날개를 쫙 벌려 보기도 하고 뽀르르 달려가기도 한다. 들여다보고 있으면 시간 가는 줄을 모른다.

"자, 이젠 됐다. 집에 가그라."

아버지의 모습을 본 것은 그것이 마지막이었다.

어느 틈에 대야 할머니는 물을 다 길어 놓고 부지깽이로 강아지 쫓듯 금동이를 몰아세운다.

"할매요, 삐아리 다 크그덩 나도 꼭 한 마리 주세이?"

"안죽 커 봐야 알제."

할머니는 좀처럼 시원한 대답을 않는다.

정말이지 달라는 대로 다 주겠다고 약속하다 보면 백 마리가 있어도 모자라기 때문이다.

대야 할머니네 병아리는 이웃 동네까지 소문이 났고 모두 한 마리씩 얻고 싶어 했다. 병아리는 곰실곰실 잘 자랐다.

찔레꽃이 피고 이어서 보리이삭이 패는 초여름이 다가왔다.

금아 배 속 아기가 꼼작꼼작 놀았다. 그러나 금아는 하루하루가 불안했다. 작년 여름 피난길에서 끌려간 오정식이 여태 아무런 소식이 없기 때문이다.

"어매, 삼밭골에 한 분 가 볼래?"

금아는 더 참을 수 없어 어머니께 부탁했다.

"안 그래도 가 보고 싶었다. 낼이라도 잠깐 댕겨 올꾸마."

"오 서방 안주 소식 없는 걸 보니 무슨 일이 생긴 것 겉애 가슴이 쪼부라지는 듯 안 놓옜는걸 …."

금아는 금방 울 듯이 얼굴이 일그러진다.

활짝 열어 놓은 문 밖으로 파란 하늘이 보이고 앞산 밤나무 숲에서 뻐꾸기가 운다. 1년 전 오정식과 약혼을 한 것이 이맘때였다. 가슴 설레며 금아는 갓 시집가서의 살림살이에 얼마나 꿈이 컸는지 모른다.

(인지라도 정식 씨만 돌아오마 얼매나 졸꼬.)

그러나, 이튿날 삼밭골에 다녀온 달래골댁은 콩꼬투리만한 소식도 가져오지 못했다. 금아는 낭떠러지에 서 있는 듯이 앞이 캄캄했다.

아무래도 정식은 무사하지 않다는 생각이 깊어져 갔다.

"누부야, 내 점쳐 볼까?"

금동이 금아 옆에 마주 앉아 물었다.

"무슨 점?"

"콩점아, 콩점아, 새 형님 살았으마 내 복판 손가락에 쩍 들어 붙어랏!"

엄지가 장가락에 딱 붙었다.

보고 있던 금아 눈빛이 반짝했다.

"이봐! 새 형님이 살았단다. 그제, 누부야."

"아이, 그게 뭐 맞나?"

그러나, 금아는 그게 꼭 맞을 것 같았다.

"맞아, 맞아! 또 한 분 해 봇까?"

"아잇다. 고만 해라! 고만 …."

금아는 다급히 막았다. 한 번 더 해 봐서 손가락이 빗나가 버릴까 불안했기 때문이다.

뻐꾸기 소리가 더욱 아름다워지면서 보리이삭이 통통 알이 여물어 가고 있다.

금동이는 중들 강변에 혼자 걸어서 학교에 다녔다. 많은 아이들과 어울려 가면서도 언제나 혼자 걷는 기분이었다. 2학년이 되어 선생님도 바뀌었다. 정들었던 우 선생님은 새로 입학한 1학년을 맡고 금동이네 2학년 1반은 새로 오신 남자 선생님이었다.

다행히 3학년 유종이네와 4학년 그리고 5학년 유준이네가 모두 본교로 옮겨 와서 함께 지내게 되었다. 돌고개 너머 남부 아이들과 돌고개 이쪽 북부 아이들을 반으로 갈라 가까운 쪽으로 반을 새로 짰기 때문이다.

황새야 덕새야
니 모가지 짜리고
내 모가지 기일고 ….

금동이는 종갑이와 함께 소리 맞춰 부르던 황새 노래도 불러 보고, 냇물에 수제비도 떠 봤다. 보리깜부기도 따서 먹어 보고, 혼자서 자동차 놀이도 해 봤다. 아무래도 재미가 없다.

그렇게 쓸쓸한 나날을 보내는데, 금아 누나가 아기를 낳았다. 밤톨 같은 머슴애였다.

뒷집 유준이네 어머니 남동댁이 물을 길어다 주기도 하고, 유준이네 아버지가 장작을 한아름 갖다 줬다. 엄마 배 속에서 금방 나온 아기는 "앙앙" 기를 써서 울고 앞산엔 뻐꾸기가 덩달아 "뻐꾹뻐꾹" 울어 대는 날이었다.

서울 아이 솔송이

모내기 철이지만 비가 제때에 내리지 않아 농부들은 애를 태웠다.

금아는 시집살이를 하러 떠났다. 신랑도 없는 시댁으로 어머니 달래골댁을 따라 삼밭골 가는 고갯길을 걸었다. 다홍치마를 입고 가마를 타고 가야 할 길을, 그것도 혼자가 아니라 어린것을 어머니께 업혀 걸어가는 것이다. 가파른 고갯길은 무덥고 숨이 찼다. 달래골댁 등의 아기가 칭얼거렸다.

"강지야, 할배한테 가자. 응야."

"어매, 쪼끔만 쉬고 갔까?"

모녀는 고갯마루턱에 앉았다. 아기를 받아 내려 금아는 가슴에 안고 젖꼭지를 물렸다. 울던 아기가 금방 그치고 젖을 빤다.

금아는 조용히 웃었다.

시댁인 정식이네 집은 산 밑 양지쪽에 감나무로 둘러싸여 있었다. 겉으로 봐도 잘사는 집답게 웅장했다. 초가집 높은 지붕은 묵은 이엉이 두텁고 찹찹했다.

"애고매! 형님 오나!"

정분이가 감자를 깎다가 마루에서 뛰쳐 일어나 달려온다.

"애기씨, 모두 안 계시나?"

"물 푸러 갔어. 한 다락이라도 심어야 맘 놓겠다고. 벌써 닷새째제."

금아는 저절로 하늘을 쳐다봤다. 이따금 흰구름이 떠다니지만 역시 메마른 하늘은 한 방울의 비도 갖지 못한 것 같다.

마루에 아기를 내리고 달래골댁은 조금 불안스럽게 앉았다. 정분이가 어느새 삽짝 밖으로 빠져나갔다. 아마도 들에 나간 부모님을 불러 올 심사인 것 같다.

"집이 대궐 겉제?"

달래골댁이 마루 보꾹을 쳐다보며 말했다.

"대궐 겉으마 뭘해요. 주인도 없는 집."

금아는 아무런 표정 없이 말했다.

"주인이사 바로 니가 주인 아니라. 그제, 강지야. 얼럴럴럴 …."

달래골댁은 외손자를 꽉 보듬어 얼른다. 만약 무슨 일이 있다 해도 고추 달린 아기만 믿으라는 뜻일 게다. 금아는 그런 어머니와 아기를 번갈아 바라보았다.

정분이가 어머니 밤실댁과 함께 돌아왔다.

"사돈요, 이 더부에 갓난것을 업고 참말 빌(볼) 낯이 없니더."

밤실댁은 아직 젖은 적삼 소매를 펴 내리며 마루 위로 올라온다. 면구스러워 어쩔 줄을 모른다.

"체면도 없이 이렇게 데리고 온 게 도루 미안으이더. 하제만 이젠 새끼꺼정 딸린 남의 자식 부뜰고 있을 수 없어 질팡살팡 앞세우고 왔니더. 강지야, 너그 할매다. 한 분 안겨 봐라."

달래골댁은 아기를 사돈께 건네줬다. 친할머니 가슴에서 아기가 말똥말똥 쳐다본다.

"오 서방을 쏙 뺏지요?"

"자슥, 꼭 지애비 얼라 때 겉네요."

두 할머니의 하는 양을 바라보며 금아는 어느만큼 졸이던 가슴이 풀어진다.

달래골댁은 금아를 두고 이내 사돈 댁을 나섰다. 해 지기 전에 집에 돌아가야 하기 때문이다. 아까 넘던 고개 밑까지 금아가 한사코 따라온다.

"어매, 금동이 배곯리지 말고 어매도 버리밥이라도 실컨 실컨 먹으래이."

"우리 걱정 말고, 니나 얼라 젖 빠는데 몸 간수 잘해야제. 찬바람 불그덩 내 한 분 댕기러 올꾸마."

"어매, 날래 온내이. 내사, 내사 어야마 좋노 …?"

금아는 끝내 입술을 비쭉거리더니 저고리 소매가 눈으로 갔다.

"애고 못난 것아, 울긴 왜 우노. 애미 보내면서 웃는 낯으로 보내야제. 그래야 맘 놓고 두고 갈 꺼 아이라."

금아는 얼굴을 두 손으로 싸더니 뒤돌아서서 팽나무가 서 있는 서낭당길을 마구 달려가듯 가 버린다. 찔레나무 덩굴이 우거진 외진 길에 서서 달래골댁은 금아의 뒷모습을 하염없이 보고 있었다.

탑마을에 돌아오니 기다리던 금동이가 쪼르르 달려나와 맞는다. 그러나 달래골댁은 갑자기 집 안이 썰렁하게 빈 것만 같았다.

스무 해가 가깝도록 애지중지 길러 온 딸을 벼랑 끝에 내다 버리고 온 느낌만 같다. 달래골댁은 봉당 끝에 퍼더버리고 앉아 꿈쩍할 수가 없었다.

"어매, 누부야 인제 우리 집에 안 오나?"

금동이 시무룩해져서 어머니 곁에 앉아 물었다.

"인제 시집갔이까네 우리 식구 아이다."

"그러마 상구 내캉 어매캉 둘이만 사나?"

"그래."

저녁놀이 빨갛게 물든다. 처마 끝에 제비 새끼가 푸드덕푸드덕 날아와 앉는다. 어둡기 전에 잠자리에 들기 위해서다.

"북새지는 걸 보니 또 비가 안 올란갑다."

정말 비는 모판까지 거북등처럼 말리면서 내리지 않았다. 하지가 지나가고 초복이 다가오고 있었다. 비 내리기를 기다리던 사람들은 논에다 조를 심었다. 싹이 터 나와 파랗게 줄을 이었다.

그때서야 남쪽 하늘에서 수많은 구름이 몰려오더니 장대 같은 비가 쏟아졌다. 조를 심었던 논을 갈아 부치고는 늦게나마 모내기가 시작되었다. 늦모내기여서 일꾼이 달렸다. 서로가 먼저 심으려고 다투어, 한꺼번에 들판은 사람들로 뒤덮이듯 했다. 아이들도 나흘간 가정실습을 하여 집안일을 거들었다.

금동이네 시내미골 한 말 닷 되지기(3백 평) 논에 먼저 모내기를 했다. 뒷집 유종이네랑 대야 할머니까지 합세하여 흙탕물을 튀어 가며 심었다.

"종아, 넌 금동이캉 모춤이나 날라라."

유종이네 아버지가 한사코 어른들 틈바구니에 끼여 모포기조차 제대로 어림하지 못하는 유종을 떼밀어 낸다. 유종은 뚱하게 밀려 나왔다. 금동이와 함께 논둑을 왔다 갔다 하면서 물이 줄줄 흐르는 모춤을 낑낑 들어 날랐다.

"저 머심아 누굿꼬?"

모판에 쪄 놓은 모춤을 지르르 건져 들던 금동이가 우차길로 어떤 아이가 나무를 지고 가는 것을 보고 말했다.

"으응?"

유종이 모춤을 집으려고 꾸부리던 허리를 다시 펴고 고개를 들었다. 먼발치에서 봐도 얼굴이 새까만 머슴애가 지게도 없이 어설픈 나뭇단을 새끼짐바로 지고 가는 것이 보였다. 아무리 봐도 낯선 아이였다. 남들은 모내기에 눈코 뜰 새 없는데 웬 나무를 해 지고 가

다니 이상했다.

"머심아, 돌았는갑다."

"벨 할 일도 없어가주 나무 같잖은 것도 해 지고 가네."

둘은 심드렁하게 씨부렁거리며 모춤을 바쁘게 날랐다.

사흘 뒤, 학교 길에서 금동이는 언짢은 소문을 들었다. 그동안 비어 있던 송마골 종갑이네 집에 낯선 사람이 이사해 왔다는 것이다.

"이사해 왔다니? 어디서 누가 왔노?"

"서울서 왔단다."

"서울서 왔이마 모도 하이칼라겠네."

"아마 그렇겠제."

"한 분 가 봇까?"

"이따가 학교 마치고 가 보자."

아이들은 굉장히 떠들어 댔다. 특히 금동이는 가슴 속이 부글부글할 만큼 궁금했다.

학교에 갔을 때였다. 유종이네 3학년 1반에 새로 전학해 온 아이가 하나 있었다. 유종은 찔끔 놀랐다. 얼굴이 새까맣고 눈이 동글동글한 차돌멩이 같은 머슴애는 틀림없이 사흘 전에 모내기 논에서 본 나뭇짐 소년이었기 때문이다.

선생님이 인사를 시켰다.

"이름은 배솔송, 서울서 피난 온 어린이입니다. 여러분, 사이좋게 놀아 주십시오."

서울서 왔단 애가 어쩌면 저토록 깜둥일까? 아이들은 참지 못하고 키들키들 웃어 댔다.

"문식아, 자아가 아래께 나무 해 지고 가는 걸 봤대이."

유종은 쉬는 시간 문식에게 가르쳐 줬다.

"뭐락꼬? 그라마 자가 우리 마실에 산단 말이라?"

"우리 마실 누 집에?"

"아아, 알았다! 자가 종갑이네 빈집에 온 서울 아이다."

둘이 얼떨떨하게 서로 쳐다보는데 바로 그 서울 아이 솔송이가 창문 곁에서 이쪽으로 다가오면서 하얀 이를 드러내며 활짝 웃었다.

"니네들, 송마을 근처에 있니?"

솔송이가 물었다. 얼굴과는 달리 목소리가 매끄럽고 차분했다. 거기다가 책에서만 읽어 온 단정한 서울 말씨를 듣자 갑자기 유종과 문식은 입이 딱 붙어 버렸다.

"우리 집 송마골이야. 시골엔 처음 왔기 때문에 모르는 게 많아. 나하고 동무해 줄 테니?"

"……."

"너희들 이름이 뭔지 난 벌써 알았다."

"……."

"넌 유종이고, 넌 문식이지?"

"……."

"아까 선생님이 출석 부를 때 귀담아들었어. 유종인 엊그제께 모내기했지? 나뭇짐 지고 오다가 봤어."

"나, 나도 봤다."

유종은 가까스로 한마디 했다.

"알아, 금동이란 애하고 내 흉봤지?"

"아잇다. 숭 안 봤다."

솔송이는 빙긋 웃었다. 웃으니까 동그란 눈에 너무도 장난기가 담겨져 있다.

이렇게 해서, 서울 아이 솔송이와 쉽게 친해질 수 있었다.

공부가 끝나 집으로 돌아가는데, 송마골 가는 갈림길에서 함께 가던 솔송이가 갑자기 얼굴 표정이 굳어진다.

"너그 집에 가 봐도 되나?"

"……."

유종이 묻는 말에 갑자기 벙어리가 된 솔송이는 꼿꼿이 서 있기만 한다.

"인지말고 후제 갔구마."

솔송이는 그제서야 마음이 놓였는지 벙긋 웃고는 돌아서서 바쁜 걸음으로 갔다.

"저그 집에 가는 거 싫은갑제?"

문식이가 유종과 나란히 걸어가면서 말했다.

"똑똑은 체 하디이만 저그 집에 간다카이 쭉도 못 핀다, 그제?"

유종도 한마디 했다.

무엇 때문에 솔송이는 저희 집에 가는 것을 싫어하는 것일까?

그 까닭은 다음 날 아침, 학교 길에서 금방 알 수 있었다.

"서울서 온 솔송이넨 걸버생이드래이. 어마이가 밥 얻으러 왔드래이."

"울 집에도 왔드라. 깨진 쌀배기 들고 ···."

송마골 아이들이 그러자 탑마을 아이들도 너도나도 나서서 떠들었다.

다음다음 날 아침, 과연 금동이와 유종이네 집에도 아주머니 한 분이 깨진 이남박을 들고 구걸을 하러 왔다.

(솔송이네 어마이!)

유종은 얼른 알 수 있었다.

누렇게 뜬 얼굴이었다. 그러나, 해진 옷은 깨끗이 빨고 기워 입고 있어서 무척 단정했다. 말없이 이남박에 부어 준 보리밥을 보자기로 덮으며 다소곳이 고개를 숙이며 나갔다.

(솔송이네 아부진 죽고 없는갑다.)

그러나 아이들은 아무도 솔송이네 아버지에 대해선 모르고 있었다. 아직 학교에 다니지 않는 누이동생 하나와 세 식구라고 하는 아이들도 있고, 누군가 한 사람 더 있다는 아이들도 있었다.

이사를 왔다고 하기엔 너무도 가재도구가 없었다. 보름쯤 전에 솔송이네는 알몸만으로 어두워지는 저녁에 송마골로 찾아온 것이다. 거기 빈집이 한 채 있다는 말을 듣고 왔을 뿐, 일가친척이 있는 것도 아니고 누구 아는 사람이 있는 것도 아니다.

그렇게 소문 없이 저녁녘에 찾아왔기 때문에 정확한 식구들의 모습은 아무도 보지 못했다.

금동이는 꺼림했다. 하필이면 종갑이네 빈집에 거지가 와서 살다니, 자꾸만 못마땅했다.

"어매, 걸버생이가 종갑이네 집 다 때려부스마 어야노?"

"뭐락카노? 걸버생이가 어딨노. 그런 말 하마 못씬다. 사람은 살다 보마 오만가지 풍파 다 겪는 거다. 밥 얻어먹는다꼬 다 걸버생이가 아니다. 종갑이네 집은 비워 두는 것보다 사람이 살면 집 간수 더 잘된다."

달래골댁은 금동이를 나무랐다.

"그라마, 모두 걸버생이락꼬 찌지고 뽁든걸."

"다들 몰라서 그렇제. 너그도 지난해 피난 가서 바가지 들고 밥 얻으러 간 것 잊았뿌렸나?"

"……."

금동이는 뜨끔했다.

과연 솔송이네도 난리통에 어려운 일을 당했을지도 모른다.

그날 저녁때, 금동이는 유종과 문식을 따라 솔송이네 집으로 가 봤다. 속 시원히 한 번 찾아가 보면 모두 알 수 있을 것 같았기 때문이다.

종갑이네가 살고 있을 때보다 집은 많이 허물어지고 음산했다. 삐

"아버지는 지난 전쟁 때 폭격으로 다쳤어.
내 형은 폭탄을 맞아 죽었고."

딱하게 붙어 있던 방문짝은 떨어져 없고 가마때기로 거적문을 달아 놓았다.

찾아갔을 때 마침 솔송이가 부엌에서 주발에 무엇인가 담아 들고 방으로 가지고 가던 참이었다. 김이 모락모락 나는 걸 보니 죽 같은 음식이었다.

"솔송아."

문식이가 작은 소리로 불렀다.

솔송이가 주발을 받쳐 든 채 돌아다봤다. 약간 놀라는 듯하더니 금방 벙긋 웃었다.

"어서 오너라."

학교에서처럼 솔송이는 아름다운 목소리로 말했다. 셋은 뛰어 들어갔다.

솔송이는 거적문을 들치고 죽그릇을 들고 방으로 갔다. 셋은 방 안을 들여다봤다. 느끼한 냄새가 확 풍겨 나왔다.

방 안에는 유종이네 아버지 나이 또래의 남자가 누워 있었다. 한쪽 눈이 찌그러지고 귀 밑에는 진물이 흐르고 오른쪽 팔 하나가 없었다. 죽그릇을 앞에 놓으니 남자는 일어나 앉는다. 솔송이는 숟갈을 왼쪽 손에 쥐어 드리고 나서 들여다보는 아이들을 가리키며 말했다.

"아버지, 저희 반 동무들이어요."

솔송이네 아버지는 한쪽 눈을 크게 떠 바라보고는 고개를 끄덕였다.

솔송이가 밖으로 나왔다.

"아버지는 지난 전쟁 때 폭격으로 다쳤어. 내 형은 폭탄을 맞아 죽었고."

솔송이가 차분하게 얘기했다.

"……."

아이들은 눈만 동그래졌을 뿐이다.

"아직 해가 많이 남았으니 나무하러 가야겠어."

새끼도막을 찾아 들고 솔송이는 집을 나섰다. 아무 말 없이 솔송이의 거동만 바라보던 아이들은 그제서야 정신이 들었다.

"솔송아, 나무하러 우리캉 같이 가자. 니도 지게 지고 가자. 빌리 죽거마."

문식이가 앞장서서 종종걸음을 쳤다.

그날, 금동이까지 세 아이는 산에서 해 온 나무를 고스란히 솔송이네 집에 갖다 줬다. 그러고는 이튿날 유종은 유준에게 얘기하고, 문식은 복식에게 부탁해서 온 산천을 찾아다니며 소나무 지겟가지를 한 쌍 잘라 왔다.

아이들은 그걸 양지쪽에 말렸다가 저희들 손으로 지게를 만들었다. 솔송이에게 선물로 줬다.

"너희들 고맙다. 이 지게 가지고 열심히 나무할 테야. 난 너희들이 처음부터 맘에 들었어."

솔송이는 지게를 지고 부지런히 나무를 했다. 그의 어머니가 밥을 얻으러 다녀도 아무도 놀리거나 흉보지 않았다.

 그러나, 가을이 다가오는 9월 어느 날, 솔송이네 아버지가 모든 이의 정성도 보람 없이 아픈 상처가 낫지 않은 채 돌아가신 것이다.

 아버지의 장례를 치르고 나서, 솔송이네는 3개월간 거지 생활로 살아온 종갑이네 빈집을 떠났다. 어디론지 가 버린 것이다.

 "그 집은 인자 흉가가 됐구만."

 종갑이네 빈집은 이전보다 더욱 허물어져 갔다.

 "솔송이네는 어딜로 갔잇꼬?"

 유종은 얼굴이 까만 솔송이가 쉬 잊혀지지 않았다.

 "아마, 서울로 갔일 게다. 빌어먹고 살기는 그래도 서울이 젤 좋단다."

 문식이 어른들에게 들은 말을 그대로 했다.

 산들바람이 불어오면서 들의 곡식들이 익어 갔다. 그러나, 작년과는 달리 농사는 흉작이었다. 어른들은 벌써부터 겨우살이에 걱정이 태산 같다고 우울한 마음들이었다.

낙제생들

돌음바우골 아이들은 그날 왜기재 너머 학교 길을 걷고 있었다. 1년 동안 쉬었던 학교였다.

외진 산속 마을인데도 유달리 폭격이 심했던 것은, 기찻길 터널 입구가 바로 돌음바우골 동네였기 때문이다. 부전이네 뒷간채만 남겨 놓고 17채의 집이 모두 폭격을 맞은 것이다. 유엔군 비행기가 인민군들이 숨어 있는 터널을 향해 폭탄을 몰아때린 것이 아무 죄 없는 마을만 쑥밭으로 바꿔 놓은 것이다.

"아배요, 1년만 놀다가 내년게는 학교 꼭 보내 주세이."

산마을이어서 돌음바우골 아이들은 그때까지 아버지를 아배라 불렀다.

"오야, 오야, 여부가 있나. 니가 안 졸라도 내년게는 핵꼬 가야제."

귀돌이네 아버지는 딸이 조를 때마다 이렇게 약속했던 것이다.

그해 겨울은 모두 임시로 움막을 지어 이불도 없는 외양간 같은 방에서 고생살이를 했다. 아이들은 심심하면 왜기재 고개 위에 올라가 학교 쪽 신작로를 바라보았다.

여느 땐, 큰 마을 아이들과 망호동 아이들이 신작로를 따라 책보를 들고 줄지어 학교 가는 모습이 보였다.

겨울이 가고 봄이 오고 그리고 지루한 여름이 지나갔다. 이제 모두 흙담을 쌓아 올려 아담한 집이 들어섰고 먹을 식량도 얼마쯤 거둬들인 것이다.

10월 둘째 장날, 귀돌이네 아버지는 장에서 공책과 연필을 사 왔다. 귀돌이는 공책을 받아 들고 보꾹에 머리가 닿을 만큼 깡충깡충 뛰었다.

부전이네도 귀남이네도 순득이네도 모두모두 미리 짜 둔 대로 장에서 공책을 사 왔다. 헌 무명 헝겊을 몇 조각이나 이어서 만든 책보자기에 그 공책을 싸 들고 아이들은 왜기재 고갯길을 숨 가쁘게 치달아 올랐다. 모두 스무 명이 조금 넘었다.

빨간 단풍이 든 산길은 맨발에 이슬이 차가웠지만 너무도 즐거워 아이들은 날아갈 듯 비탈길을 뛰어 내려갔다. 제궁골 봇도랑 섶으로 긴 논둑길을 따라 그동안 그리던 신작로 학교 길까지 나왔다. 거의가 반은 뜀박질 걸음이다. 양철필통 속에서 연필이 딸각딸각 소리 났다.

학교 교문 앞까지 왔을 때 아이들은 주춤했다. 갑자기 학교가 낯설었다. 불에 타 버렸다는 것은 알고 있었지만 도무지 자기들이 그리워하고 정들었던 학교가 아니었다.

아이들은 교문 앞에 서서 망설이고 있었다.

"벌써 공부 시작했는갑제?"

일찍 서둘러 왔는데도 벌써 운동장엔 사람 그림자라곤 보이지 않는다.

"부전아, 내 먼첨 드가자. 지각했다꼬 머락카만 어얄래."

"오늘 첨 왔는데 괜찮다."

"우리 5학년은 어느 교실인고?"

"직원실에 가서 물어보자."

아이들은 벌써 조촘거리며 운동장으로 들어가고 있었다.

"직원실이 어딨노?"

"저짝 복판이다."

늠이가 손가락으로 옛날 불타기 전의 직원실이 있던 장소를 가리켰다.

"지집아, 그건 불탔삐릿잖나, 맹꽁아."

구만이가 뚱을 줬다.

그러는데 저쪽 판잣집 창고 문으로 선생님 한 분이 내다본다.

"저기 교감 선생님 계시다!"

부전이가 어찌나 큰 소리로 말했는지 똥구멍에서 방귀가 "빵!" 나와 버렸다.

"머심아, 깜짝 놀랬잖나."

"아고, 꾸릉내야."

늠이가 코를 싸잡아 쥐었다.

교감 선생님은 시작종이 울린 지 벌써 15분이 넘었는데 웬 아이들이 한 떼나 되게 들어오면서 떠드는 게 이상했다. 선생님은 창고 직원실을 나와 아이들한테로 다가갔다.

"너희들 지각한 줄도 모르니? 어서 교실에 들어가."

"교감 선생님, 밤새 안녕하십니까?"

"선생님, 밤새 안녕하십니까?"

아이들은 차렷 자세로 절을 꾸벅꾸벅했다.

"교감 선생님요, 우린 오늘 처음 왔니더."

"처음 왔다니?"

"돌음바우골서 왔니더."

"집이 폭탄 맞아 다아 타뻐리가주고 인제 왔니더."

"돌음바우골서 왔다고?"

"예에!"

아이들은 큰 소리로 대답했다.

"모두 몇 학년이냐?"

"3학년이시더."

"6학년이시더."

"5학년이래요."

각자가 한마디씩 떠들었기 때문에 교감 선생님은 귀가 멍멍했다.
"여기서 이러지 말고 직원실로 가자."
교감 선생님을 따라 아이들은 창고 안으로 들어갔다. 아이들은 잠깐 문 앞에서 눈알을 뺑뺑 돌리면서 안을 둘러보았다.
오른쪽 벽에 칠판이 걸려 있고 책상 두 개가 가운데, 둘레로는 걸상이 놓였다. 창고 바닥은 자갈이 깔렸고 고무신을 신은 교감 선생님의 발이 옮겨지는 대로 자글자글 소리가 났다.
"그래, 그동안 모두 얼마나 고생했냐. 불탄 집들은 새로 지었냐?"
"임시로 쪼맨하그러 짓니더. 내중에 돈 많이 모아가주고 큰집 짓는다꼬 아배캉 어매캉 이바구하대요."
부전이가 대표로 나서서 가르쳐 드렸다. 다른 아이들은 모두 부전이 얼굴만 쳐다보았다.
"너희들 1년 동안 놀았으니까 어쩔 수 없구나. 모두 한 학년씩 아래로 내려가야겠어."
"밑으로 니러가락꼬요?"
"우리가 낙제해야 된단 말이니껴?"
부전이와 늠이가 한마디씩 했다. 작은 아이들은 무슨 뜻인지 얼른 알아차리지 못했다.
이렇게 해서 돌음바우골 아이들은 전쟁 바람에 잘못도 없이 모두가 낙제생이 되어 버렸다. 낙제생들은 다른 동네 아이들도 많았다. 아이들은 모처럼 춤추듯이 찾아온 학교였는데 금방 풀이 죽고 말았다.

"내사 뭐락캐도 5학년에 들어갈끼다. 지 하고 싶은 거 누가 말릴끼고."

늠이는 책보자기를 꽉 보듬어 안고 5학년 교실로 들어갔다. 거의 1년 반 동안 헤어졌던 동무들이 금방 알아보고 반겼다.

"늠아, 인제 오나?"

"늠아!"

"늠아!"

원래 여자아이들은 수다쟁이다. 그게 훨씬 정다웁다.

기덕이가 늠이 책보자기를 빼앗듯이 받아 안고 제 옆자리에 앉혔다.

"이게 앉거라."

아무것도 없는 교실이지만 마룻바닥만은 반질반질 윤이 나도록 닦여 있었다.

그러나, 다음 수업 시간에 들어온 담임 선생님은 늠이를 4학년이 공부하고 있는 망호동 교회당으로 가라고 하면서 내보냈다. 늠이는 눈이 퉁퉁 부어오르도록 울었다.

결국 늠이는 그토록 기다리다 찾아간 학교를 단 한 시간도 공부하지 못하고 이튿날 그만둬 버렸다. 부전이와 귀돌이와 다른 몇몇만이 낙제를 한 채 계속 공부를 했을 뿐이다.

전쟁 중에 아이들의 출석은 말이 아니었다. 며칠 다니다가는 결석을 하고, 몇 번 오락가락하다가 영영 오지 않는 것이 보통이었다.

그해 겨울 면사무소 앞마당에서 입대병 환송식이 있던 날, 학분이가 5학년을 끝맺지 못한 채 대구로 식모살이를 떠났다. 학분이는 이틀 전 가장 친한 짝이었던 봉자한테 가서 처음으로 대구로 가게 된 이야기를 들려주었다. 봉자는 폐병을 앓아 오다가 벌써 보름 전부터 학교에 나오지 못한 채 누워 있었다.

"봉자야, 얼른 밥 많이 먹고 일나야제."

"밥 먹기 싫은 거 어예 먹노?"

"안 먹으마 죽는대이."

"죽으마 좋제 뭐."

"니도 죽구 싶나?"

"그래, 얼런 죽구 싶다."

"난도 찻다리 죽었시만 좋겠다."

학분이는 한숨을 쉬었다. 봉자는 기운 없이 누워 그대로 눈만 감으면 죽은 거나 다름없었다.

"저어 말이제, 난 모레 대구 간대이."

"머락꼬?"

"나는 가구 싶지 않은데 숭년(흉년)이 들어가주 양식이 모지래각꼬 작은어매가 식모로 가락 해."

"……"

학분이가 떠나던 날, 봉자는 떼를 써 가면서 아픈 몸으로 기차 정거장까지 전송을 나갔다. 목에 어머니 명주 수건을 둘둘 감고, 눈에 굵다란 눈물을 가득 머금고 있었다.

학분이는 가슴 안이 오비듯이 아팠다.
꽤액— 하는 기적 소리를 울리면서 기차는 떠나갔다.

"그전에 니하고 두 분(번) 싸웠는 거 잘못했대이."

봉자는 파란 입술을 실룩거리며 말했다.

"그때 머리끄댕이 쥔 건, 내가 잘못했대이."

학분이는 가슴 안이 오비듯이 아팠다.

쾌액 — 하는 기적 소리를 울리면서 기차는 떠나갔다. 봉자는 울면서 집으로 돌아왔다.

한 달쯤 있다가 학분이한테서 편지가 왔다. 5학년에서 꼴찌만 하던 학분이 편지는 철자법이 뒤죽박죽이었다.

"보자야, 그동아 잘 이서니. 나도 잘 이다. 보자가 보고 시다. 도새(동생)도 보고 시다. 주근 어머니도 보고 시다. 아버이도 보고 시다. 보자야, 밥 드드이 먹고 어서 아프지 마라라.

보미 오며 노러 가께.

꼬이 피며 노러 가께.

보고 시운 보자야, 잘 이거라. 도무들도 잘 이거라."

학분이는 봄이 오고, 그리고 꽃이 피면 다니러 온다고 했다. 그러나 진달래가 온 산을 덮은 아름다운 봄이 왔는데도 학분이는 오지 않았다. 대신 밥 든든히 먹고 아프지 말라고 걱정해 주던 봉자는, 어머니가 끓여 주는 송피죽을 간신히 간신히 먹으며 지탱하다가 결국 죽고 말았다.

먼물동 마을도, 망호동에서도, 그리고 금동이네와 유종이네 집도 피처럼 시뻘건 송피죽을 먹으며 보릿고개를 살아야 했다.

우물가에서도 빨래터에서도, 빨랫감보다 송피 두들기는 어머니들이 더 많았다. 소나무의 속껍질을 벗겨 가마솥에 삶아낸 다음, 항아리에 담가 떫은 맛을 우려내고 나서, 방망이로 부드럽게 두들겨 곡식낟을 함께 넣어 끓인 것이 송피죽이다.

"싱야, 송구(송피)가 찔겨가주고 안 넘어가."

유종은 송피가 제대로 씹히지 않아 입 안에서 죽을 애를 쓰고 있다가 말고 울상이 된다.

"꼭꼭 씹으마 점점 더 찔긴다. 씹지 마고 어물어물 넘가야제."

유준이 씹는 방법을 가르쳐 줬다.

유종은 유준의 입을 잠시 쳐다보다가 저도 우물쩍우물쩍 삼키며 송피죽 한 그릇을 다 먹었다.

"가슴이 멍멍하다, 그제?"

"그래야만 오래오래 배 안 고프제."

송피죽은 먹기 힘든 것만 아니었다. 금동이가 어느 날 온 저녁답까지 어딜 갔는지 보이지 않았다.

달래골댁은 처음엔 아이들과 함께 놀러 나간 줄 알았다. 그런데 저녁 준비를 다 해 놓아도 오지 않아 이웃집으로 찾아 나섰다.

"금동아아! 동아아!"

뒷집 유종이네 집에 가 봐도 없었다.

"종아, 우리 금동이 못 봤나? 자슥이 안즉 저녁 먹으러도 안 들어온다."

"금동이네 어매요, 우린 동이 못 봤니더."

유종과 유준은 함께 뒷골 가서 잔대를 캐온 것이다.

"엄머나! 잔대 캤구나. 어디 이러키 많드노?"

달래골댁은 다래끼에 캐 온 잔대뿌리를 듬뿍 쥐어 보고 놓는다.

"뒷골 입새서 캤제요. 금동이도 갔이마 한그 캘낀데 ….'"

"그르기 말이다. 이늠 자석 어디 가서 노는동 들어오기만 하마 야단쳐야제."

달래골댁은 금동이가 어디서 재미있게 노느라고 들어오지 않는 줄 알고 골목 밖으로 찾아 나섰다.

"금동아아! 금동아아!"

밤실댁 집에도, 댓골 어른 댁에도, 대추나무집에도, 빈대껍데기네 집에도 금동이는 없었다. 들에 갔던 어른들도 모두 돌아오고 아이들도 자기들 집에서 저녁을 먹고 있었다.

달래골댁은 차츰 걱정이 되어 집으로 도로 가 봤다. 그동안 혹시 돌아와 있나 해서다. 그러나 금동이는 와 있지 않았다. 뒷집 유종이네 집에 다시 가 봤다.

"안죽도 금동이가 안 왔니껑?"

남동댁은 저녁을 차려 놓고 막 숟갈을 들려던 참이었다.

"얄궂제요. 생전에 늦도록 나가 노는 걸 못 봤는데 오늘은 어짠

일인고요."

달래골댁은 점점 걱정스럽다.

남동댁이 들었던 숟갈을 놓고 일어섰다.

"나도 찾아볼꾸마."

유종이 발딱 일어나 밖으로 나갔다.

"머슴아, 어디 가서 안죽도 안 오노?"

유종은 골목길을 달려나가다 말고 금동이네 삽짝문 앞에서 잠시 안을 들여다봤다. 아직 금동이가 돌아온 기척이 없다.

그런데, 마당 저쪽 뒷간에서 누가 훌쩍거리는 소리가 난다. 자세히 귀를 기울이니까 금동이 목소리다.

"금동아아, 니 거기서 뭐하노?"

유종이 뽀르르 뛰어가 뒷간을 들여다봤다. 금동이가 뒷간 가랑이에 쪼그리고 앉아 훌쩍거리고 있다.

"왜 우노, 금동아?"

유종을 보자 금동이는 흑흑 섧게 울기 시작했다.

"금동이네 어매요, 금동이가 통시에 있니더어!"

유종이 소리 지르면서 뛰어가 달래골댁을 불러왔다.

달래골댁은 반가워 한달음에 뛰어왔다. 남동댁이 뒤따라 달려오고, 유준네 아버지와 유준이도 뒤따라왔다.

"동아, 거기서 뭣하노?"

달래골댁이 허리를 꾸부리고 금동이 다리 가랑이 새를 들여다봤다.

"똥이 안 나온다아 ···."

"똥이 안 나온다꼬? 언지부터 통시에 있었드노?"

"보리쌀차 지나갈 때부터 있었다."

보리쌀차는 오후 4시 반쯤 지나가는 기차를 말한다. 이 근처 어머니들은 이 기차가 지나가면 보리쌀도 안치고, 서서히 저녁 준비를 하기 때문에, 이 기차를 보리쌀차라고 불렀다. 금동이가 이 보리쌀차 지나갈 때 뒷간에 들어갔으면 벌써 3시간 넘도록 앉아 있었던 것이다.

"송기죽 먹고 똥꾸영 맥힛는갑다."

유종이 말하고는 유준을 마주 봤다. 둘은 쿡쿡 웃었다.

"이리 나온나, 보자."

달래골댁이 금동이 손을 잡아 일으키자 금동이는 똥구멍을 하늘로 치켜들고 엉금엉금 단지걸음으로 기어나왔다. 똥구멍엔 자두알 같은 빨간 똥이 쏙 내밀려다가 멈춘 채, 들어가지도 나오지도 않는다.

"꼬쟁이로 파내야제."

"꼬쟁이는 위험하이더. 손까락으로 호비내이소."

"종아, 너어는 고마 가그라."

금동이가 똥구멍을 치켜들고 쑥스러워하니까 달래골댁이 유종이 형제에게 눈을 찡긋하면서 말했다.

유종이네 식구들은 얼른 비켜 나왔다. 유종은 사립문을 나오다가 돌아서서 담모퉁이에서 눈을 빠끔히 안을 들여다봤다.

"이눔 자석, 들어가자."

아버지가 팔을 잡아끌었다. 유종은 팔을 빙빙 휘돌리며 집으로 쫓아갔다. 식구들이 모두 마당에 들어서는데, 금동이 우는 소리가 "왕! 왕!" 들려왔다. 그러다가 잠시 후엔 울음소리가 그치고 조용해졌다.

잔뜩 귀를 기울이고 있던 유종이 유준을 쳐다보며 말했다.

"이자, 똥 다 후벼파 냈는 모양이제?"

유준이 뜻있는 웃음을 지으며 고개를 끄덕거렸다.

이튿날부터 금동이는 아침마다 찬물을 한 사발씩 마시고, 저녁에 잘 때는 들기름을 한 숟갈씩 먹었다. 대야 할머니가 똥구멍 막히는 데 좋은 약이 된다고 가르쳐 줬기 때문이다.

금동이 똥 소동이 있던 이틀 뒤에, 삼밭골 금아가 작년에 낳은 아기 진수를 업고 친정에 왔다. 금아는 백설기를 싸 온 보퉁이를 내려놓고는 거의 파김치처럼 축 처진 눈으로 어머니 달래골댁을 멍하니 쳐다보았다.

"무신 일이 있었나? 오실아, 얼푼 말해야제."

"……."

"어엉, 오실아?"

"어매, 내사 어야마 좋노? 진수 아부지가 죽었단다. 총 맞고 …."

금아는 두 손으로 얼굴을 싸면서 흐느껴 우는 것이었다. 달래골댁의 눈앞이 한밤중처럼 캄캄해지면서 정신이 없어졌다.

배냇병아리

　<u>봄비가 내린다.</u> 슬픈 얘기 소리처럼 속삭이는 보슬비다. 금동이는 뒤꼍 처마 밑에 혼자 쪼그리고 앉아 있다.

　　비야 비야 많이많이 오너라
　　우리 누부야 불쌍한 누부야
　　못 가그러 비야 비야 많이 오너라
　　새 형님은 왜 죽었노 왜 죽었노
　　새 형님 죽었삐러 누부야 혼자 어예 사노
　　비야 비야 많이많이 오너라
　　우리 누부야 못 가그러
　　비야 비야 많이 오너라
　　우리 어매하고 내하고 누부야하고 진수하고

한집에 살그러 비야 비야 오너라

　대야 할머니네 살구나무에 분홍빛 꽃이 활짝 피었다. 금동이는 살구꽃 나무에 뽀얗게 서리는 안개처럼 가슴속이 뽀얗게 뽀얗게 흐려진다. 누나가 불쌍하다. 잘 알 수는 없지만 시집간 여자는 뭐니 뭐니 해도 자기 남편이 이 세상에서 가장 소중하다는데 누나는 그 남편이 전쟁터에서 죽었다고 한다. 그러니까 누나는 외롭게 된 것이다.
　재작년 피난 때, 북쪽으로 가 버린 남편이 결국 돌아오지 않아, 과부가 되어 버린 인기 어머니처럼, 누나도 과부가 된 것이다.
　"금동아, 니 거기서 뭐하노?"
　금동이는 깜짝 놀랐다. 소리 난 쪽으로 얼른 고개를 돌렸다. 뒤란 모퉁이에 누나가 서 있다. 눈에 가득 괴었던 눈물이 고개를 돌리는 순간 뺨으로 주르르 흘러내리고 말았다.
　"왜, 왜 금동아? 왜 울고 있노?"
　"누부야 ….“
　금동이는 목이 꺽꺽 멘다.
　"누부야도 인제 과부가 됐제? 배나무집 인기 어매겉이 밤에 잠도 안 오고 한숨으로 혼자 살아야 되는 거제?"
　"……."
　"누부야, 시집간 거 물리마 안 되나? 우리 집에 어매캉 내캉 같이 살마 안 되나?"

"한 분 시집간 건 못 물린다."

"왜 못 물리노?"

"그건 죽은 사람이 다시 살아나지 못하는 것하고 똑같단다."

"그라마 누부야도 죽을 때까지 혼자서 살아야 되나?"

"고마 쓸데없는 말 하지 말고 방에 들어가자. 춥다."

뒷집 유종이네 집 방 안에서도 금아 얘기로 잔뜩 우울하다.

"금아 누부야 과부 된 건, 어예가주 팔자로?"

유종은 방바닥에 배를 붙이고 엎드린 채 유준에게 물었다.

"그건 사람마다 다르제. 일찍 죽는 것도 늦게 죽는 것도, 잘사는 것도 못사는 것도, 모두 지 팔자대이."

"내사 가만히 생각해 보니까, 울 어매가 삼밭골 오 총각한테 중매 안 들어 줬으마, 금아 누부야는 시집도 안 가고 과부도 안 됐을 끼라 자꾸 미안해지는걸."

"그것도 팔자에 매긴 걸 할 수 없제 뭐. 해필 미약 먹어 놓고 전쟁이 터져가주 그래 된기제, 어매가 잘못한 거 아이다."

유준은 숙제를 하느라 공책을 펼쳐 놓고 열심히 산수 문제를 풀면서 유종의 말에 대답해 주느라고 생각이 엇갈린다.

"뭐니 뭐니 캐도 전쟁 때문이다. 그제?"

"그래애."

일요일 하루 동안 내린 비는 다음 날 활짝 개어 버렸다. 금동이

할아버지의 상여가 떠나간 날, 아버지 대신 꼬마 상제인 복식이와 문식이 두 손자가 구슬피 울면서 상여 뒤를 따랐다.

소원대로는 언제까지라도 비가 좍좍 쏟아져 누나가 시댁으로 돌아가지 않았으면 싶었던 것이다. 그러나 활짝 갠 월요일 날, 금동이 학교에서 돌아오니 누나는 떠나가고 없었다. 까만 머리카락이 귀여운 진수도 가 버린 것이다.

"여자는 한 분 매이면 일평생 그 자리를 못 떠난다. 그래서 딸자식하고 버드나무는 자리를 잘 잡아 줘야 한단다."

달래골댁은 고달픈 과붓살이가 딸에게까지 내려진 것이 한없이 괴로웠다.

(금아를 너무 서둘러 시집보낸 게 아닌동 모르제.)

그러나 달래골댁은 도리질을 했다.

(다아 지 팔자지. 오 서방이 어디 제 명에 죽은 게 아니잖나.)

과연 그랬다. 오정식이 죽은 것은 전쟁 탓이다. 종갑이가 죽은 것도, 그의 할아버지가 죽은 것도 모두가 전쟁 탓이다. 얼마나 많은 사람들이 자기 목숨을 다하지 못하고 억울하게 죽어 갔는지 모른다.

금아가 시댁으로 돌아간 다음 날, 오랜 세월 병석에 누워 지내던 복식이네 할아버지가 또한 한을 품은 채 돌아가신 것이다. 할아버지의 상여가 떠나간 날, 아버지 대신 꼬마 상제인 복식이와 문식이 두 손자가 구슬피 울면서 상여 뒤를 따랐다.

구경꾼들이 와글와글 길섶에 늘어섰고 상두꾼들은 목청을 돋우어 노래를 합창했다. 책보를 들고 학교에 가던 아이들이 모여 서서 상두꾼 노랫소리에 정신을 빼앗겼다.

"인지이 가며언 어언제 오나아 —!"

"어허허 어어허허 어하넘차 어어하어어 …."

"저승길이 멀다드니이 대문 밖이 저승일세에 …."

"어허허 어어허허 어하넘차 어어하어어 …."

복식은 다소곳이 고개를 숙이고는 "어이 어이" 하면서 상여 뒤를 따라가는데, 문식은 둘레를 흘끔흘끔 훔쳐보느라 "어이 어이"를 잊어버리곤 했다.

"종아, 문식이 봐라. '어이 어이' 안 한대이."

금동이가 책보자기를 보듬어 안고 상여 뒤를 따라가는 복식이 형제를 가엾게 바라보다가 유종에게 말했다.

"엉터리로 따라간다. 그제?"

유종이가 대답했다.

"복식이 싱야는 어른처럼 싱주짓(상주 노릇) 잘한다. 그제?"

"문식이 자식은 꼬대기기만 하지 영 파이다."

"생여 안에서 할배가 '요놈!' 안 하겠나?"

"할배도 '할 수 없는 놈'이라 하겠지, 뭐."

상여꾼들이 진돌뱅이 언덕 너머로 사라지고 나서야 아이들은 서둘러 학교로 달려갔다.

할아버지 장례식을 치르느라 복식이 형제는 며칠 학교를 쉬었다. 삼우제를 마치고 나서야 다시 이전대로 생활할 수 있었다.

할아버지가 거처하던 사랑방에 빈소를 모시고 문 앞에서 기둥을

양편에 세우고 짚으로 곱게 둘러 여막을 만들었다. 할아버지의 사랑방은 3년 동안 상주가 거처하는 움집이 된 것이다. 그러나 정말 상주인 아버지가 안 계시기 때문에 문식이 형제가 그 여막 속에서 살게 되었다.

"삼년상이 날 때까지 너어는 할배 방에서 살아야 된다. 몸도 아무렇게나 행동하마 안 되고 항시 조심해야 된다."

복식이네 어머니 옥산댁이 조용히 타이른다. 복식은 정성껏 귀담아들으며 어머니가 타이르시는 말을 그대로 따르려고 마음속 깊이 결심하는 것이었다.

내년이면 국민학교를 졸업한다. 할아버지가 병석에 누워 계실 때만 해도 복식은 이렇게 마음의 부담이 크지 않았다. 아버지도 안 계시고 할아버지도 돌아가신 지금은 복식이가 이 집안의 가장이 된 것이다.

복식은 한껏 도사리며 마음을 가다듬는다.

(난 이제 철없는 아이가 아니고 어른이다.)

그러나 복식은 마음만 가지고는 되지 않았다. 열세 살짜리 6학년생이 어떻게 어른 노릇을 할 수 있단 말인가.

할아버지 빈소를 모신 사랑방에 처음 문식과 함께 자던 날, 복식은 밤늦도록 잠을 못 이루었다. 할아버지가 곁에 누워 계시는 것만 같았다. 1년 반 동안 할아버지는 바로 복식이가 누워 있는 그 자리에 누워서 지낸 것이다. 미음을 잡수시는 날도 있고, 찬물만 한 모금 마실 때도 있었다. 질긴 것이 사람의 목숨인 것 같았다. 매일처럼 그날 하루 해를 넘기지 못할 것 같으면서 다음 날 다음 날로 이어지던 할아버지의 목숨이었던 것이다.

"애비 오기 전엔 안 죽는다. 절대로 안 죽는다."

그러나 기다리는 아버지는 오지 않고, 할아버지는 그 이상 버티지 못하고 돌아가신 것이다.

"복식이 싱야."

나란히 누워서 문식이가 불렀다.

"으응?"

"싱야하고 끌안고 자자."

"왜, 춥나?"

"어언제."

"그럼?"

"……"

문식은 무섭단 말을 할 수 없었다.

복식이 살며시 문식을 끌어안았다. 문식은 복식의 턱 밑에 얼굴을 들이밀고 마주 안았다.

"빨리 자자. 벌써 한밤중일 게다."

둘은 잠을 이루려고 몹시 애를 쓰고 있었다. 서로 껴안고 나니 마음이 조금 가라앉는다. 잠시 뒤, 둘은 쌔근쌔근 잠이 들었다.

복식은 학교에만 갔다 오면 할 일이 많았다. 보리밭을 매고, 풀을 베고, 똥장군 노릇까지 했다. 할아버지가 병석에 계실 땐 그래도 이것저것 여쭈어 보고 나서 일을 처리했는데, 할아버지마저 계시지 않으니 어떻게 해야 할지 모르는 것이 너무 많았다.

못자리 풀을 뜯어 놓았지만 그걸 어떻게 쓰는지 몰랐다.

"어매, 준네 집에 물어보까?"

"유준네 아배한테 못자리 안출 때 쫌 봐달라 그래라."

복식은 그래도 동무네 집 아버지여서 그런지, 유준이네 아버지한테 가는 것이 제일 믿음직스러웠다.

문식이와 둘이서 뜯어 말린 못자리 풀을 논둑에 쌓아 놓고, 토요일 점심 나절에 유준이네 집으로 갔다.

"준아아!"

부르면서 마당으로 들어서는데, 대야 할머니가 유종에게 무엇인가 사정을 하고 있었다. 저쪽 디딜방앗간 앞에서는 유준이네 아버지가 낫을 갈고 있고, 유준과 남동댁은 봉당 끝에 앉아서 헌 고무신을 꿰매고 있었다.

"복식아, 니 용케 오는구나!"

유준이 손에 들었던 고무신을 놓으면서 반긴다. 마당 한가운데 앉아서 무언가 얘기를 주고받던 대야 할머니와 유종도 함께 복식을 맞이했다.

"복식이 싱야, 삐아리, 할매네 삐아리 깐 것 우리 믹이그러 다고, 어예이?"

"무신 삐아리 말이고?"

복식은 무슨 뜻인지 잘 몰라서 물었다.

"할매가 이번에 한 배 내린 삐아리 복식이 싱야네가 안 믹이면 우리 줄라 캤어."

유종이 능청스럽게 말했다. 대야 할머니가 팔을 내저으면서 유종의 입을 막는다.

"아닛다. 아닛다. 너거 집에 내가 삐아리 내리면 줄락꼬 입낙(약속)했는 게 있제?"

"예, 있니더."

복식은 그제서야 얘기의 말뜻을 알 수 있었다.

"그걸 종이 녀석이 저거 집에 달라고 자꾸 조르잖나. 나는 안 된다꼬 사정 사정하고 있었제."

"할매는 복식이 싱야네만 좋아하드라. 까짓거 삐아리 백 마리 쥐도 안 하니더, 안 해요!"

유종은 잔뜩 부어올라 내뱉듯이 말하고는 훌쩍 일어서서 담 밑으로 뛰어가 돌아선 채 훌쩍거리고 만다.

"애고오, 꼬맹이들하곤 흥정이 안 된다. 이 일을 어야마 좋제."

대야 할머니는 난처해져 버렸다.

"종아, 오냐오냐 하니까 니배께 없는 줄 아나!"

유준이 눈을 부릅뜨면서 목을 쑥 뽑은 자세로 울고 있는 유종에게 큰 소리로 말했다.

유준이네 아버지는 낫을 갈면서 웃으시고, 남동댁이 혀를 끌끌 찼다.

"할매요, 삐아리 유종이네 주소. 이담에 중배 또 내리거덩 우리 함시더."

복식은 어쩔 수 없어 섭섭하지만 유종이한테 양보하기로 마음먹고 그렇게 말했다. 유종은 훌쩍훌쩍 울던 소리를 조금 죽이고는 복식이 말소리를 귀담아들었다. 갑자기 가슴이 달막거리도록 기분이 좋았다.

"그래, 유종이 고집에 항복 안 할 수 있나. 복식인 어른 다 됐제. 요담 번 내리거던 줄게, 청상 이분에는 종이 줘야겠다."

대야 할머니까지 이렇게 말했으니 이젠 유종이 고집대로 이룬 셈이다. 유종은 금방 울음을 그치려니까 부끄러워 좀 더 훌쩍거리고 있었다.

"종이 녀석 수단 좋구나. 삐아리 얻어 낼려고 꾀부리는 게 일품인걸. 그래, 복식인 어째 왔노?"

유준이네 아버지가 싱글싱글 웃으며 말했다.

"준네 아부지요, 못자리 때문에 왔니더. 풀은 다 비 놨는데, 어야마 되니껴?"

"못자리 때문에 왔닥꼬?"

"예, 어매가 가서 사례(여쭈어)보라 카대요."

"그럼, 언지 할라는동 일자만 잡아 노시라 캐라. 유종이 삐아리 차지한 대신으로 우리 모두 가서 못자리 해 죽꺼마."

아버지 말씀에 유준이 나서서 한마디 더 했다.
"그래 복식아, 내하고 종이하고 모두 가서 거들어 줄게."
복식은 고마워서 어쩔 줄 몰랐다.
"이르키 폐를 끼쳐 미안시러버 어야노."
"괜찮다, 복식이 싱야. 하낫도 안 미안타."
유종은 어느새 울음을 그치고 씨익 웃으며 말했다.
"자슥아, 이자 씨래가 퍼드래졌나."
대야 할머니가 입을 비쭉거리며 빈정대듯 말했다. 유종은 몸을 비비 꼬면서 열없게 또 한 번 씨익 웃는다.

금동이네 병아리는 모두 열네 마리고, 유종네 것은 한 마리 더 많은 열다섯 마리다. 대야 할머니네가 작년에 깬 여섯 마리 병아리 중에 한 마리가 죽고 모두 다섯 마리가 큰 것이다. 그중에 두 마리는 수탉이고 세 마리가 암탉이었다. 대야 할머니는 온 동네 사람들에게 부대끼면서도 아무에게도 나눠 주지 않고 손수 키웠다. 암탉들은 부지런히 알을 낳아 세 마리 모두 병아리를 깐 것이다.

한 배는 금동이네 주고, 한 배는 할머니가 손수 먹이고, 한 배는 복식이네 배냇닭으로 주려고 했는데 유종이 심통을 부려 어쩔 수 없이 그렇게 된 것이다.

유종은 복식이한테 약간은 미안했지만 싹 잊어버리고 병아리 보살피기에 여념이 없었다.

한 주일 먼저 내린 금동이네 것은 날개가 제법 자라나 골목 밖으로 쏘다녔다. 유종은 저희 집 병아리도 빨리 금동이네만큼 자라라고 모이를 자꾸 주고 지렁이도 잡아 주면서 키웠지만 금동이네 병아리는 그걸 알아차리기나 한 것처럼 쑥쑥 앞서 자라기만 했다.

그렇게 보름이 지난 어느 날, 유종이 학교에서 돌아오니 텅 빈 집 안엔 아무도 없었다. 그런데, 병아리를 데린 어미닭이 뒷간 앞에서 "꼬꼬댁! 꼬꼬댁!" 소리치며 안절부절못하는 것이었다.

"꼬꼬야, 왜 그카노?"

유종은 책보를 방 안에 던져 놓고 재빨리 뒷간으로 가 봤다. 유종은 깜짝 놀랐다. 병아리들이 똥통에 빠져 허우적거리며 버둥거리는 것이 아닌가. 급한 김에 유종은 아무런 생각도 없었다. 그냥 손을 집어넣어 똥통 속의 병아리를 냉큼냉큼 집어내었다. 건져 낸 병아리는 물을 길어다 덤벙덤벙 씻었다. 씻어 낸 다음엔 마른 걸레로 물기를 닦아 내고 양지쪽에 갖다 놓고 말렸다.

어미닭은 계속 곁에서 지켜보며 "꼬꼬댁! 꼬꼬댁!" 소리치는 것이었다. 한참 부산하게 똥 묻은 병아리를 씻어 놓고 나니, 그제서야 정신이 들고 온통 구린내가 코를 쏘아 대는 것이었다.

온몸에서 땀이 흘러 옷이 덤벙 젖었고 바지저고리 모두 똥투성이였다.

유종은 그대로 도망치듯 냇물에 가서 풍덩 물속에 뛰어 들어갔다. 풍덩풍덩풍덩풍덩 ….

유종은 부산히 똥 묻은 옷을 입은 채 씻어 내고는 그냥 집으로 달려왔다. 그러고는 옷을 벗어 젖은 것을 비틀어 짜 널었다.

저녁에 들에서 돌아온 식구들은 유종이 용감하게 병아리를 똥통에서 건져 낸 것을 칭찬해 주었다.

"종이한테 삐아리 매끼길 잘했제. 준이나 문식이 같았으마 다아 죽어도 못 건져 낼끼다."

아버지 말씀이었다.

그러나, 똥통에 빠졌던 병아리 중에 한 마리가 시름시름 앓더니 그만 죽어 버렸다. 아마 구정물을 너무 마신 때문일 게다.

유종이 죽은 병아리를 뒤뜰에 묻어 주고 났을 때, 금동이가 찾아왔다.

"종아, 인젠 우리 삐아리하고 너그 삐아리하고 똑같다, 그제?"

금동이는 흡사 한 마리가 잘 죽었다는 듯 은근히 기쁜 표시로 말했다.

"……"

유종은 아무 대답도 하지 않았다. 금동이 마음속으로 웃고 있을 것을 생각하니 얄밉기 그지없었다.

졸업식

운동장 한쪽 모서리 채소밭 실습지에 파 놓은 방공호에서 아이들이 왁자지껄 떠든다. 수만이를 그 방공호 구덩이 속에 집어넣어 놓고 놀려 주고 있었다.

"수만아, 한 분만 더 해 봐. 안 그라마 점두룩 꺼내 주지 않을끼다."

"자, 한 분만 더 해라."

수만이는 어쩔 수 없이 두꺼비처럼 자세를 엉거주춤해가지고 어깨를 들먹거리며 노래를 불렀다.

하이칼라 고모칼라 운전수 시계는 땡땡 열두 시
오정 불만 밥 먹지.

벌써 열 번도 넘게 같은 노래를 불렀다. 이번에는 그만 구덩이에서 꺼내 줄 줄 알았는데 아이들은 짓궂게 다시 같은 노래를 청했다.

"수만아, 오늘 졸업식 끝나마 니 뚜꺼비 노래도 마지막이다. 한 분만 더 불러라, 응?"

"그래그래, 한 분만 더 불러라."

수만이는 오늘따라 극성을 떠는 아이들이 몹시 싫었다. 하지만 아이들의 비위를 건드리면 그만큼 장난이 사나워진다. 수만이는 한 번 더 부르기로 마음먹었다. 이번 한 번으로 마지막이 된다 싶으니 어렵지도 않았다. 침을 꿀꺽 삼키고 나서 어깨를 엉거주춤하게 꾸부렸다. 수만이는 그렇게 하면 금방 두꺼비가 된다.

"하이칼라 고모칼라 운전수 …."

그런데 그때 종소리가 울렸다. 졸업식 시작종인 것이다.

"땡땡땡땡 땡땡땡땡 …."

아이들은 약간 아쉽다는 표정을 지었지만 어쩔 수 없이 운동장으로 달려갔다.

방공호 구덩이에서 수만이는 온통 흙투성이가 되어 엉금엉금 기어 나왔다. 흙을 털고 옷매무새를 고치고는 벌써 나란히 줄선 아이들 속으로 달려가 섰다. 졸업식이라지만 학부형이라곤 단 한 사람도 없었다. 다만 군교육청 손님과 면장님, 그리고 몇 군데 동장님이 초라하게 내빈석에 앉아 있었다.

졸업식과 재학생 학년말 수료식을 한데 뭉쳤기 때문에 아직 2월의 바깥 날씨가 추웠다.

졸업생 각자 이름이 불려지고 이어서 대표가 나가 졸업장을 받았다. 복식이가 1등을 하여 교육감 표창장을 받았다. 유준은 12명이 받는 우등상에 그쳤다. 전쟁을 치르는 북새통에서도 못안 마을의 재준이가 6년 개근상을 받았을 때, 온 운동장이 떠나가도록 손뼉을 쳤다.

졸업생들의 순서가 끝나고 재학생 수료식이 이어졌다. 문식이가 우등상을 받고 유종은 바로 앞의 아이와 한 점 차이로 떨어졌다. 금동이는 우등상과 1년 개근상을 모두 받았다.

유종은 몹시 섭섭했지만 어쩔 수 없었다.

(복식이캉 문식이캉 우등상 받아서 좋겠다.)

하고 부러워하는 정도였다.

맨 마지막으로 1학년생의 순서가 시작되었다. 1시간이 넘도록 차렷 자세로 서서 기다린 우화자 선생님은 온몸이 굳어 버린 것만 같았다. 출석부를 펼쳐 입을 떼려니 잘 안 된다.

번호 1번 오환영을 부른다는 것이,

"오 안녕!"

해 버렸다. 높고 예쁜 목소리로. 까르르 웃는 소리가 여기저기서 났다. 우 선생님은 얼굴이 화끈 달아올라 침을 꼴깍 삼키며 자세를 가다듬었다. 조심조심 이름을 불러 나가다가,

"콩타롱!"

해 버렸다. "공태롱"을 그렇게 "콩타롱" 했으니 또 웃음이 한바탕 일어났다.

"중학교 가는 아이들은 좋겠다."

맨 끝까지 부르고 나서 선생님은 마무리를 짓는 데서 또 한 번 실수를 해 버렸다.

"조숙희이 —."

이렇게 맨 끝 번 아이를 부르고 나서,

"이상, 오십사 명 대포 ···."

"헤헤헤 ···."

"와하하하 ···."

우 선생님은 다시 한번 되풀이해서,

"오십사 명 대표 ···."

고쳐 말했지만, 웃음소리는 쉽게 그치지 않았다.

1학년 아이들은 선생님이 불쌍해서 어쩔 줄 몰랐다. 선생님의 입술이 파란 걸 보니 몹시 추운 모양이다. 입이 얼어 버려 말도 제대로 할 수 없는 졸업식과 수료식이 이렇게 해서 모두 끝났다.

하얀 졸업장을 돌돌 말아 손에 든 졸업생들은 교문을 나와 각자 흩어져 돌아가고 있었다. 마지막 떠나는 학교인데도 왠지 아무런 감동이 없어, 유준은 이상하기만 했다. 언제나 지나 다니는 기차 굴다리 아래를 지나오면서 훌쩍 뒤를 돌아보았지만 역시 덤덤하기만 했다.

"복식아, 니는 마음이 어떻노? 나는 쪼맨치도 섭섭하지도 슬프지도 않는대이."

"난도 그렇다. 너무 슬프고 기가 막히께네 마음이 멍청해지는갑제."

"이 길도 인젠 마지막인걸."

"그른데도 하낫도 마지막 같지 않제?"

"그래애."

중들 강물 돌다리를 건너고 하냇들을 지났다. 송리동 들머리에서 유준은 갑자기 서러워지는 듯한 이상한 생각이 들었다.

"중학교 가는 아이들은 좋겠다."

무심코 한마디 한 말이었다.

"난도 중학교 갔으만 …."

복식이도 덩달아 한마디 했다.

1백 명 남짓한 6학년 졸업생 가운데 중학교 가는 아이는 10명이 채 못 되었다. 장터에서 주로 군인들을 상대로 주점을 하고 있는 순칠이와 망호동 음지마을 교순이, 원호동 1구에서 하나, 과연동의 말복이, 송마골 재완이와 윤규, 그리고 탑마을 수창이와 복남이 정도였다.

복식이도 처음엔 무리해서라도 중학교엔 가는 것으로 어머니와 약속을 했었다.

"너그 아부진 자식들을 훌륭하게 키울 것을 버릇처럼 말했제. 용빌음지 논 팔드라도 니는 중핵꼬 가야 된다."

옥산댁은 그동안 마음먹었던 것을 아들에게 얘기했다.

"참말로 내가 중학교 갈 수 있겠나?"

복식은 처음부터 무리하다는 것을 알고 있었다. 달미골 산전 두 마지기에다 논이라곤 용빌음지의 서 말 가웃지기뿐인 걸, 팔아 버리면 무엇으로 먹고살아 가는 것일까?

"옛날엔 여자들도 길쌈을 하고 하다못해 떡장사를 해서 아들 공부시킨 어마이가 있었제. 한석봉이 어마씨가 그랬제. 내가 니를 중학교에도 못 보내마 너그 아부지 오마 무신 낯으로 대하노?"

"아부지가 날래 돌아오실낀가?"

"시상만 바로잽히마 오는 거제. 무신 다른 이유가 있나."

"그럼, 나도 내일부텀 과외공부할까?"

"그래, 남들이 하는 거 니도 해야제."

이렇게 해서 복식은 처음 한 달 동안 중학교 진학생만이 따로 남아서 하는 과외공부를 했었다.

그런데, 복식은 어느 날 갑자기 죄스린 생각이 들었다. 지기가 중학교 가기 위해 네 식구가 먹고살아 갈 논을 팔아 버리는 일은 지나친 욕심인 것 같았다. 복식은 며칠 동안 괴로워하다가 드디어 중학교 가는 것을 그만두기로 했다.

"어매, 내사 중학교 안 갈래."

옥산댁은 뜻밖의 말에 처음엔 우스갯소린 줄만 알았다.

"가기 싫그덩 가지 말제."

"옳기로 안 간다. 내가 중학교 갈락꼬 용빌들 논 팔았뿌마 무얼 먹고 사노?"

복식이 말에 옥산댁은 그제서야 우스개가 아니라는 것을 알고 깜짝 놀랐다.

"자슥아, 먹고사는 건 어미가 어련히 알고 처리할낀데 씰데없이, 니 맘대로 안 된다."

옥산댁은 꾸짖으며 말했다.

"어맨 알고 있으면서도 무리할라 카노. 흉년만 들어도 봄엔 굶다시피 살아가야 되는데, 그나마 농사지을 땅도 없으면 어떻게 되노?"

"……."

옥산댁은 할 말이 없어졌다.

"문식이캉 문자도 생각해야제. 내만 중학교 가고 가아들은 굶어 죽어도 되나?"

복식이는 차근차근 얘기했다.

"하기사 농사꾼이 땅을 팔아 버리면 살아갈 수 없다는 거 나도 안다. 하제만 니는 맏아들이니까 알만치 배워야제."

"맏아들이니까 집안일을 맡아서 해야 되는 건 생각지 않아도 되나? 난 중학교 그만두고 농사짓고 살란다. 아부지도 부지런한 농사꾼이 더 훌륭하다고 늘상 말했어."

복식은 그렇게 결심한 것을 끝까지 고집했다. 결국 옥산댁도 복식이의 뜻을 따르게 되어 중학교 진학은 없었던 것으로 하고 과외 공부도 그만둬 버렸다.

유준은 처음부터 생각조차 못했다. 남의 토지로 소작 농사를 하는 아버지가 학비를 댈 수 없기 때문이다.
　복식이가 과외공부를 시작했을 땐, 유종이가 더 언짢아했다.
　"싱야, 내 뻬아리 키운 것 막카 죽거마, 팔아가주고 중학교 가 그라."
　대야 할머니한테 떼거지를 써서 배냇닭을 키운 것을 모두 팔아 학비로 쓰라고 했다. 11마리가 자란 것을 대야 할머니가 선심을 써 유종에게 한 마리 더 나눠 줘서 6마리나 되었다. 똥통에 빠진 것을 건져 내어 씻어 주고, 개구리도 잡고 보리이삭을 주워다 먹여 키운 닭이었다.
　유준은 가슴이 뭉클하도록 고마웠지만 그것만으로 중학교 갈 수 있는 돈은 너무도 부족했다.
　"종아, 고맙다. 그치만 중학교 가자마 돈이 엄청나게 많이 든단다. 복식이네도 논을 팔기로 했다 안카나."
　유준은 정말 유종의 마음이 고마웠다.
　"우리도 우리 땅이 있었으마 팔아가주 싱야 중학교 갈낀데 …."
　유종은 가난한 자기 집이 불만이었다. 복식이가 중학교 가게 되면 언니는 얼마나 가슴이 아플까 하는 생각 때문에 더욱 언짢았다.
　그러나 그 뒤 복식이가 중학교 진학을 포기하고 과외공부를 그만두게 되자 유종은 괜히 기뻐서 오졸오졸 뜀을 뛰고 싶기까지 했다.
　복식이와 유준은 이렇게 해서 국민학교 졸업만으로 학교 공부는 끝을 내어야만 했다. 그러나 마음 한구석 허전한 느낌은 영원히 지워 버리지 못했다.

　복식이가 졸업장을 손에 들고 집으로 돌아가자 옥산댁은 손을 붙잡고 울먹거렸다.
　"복식아, 재산 어른한테 부탁해 놨다. 한문 공부라도 해서 견문을 넓혀야제. 낼부텀이라도 오마 가르쳐 주신다 했다."
　"어매, 참말! 그럼 준이하고 같이 가서 공부해야겠구나."
　복식은 일부러 반가운 척 대답했다. 복식은 이제 어머니 앞에서 요령껏 거짓말을 할 줄 알았다.
　옥산댁은 남편이 없고부터 어려움에 부닥쳐 자주 눈물을 흘렸다. 복식은 그런 어머니에게 되도록 힘을 북돋우어 드리기 위해 마음에 없는 일도 즐거운 듯이 하곤 했다.
　(어매가 좋아하면 한문 공부라도 해야제. 그렇지만 그보다 혼자서라도 다른 공부를 해야 되는데 ….)
　복식은 유준이와 같이 며칠을 두고 앞으로의 일을 계획해 보았다. 우선 재산 어른께 가서 한문 공부를 하기로 하고 다음엔 중학교에 다니는 아이들에게 책을 빌려다 자습을 해 보기로 했다.
　"유준아, 힘 자래는 데까지 열심히 해 보자."
　"그래, 농사일 해 가면서 공부하면 학교에서 배우는 것보다 더 많이 배울지도 모른다."
　둘은 그다음 장날 천자문을 각자 한 권씩 샀다. 옛날 서당 훈장

넘이었던 재산 어른은 일흔이 넘은 노인이다. 그러나 한 자 한 자 가르치는 것이 상당히 정성스럽고 자상했다. 모과나무가 있는 산 밑 초가집은 한 해씩 걸러 지붕을 덮기 때문에 거의 쓰러질 지경이었다. 손수 엮은 짚자리를 깐 방 안은 그러나 깨끗했다. 낮은 천장, 보꾹의 서까래는 파리똥이 새까맣게 끼었고, 흙담벽은 도토리풀을 칠했다.

재산 어른이 아침 일찍 세수를 하고 그 방 안에 정좌하고 기다리고 있었다. 글공부가 끝나 돌아올 때는 문밖 디딤돌에 나와 서서 인사를 했다.

천자문 맨 첫 줄부터 배워 나가는데 넉 자를 일주일씩이나 되풀이해서 익혔다.

"재산 어르신네요, 넉 자 가주고 일주일은 너무 기니더. 그라이께네 하루에 넉 자씩 배우시더."

유준이 좀 갑갑해서 여쭈어 봤다.

"급히 먹는 밥은 취하기 쉽제. 천천히 천천히 새겨 둬야 밑자리가 든든하제."

재산 어른은 조금도 귀담아듣지 않고 계속 넉 자를 가지고 한 주일씩 끌었다.

유준이도 복식이도 모두 답답했다. 생각다 못해 둘은 미리 집에서 옥편을 찾아 앞으로 배울 것을 훤하게 익혀가지고 갔다. 재산 어른은 둘의 하는 짓이 맹랑했던지,

"너어 재간이 그만한 걸 보니 좀 더 배워도 되겠꾸나. 그라마 이틀에 넉 자씩 한다." 하는 것이었다.

"재산 어르신네요, 고마우이더."

유준과 복식은 그만만이라도 다행이라 생각했다. 열심히 다니며 천자문을 공부했다.

복식은 하루 종일 들에 나가 일을 했다. 이젠 모든 것이 익숙해져서 힘자라는 일거리는 남의 손을 빌리지 않아도 되었다. 장날은 유준이와 함께 나무를 져다 팔아 용돈을 마련했다.

장에 가면 이웃 마을 동무들을 만나게 되고 그동안 함께 졸업한 아이들의 소식을 들을 수 있었다.

4월 그믐께 장날, 겨울나무로는 마지막이 될 갈비짐을 지고 가서 정미소 앞 나무전에 유준이와 함께 내려놓고 잠시 기다리는데, 좁은 골목길로 달구지 하나가 지나갔다. 빈 수레 위에 소고삐를 잡고 동그마니 올라앉아 가는 머슴애가 뜻밖에도 수만이었다. 머리에 수건까지 질끈 동여맨 수만이는 흥얼흥얼 노래까지 부르고 있었다.

"야아, 니 수만이 아이가?"

유준이 큰 소리로 불렀다. 수만이가 돌아봤다.

"깍꿍!"

수만이는 조그만 눈을 더욱 가늘게 뜨고 싱글벙글 웃었다. 그리곤 소고삐를 잡아당기며 달구지를 멈추었다.

유준과 복식이 달구지 앞으로 달려가 매달렸다.

"수만아, 소구루마 몰고 뭐하러 왔노?"

복식이가 물었다.

"쌀 실으러 왔다. 저번 장날 매껴 놓은 것 오늘 가질러 온 거다."

"너어 집 거라?"

"으으응, 쥔 집 거다."

"쥔 집 거라이?"

"나는 일꾼 들어갔대이."

"어디? 누우 집에?"

유준과 복식은 깜짝 놀랐다.

"구암동네 강 주사님 집이제."

"돈 얼매 받고 갔노?"

"1년에 쌀 한 가마이."

수만이는 망설이지도 않고 줄줄 가르쳐 준다.

"일이 안 뒤나?"

"괜찮애, 밥 많이 주그덩."

그러고 보니, 수만이 양쪽 볼때기가 뽀얗게 살이 올라 있다. 어쩌면 수만이는 날 때부터 무엇이나 어려워하지 않고, 괴로워하지 않고, 웃으며 살 수 있는 재주를 갖고 태어났는지도 모른다.

정미소 우측으로 돌아가더니 한참 뒤에 쌀가마니를 잔뜩 실은 달구지를 어른처럼 몰고 나왔다.

"수만아, 잘 가자!"

"응."

수만이는 모퉁이를 돌다가 잠시 돌아봤다.

"깍꿍!"

그러고는 웃으면서 달구지를 몰고 사라져 갔다.

"수만이 흡사 어른 같다, 그제?"

"그래, 수만이는 우리보다 더 훌륭하다, 그제?"

"응."

유준과 복식은 남쪽 먼 산 하늘을 쳐다보았다. 수만이가 애처로우면서도 너무나 훌륭했기 때문이다.

수만이가 머슴살이 간 것을 보고 난 뒤, 잇달아 성구가 읍내 중국요릿집 심부름꾼으로 갔다는 소문이 들려왔다. 성구는 먼물 2동의 산지기네 집에 살았다.

구천동 채영이가 아버지 꾸지람을 듣고 어디론지 가 버렸다는 것과, 못안 마을 재준이, 홍식이, 문기가 어느 날 아침, 집식구들 몰래 서울행 기차를 타고 도망쳐 갔다는 소문이 들려왔다.

모두가 배고픔을 견디지 못해 집을 떠나고 있는 것이었다. 그날 수만이가 주인댁 쌀을 싣고 가면서 우쭐대듯 좋아하던 것도 배불리 먹을 수 있다는 것으로 행복했기 때문이다. 돈을 가지고도 식량을 구하지 못해, 쌀겨, 수숫겨를 사러 읍내장으로, 더 먼 데 타관에까지 가서 구해 왔다.

복식이와 유준이도 차츰 마음이 들뜨기 시작했다. 고달픈 일, 배고픔, 그래서 한문 공부도 처음과 달리 게을러져 갔다.
 어느 날 유준이 복식이한테 무겁게 한마디 했다.
 "복식아, 우리도 대구나 부산에 가서 야학이라도 댕길래?"
 "그게 숩게 될라?"
 "낮엔 일하고 밤에 공부하면 집에서 고생하는 것보다는 낫제."
 "……."
 그러나, 복식은 마음으로 크게 도리질을 하고 있었다.

돌아온 인기 아버지

"종아, 잘 가제애이."

"응야, 잘 가제애이."

유종과 문식은 잡초가 무성하게 자라고 있는 텃논 가에서 서로 인사를 하면서 헤어졌다.

문식이 책보를 허리에 느슨히 동인 채 태평스레 고샅을 걸어가는데, 배나무집 인기 어머니가 얼굴이 죽은 사람처럼 되어 마주 걸어오고 있었다.

"인기 어매, 어디 가니껑?"

문식이 인사하면서 쳐다봤지만, 인기 어머니는 못 들은 척 지나쳐 버린다.

몇 걸음 가다가 말고 인기 어머니는 발을 멈추고 돌아섰다.

"문식아."

"예애?"

문식이가 마주 쳐다보며 섰으니까, 인기 어머니가 바짝 다가와 귓속말처럼 속삭인다.

"인기 아부지가 왔단다."

"예애?!"

"쪼매 아까 지서서 통지가 왔는데 지서에 와 있다꼬 데릴러 오란다."

"……."

"문식이 너어 집에 가그덩 어매한테 고끼 일러래이."

"예, 그캅시더."

인기 어머니는 곧장 돌아서서 총총 가 버리고, 문식은 몹시 두근거리는 가슴을 삼시 가라앉힌 다음 집으로 달려갔다.

"강 서방이 왔다꼬?"

"그래, 몇 분 말해야 되노!"

"인기 어매가 지서에 마중 갔단 말이제?"

"그래!"

문식은 꽥 소리를 질러 버렸다. 인기 아버지가 왔다는 말을 옥산댁도 복식이도 도무지 믿지 않았다.

"거짓말인가 지서 한 분 가 보마 될끼 아잉가."

복식은 저녁답 감자밭 매는 것을 그만두고 지서까지 가 보기로 마음먹었다.

"어매, 내 가 보고 올구마."

복식이가 사립문을 나서자 옥산댁이 뒤쫓았다. 둘이서 거의 뛰다시피 걸었다.

기찻굴 모퉁이에서 인기 어머니와 어떤 비쩍 마른 남자가 마주 걸어오는 것을 보았다. 가까이 다가오는 모습을 자세히 살피던 옥산댁은 퉁겨 오르듯이 달려갔다.

"강 서방! 이게 우짠 일이지. 그단에 어디 갔다 왔노?"

인기 아버지는 옥산댁을 유심히 바라보았다. 눈동자가 흐릿한 것이 앞이 잘 보이지 않는 것도 같았다.

"강 서방, 왜 안 들리는가? 내 말이 ….."

인기 아버지는 얼굴을 찡그렸다.

"복식이네 어매요, 사람이 어옛는동 영 말도 못하니더."

인기 어머니는 몹시 울었는지 눈 가장자리가 붉어졌고 코가 메어 있었다.

"시상에, 몰골이 이게 뭐꼬. 기우기우 살아 움직이니 그래도 다행이구마."

인기 아버지는 쉬지 않고, 그러나 천천히 걸어서 집으로 갔다.

이틀 동안을 아무 말 없이 멍하니 앉았다가 누웠다가 하면서 지내다가 사흘 만에 가까스로 말을 했다.

"인기야, 가서 옥산댁이 불러오게. 할 말이 있다고 전하게."

인기 아버지는 영 벙어리가 되어 버린 것 같더니, 이제야 말문이

열린 것이라 인기 어머니는 반가워 어쩔 줄 몰랐다. 복식이네 집으로 달려가 그대로 전했다.

"강 서방이 할 말이 있다꼬? 무신 말을 할란고?"

옥산댁은 가슴부터 설레었다. 복식이 아버지 소식을 알려 주려는 것이리라 짐작했기 때문이다.

"어매, 나도 가 볼까?"

복식이와 문식이 쳐다보며 물었다. 옥산댁은 손을 저으며 못 따라오게 하고는 총총 걸어서 인기네 집으로 갔다.

"강 서방, 날 불렀다맨서?"

"들어오이소, 복식이네 어매요. 내가 꼭 전할 말이 있어서 불렀니더."

인기 아버지는 평상시처럼 천연스러웠다. 옥산댁이 방문을 열어 놓은 채 윗목에 앉으니까,

"방문 닫고 내 곁으로 다가앉으이소." 했다.

"그래, 전할 말이란 무언고? 복식이 아배는 무사한가?"

마주 바싹 다가앉으며 옥산댁은 다급히 물었다.

"무사하이더."

인기 아버지의 이 한마디에 옥산댁은 와락 얼굴을 감싸며 흐느껴 운다. 잠시 방 안은 옥산댁의 울음소리만으로 채워진 채 두 사람은 말이 없었다. 이윽고 옥산댁은 눈물을 닦고 매무새를 고쳐 앉았다.

"살아만 있으마 된다네. 이렇게 자네처럼 돌아올 날이 있을 테니

까. 그래, 그동안 강 서방은 어데 있었던공?"

"여기저기 있었제요. 운이 나빠 시달리기만 하고 이르키 못나겠시리 돌아왔니더."

"못나겠시리 돌아오다이?"

"복식이 아부지는 훌륭하이더. 이젠 목숨꺼정 바칠 각오로 인민을 위해 충성하기로 했니더. 참 용감한 어른이시더."

"그래, 복식이 아부진 이북으로 갔단 말이제? 이녁 소실도, 자식도 버리고 갔단 말이제?"

옥산댁은 치밀어 오르는 눈물을 걷잡지 못한다.

"영광으로 아시소. 복식이 아부지는 누구의 꼬임에 넘어간 것도 아이고, 혼자서 결단을 내리고 행동한 것이니까네 기필코 인민을 해방시키고 조국통일을 완수할 게시더. 복식이캉 문식이 철이 들그덩 아부지 훌륭한 사람이라고 가르쳐 주이소."

옥산댁은 인기네 집에서 어떻게 돌아왔는지 모른다. 문을 꼭꼭 닫아걸고 이불을 쓰고 누워 버렸다. 두려움과 슬픔이 밀려들어 온몸이 불덩어리처럼 열이 났다. 헛소리를 하면서 남편을 불렀다.

문식이 삼 남매는 안절부절 어쩔 줄 몰라 했다. 인기네 집으로 달려갔지만 인기 아버지는 또다시 벙어리가 된 듯이 한마디의 말도 하지 않았다. 이웃집 사람들이 와서 약을 지어다 달여 먹이고 간호를 했다. 이틀 동안 그렇게 열에 시달리던 옥산댁은 사흘 만에야 가까스로 일어나 앉았다. 옥산댁은 머리가 띵하게 아팠다.

"어매, 인제 괜찮나?"

복식이 삼 남매가 근심스럽게 모여 앉아 쳐다봤다. 문자는 줄곧 훌쩍거리며 운다.

"괜찮다. 내가 뭐 어디 아팠나. 그저 몸살이 난 거제."

옥산댁은 아무렇지 않은 듯이 말했다.

"인기 아부지 무신 말 했노? 우리 아부지 소식 알고 있드나?"

"그래, 그냥 무사히 살아 있단다."

"어디 있다노? 이북에 참말로 갔부렀다나?"

"그건 모른단다. 어디 있든동 잘살고 있단다."

옥산댁은 그렇게 얼버무리고 말았다. 복식은 어머니가 무언가 감추고 있다는 것을 알았다. 굳이 이야기 못할 사정이라면 더 이상 물어서는 안 된다고 생각했다.

"무사히 살아 계시다니 다행이대이."

복식이도 그만큼 하고는 입을 다물었다. 다만 복식은 아버지가 어디에서든 살아 있다는 것만은 믿을 수 있었다.

(아부진 언제고 오실끼다.)

그 뒤부터 복식은 눈에 뜨이게 생기가 났다. 일할 때도 놀 때도 공부할 때도 아버지의 살아 있음이 온몸을 다스리고 있었던 것이다.

그런데, 3년 만에 집에 돌아온 인기 아버지는 한 달이 지나도 계속 벙어리가 된 채 집안 식구들과도 얘기하지 않았다. 복식이네 어머니를 불러서 이야기할 땐 아무렇지 않던 사람이 꼭 실성한 사람처럼 되어 가고 있었다.

　이따금 어디 훌쩍 나갔다가는 밤중이 되어 돌아오기 일쑤였다. 어디 간다는 말도 무엇을 했다는 말도 없었다.

　인기 어머니의 걱정은 말할 수 없었다. 남편은 돌아왔지만 옛날의 남편이 아니었다. 그토록 부지런하고 자기를 사랑해 주던 착한 남편은 어딜 가 버리고 이상한 낯선 남자가 돌아온 것만 같았다.

　"보이소, 웬 사람이 이녁 식구보고 말도 한마디 안 하니껴?"

　인기 어머니는 하소연하듯 남편을 쳐다봤지만, 남편은 그 소리를 들었는지 못 들었는지 멍청하게 앉아 있었다. 인기 어머니는 참았던 울음을 터뜨렸다.

　한의원에게 물어보기도 하고 점쟁이에게 물어도 봤다. 남편 몰래 무당을 불러다가 굿을 하기도 했다. 남편은 역시 벙어리 행세만 했다.

　마을 사람들은 인기 아버지가 영 미쳐 버렸다고 수군대었다. 그러지 않아도 전쟁의 상처로 모두가 가슴을 졸이며 살아가고 있는 터이라 무슨 일이 일어나면 절로 불안해지는 것이었다.

　인기 아버지가 암산 후미진 골짜기에서 죽은 귀신처럼 헐레벌떡 달려 나오더라는 소문이 들린 것은 그 무렵이었다. 밤중이 되면, 암산 골짜기 깊숙한 데서 귀신들이 춤을 추며 풍악을 울린다고 했다. 그 골짜기는 화순이네 아버지가 끌려가서 총살당한 곳이다. 굴비 두름처럼 끌려가 죽은 사람들의 혼이 귀신이 되어, 북을 울리고 징을 치면서 춤을 춘다는 것이다.

맞은편 마을 배 영감이라는 사람이 밤중에 어디 갔다가 오는데, 골짜기 깊숙이에서 대낮처럼 훤한 불빛이 비치더라는 것이다. 무슨 소리가 나기에 귀를 기울여 보니 풍악 소리가 나서 이상하게 생각하면서도 자기도 모르게 그쪽으로 끌려가듯이 가 보았다. 놀랍게도 횃불을 켜 놓은 골짜기에 수많은 사람들이 머리카락을 산산이 풀어헤친 채 징과 꽹과리와 북을 치면서 춤을 추고 있었던 것이다. 귀신들이 구슬픈 노래를 부르고 있었다. 그러다가 갑자기 미친 듯이 날뛰며 징과 꽹과리를 두들겨 대는 것이었다. 원래 담이 커서 밤길도 겁없이 걸어 다닌다는 배 영감이란 사람도 이 광경을 보고는 들었던 보따리와 신발까지 벗어 놓고 줄달음쳐 달려 나왔다. 온몸에 식은땀이 흐르고 아래턱이 제자리에서 떨어져 나간 듯 덜덜 떨렸다.

배 영감이 본 귀신들이 춤추는 모습을 사람들에게 얘기했지만, 처음엔 아무도 믿지 않았다. 그러나 그 뒤, 잇달아 비 내리는 궂은 날 밤중에 암산 골짜기에서 이상한 풍악 소리가 나는 것을 들었다는 사람이 몇이 나서게 되어 거짓말이 아닌 것이 확실해졌다.

"죄 없는 사람들이 억울케 죽어 노이 귀신이 돼가주고도 맺힌 한을 풀락꼬 밤중에 나와서 춤추는갑제."

화순이네 어머니 장골댁은 소문을 듣고 툇마루 끝에 앉아 남편 생각을 하면서 눈물지었다.

"어매이, 그라마 울 아부지도 귀신이 돼가주고 징을 뚜둘기맨서 밤중에 춤을 추나?"

"그럼, 아부지락꼬 한을 맺고 죽었는데 그냥 있겠나. 더 크게 뚜두리맨서 미친 듯이 춤출끼다."

"그라마 무서버 어야노."

"무서븐 늠들은 따로 있다. 억울한 사람 끌어다 쥑인 놈들이나 무서븐 거제."

장골댁은 연거푸 치맛자락을 걷어올려 눈물을 훔쳤다. 덩달아 화순이도 울었다.

인기 아버지는 정말 미친 사람이 되어 갔다. 맨발로 아무 데나 가리지 않고 다니는가 하면, 알아듣지 못하는 소리를 지껄이며 다녔다.

어디서 들었는지 동네 사람들은 인기 아버지가 어디선가 죽도록 두들겨 맞았다는 것이다. 사람이 너무 심하게 맞고 나면 미친다는 것이다.

어느 날, 인기 어머니가 밭에서 상추를 뜯어가지고 돌아오니 마당에 거적을 깔아 놓고 인기와 인기 아버지가 마주앉아 무엇인지 정답게 얘기를 하고 있었다. 상추 소쿠리를 옆에 끼고 사립문을 들어서던 인기 어머니는 너무도 신기해서 들어가던 사립문을 도로 나와 숨어서 엿들었다.

인기 아버지는 인기의 손을 잡고 그지없이 다정한 목소리로 들려주는 것이었다.

"인기야, 아부지 이바구 잘 듣거래이."

인기 아버지는 어디선가 죽도록 두들겨 맞았다는 것이다.
사람이 너무 심하게 맞고 나면 미친다고 한다.

"예, 들음시더."
다섯 살짜리 인기는 아버지를 닮아 무척 똑똑한 아이였다.
"니는 내중에 커서 뭐 될래?"
"아부지 되니더."
"아부지 되는 거말고는?"
"국군!"
"그건 안 돼."
"그라마 인민군!"
"그것도 안 돼."
"그라마 … 그라마 대통령!"
"그것도 안 돼."
"……."
인기는 시무룩하게 할 말이 없어졌다.
"인기는 사람을 죽이는 나쁜 놈이 되어서는 안 된다."
"……."
"인기를 죽이려는 사람을 마주 서서 싸워도 안 된다."
"그라마 달라빼락꼬?"
"아니다. 용감히 서서 죽어 주는 거다."
"무섭다아."
"당당하게 죽어 주는 사람이 가장 용감한 사람이다."
"……."

인기는 머릿속이 뒤죽박죽이 되어 아버지 말씀이 무엇을 뜻하는지 알 수가 없었다.

인기 아버지는 하던 말을 그치고 한숨을 깊이 들이쉬었다. 눈을 감자 한 줄기 눈물이 뺨을 적시며 흘러내렸다.

사립문 밖에서 엿듣고 있던 인기 어머니가 달려 들어갔다.

"보소오! 인기 아부지이 …."

인기 어머니는 상추 소쿠리를 털썩 마당에 놓고 거적 귀퉁이에 주저앉았다. 앉아서 치맛자락으로 얼굴을 가린 채 소리없이 울었다. 인기 아버지는 고개를 옆으로 돌리더니 아무 일도 없었던 것처럼 굳게 입을 다물어 버리는 것이었다.

인기 아버지가 또다시 집을 나간 것은, 그해 7월 그믐께 3년 동안 끌어 오던 전쟁을 휴전협정으로 그만두게 된 며칠 뒤였다.

여름방학을 시작한 아이들은 모두 집 안에서 들에서 부모님들을 도와 일을 하고 있었다.

화순이네 5학년 2반만이 임시 소집이 있어서 마침 학교에 갔었다. 유종과 문식이도 호미 한 자루씩 들고 텅 빈 학교로 갔다.

담임 조석주 선생님은 학생들이 모여 약속 시간 한 시간이 넘도록 교실에서 떠들고 있으려니 헐레벌떡 달려왔다.

"너희들 많이 기다렸나?"

조 선생님은 모처럼 반짝거리는 기름 바른 머리를 잘 빗어 넘긴 얼굴로 줄곧 웃고 있었다. 늦게 온 것이 미안해서인지 손을 모아 쥔 채 굽신굽신거렸다.
"선생님, 새신랑 굿다아!"
여자 아이들 중에 누군가 큰 소리로 말하자 모두 "와아! 와아!" 웃어 버린다.
"자, 고만 웃고 일터로 갑시다."
얼굴이 빨개진 선생님은 몸을 움츠리며 운동장으로 뛰어가 버린다. 아이들도 뒤따라 신나게 달려 나갔다.
실습지엔 방학 전에 뿌려 둔 여름 무 씨앗이 줄지어 자라고 있었다.
"한 무더기에 두 포기씩만 남겨 두고 솎아 내어야 된다. 가장 튼튼한 놈 두 포기이!"
"예애!"
아이들은 호미를 들고 벌써 밭고랑 여기저기 흩어져 매기 시작했다. 집에서 밭매기를 모두 해 봤기 때문에 익숙하다.
화순이는 몽당치마를 엉덩이까지 훌렁 걷어붙이고는 이랑에 앉았다. 막 호미로 밭고랑을 한 번 긁어 당기는데, 교문 쪽에서 어떤 미친 남자가 무엇에 쫓기듯이 달려오고 있었다.
"아아! 아아 …!"
소리 지르며 달려오는 남자 쪽으로 아이들은 일제히 돌아다봤다.
"어매야!"
화순이는 기겁을 했다. 탑마을 유종이랑 문식이도 놀라 그 자리에 벌떡 일어서 버렸다. 옷을 갈기갈기 찢긴 채 달려오는 사람은 바로 인기 아버지였다.

"선생님요! 선생님요!"

인기 아버지는 실습지에서 아이들과 함께 무밭을 매고 있는 조석주 선생님을 소리껏 부르는 것이었다. 조 선생님이 일어서서 약간 당황한 채 바라보았다. 인기 아버지는 맨발로 우뚝 서서 정중하게 경례를 했다. 그러고는 굽신거리며 말하는 것이었다.

"선생님, 저를 1학년에 입학시켜 주이소. 1학년부터 다시 공부하겠습니다. 이 세상엔 너무 모르는 게 많아서 제발 다시 공부해야 되겠습니다. 저를 1학년에 넣어 주십시오."

손을 모아 싹싹 빌면서 인기 아버지는 꼭 1학년 학생처럼 한 마디 한 마디 떼어 가며 말하는 것이었다.

조석주 선생님은 어떻게 해야 할지 망설이다가 용기를 내어 대답했다.

"어르신네, 여기는 아이들만 가르치는 학교여서 어르신네 같은 분은 받아들이지 못합니다."

인기 아버지는 멀뚱멀뚱 쳐다보더니,

"해해해, 그러면 다른 학교 간다."

그러면서 망아지처럼 펄쩍펄쩍 뛰어 교문 밖으로 나가 버렸다. 뒷모습을 보니까 엉덩이가 찢어져 허연 살이 드러나 보였고 저고리 등때기가 흙투성이였다.

화순이는 인기 아버지의 뒷모습을 눈이 박힌 듯이 바라보았다.
(인기 아부진 암산에서 귀신들하고 같이 춤을 추다가 미친 건지도 모르제.)
화순이는 인기 아버지가 왠지 불쌍해지면서 어느새 눈물이 볼을 타고 내리는 것도 모르고 있었다.
인기 아버지의 모습을 본 것은 그것이 마지막이었다. 어디론지 가 버리고 끝내 돌아오지 않았던 것이다.

고재식 아저씨

인기 어머니는 또다시 눈물짓는 하루하루가 되었다. 남편은 갑자기 나타났다가 또 훌쩍 그렇게 사라져 버린 것이다.

학교에서 있었던 일은 아이들이 뿔뿔이 돌아가서 얘기를 퍼뜨렸기 때문에 장터 마을까지 소문이 나 있었다.

"군딩이가 다 비는 바지 입고 와서 1학년에 새로 들어갈라 캤다."

"선생님이 안 된다 카이까네 팰짝팰짝 뛰이갔비릿다."

아이들이 들려준 마지막 인기 아버지의 모습은 '팰짝팰짝' 뛰어가는 것으로 모든 사람들의 머리에 남게 되었다. 그것뿐, 그 뒤 인기 아버지를 어디서도 보았다는 이는 아무도 없었다.

휴전이 되었다는 이야기도 사람들은 이상하기만 했다.

"전쟁도 쉬이 가맨서 하는 게나."

"그것도 하다가 뒤만 쉬이야제. 그라다가 언제 뻐꾸통 터질동 누가 아노.”

"그라이께네, 군대는 자꾸자꾸 뽑아 가서 유름(준비)을 해야제.”

"까짓거 한 분 죽제 두 분 죽나. 끝장 보두룩 뛰디리뻐리제.”

"아이고 숨통 답답하다. 그눔의 삼팔선 언제 터질로.”

정자나무 밑에서도 우물가에서도 사람들은 휴전 이야기를 하면서 앞으로의 시국에 대한 걱정을 하는 것이었다.

고씨 아저씨가 송마골 종갑이네 빈집에 와서 살게 된 것은 그 무렵이었다. 종갑이네 집은 지붕은 썩어 내려앉았고 돌담처럼 쌓아 올린 벽만이 남아 있었다.

그 내려앉은 지붕 서까래를 가까스로 떠받치고 허물어진 벽에 흙을 발라, 고씨 아저씨는 너구리처럼 살았다.

금동이가 궁금증이 나서 어느 저녁답 찾아갔더니 너구리 아저씨네 집은 마침 비어 있었다. 금동이는 처음 울 밖에서 서성대며 안을 엿보다가 살금살금 마당으로 들어갔다. 우거졌던 잡초를 깨끗이 뽑아내고 마당을 말끔히 다듬어 놓았다.

(어디 갔는갑대이.)

금동이는 구석구석 기웃거리다가 봉당 위로 올라갔다. 그러고는 방문을 살며시 열었다. 가마니때기를 깔아 놓은 방엔 헌 군복 저고리가 아무렇게나 던져져 있고 목침 한 개가 놓여 있었다.

(방도 개코 긋다.)

금동이는 방문을 조심스레 닫았다. 그리고 그만 돌아갈 생각으로 홱 돌아서는데 키가 장대만한 모르는 남자가 우뚝 앞을 가리고 서 있는 것이었다.

깜짝 놀란 금동이는 눈이 동그래지고 와들와들 떨리기까지 했다. 키 큰 남자는 금동이를 잠시 내려다보다가 잔뜩 겁먹은 표정이 무서워하고 있다는 것을 알아차렸는지 빙그레 웃었다.

"왜, 놀랐니?"

"……."

금동이는 대답이 나오지 않았다. 그대로 남자의 얼굴만 잔뜩 쳐다보고 서 있었다. 딴 데로 눈을 돌리려니 되지 않았다.

"어디 살고 있니?"

그 남자가 다시 물었다. 겉모양보다 목소리가 부드럽다. 금동이는 지난번 폭격으로 다친 아버지를 모시고 왔던 솔송이네 식구들의 말소리를 떠올렸다. 어쩌면 지금 마주 서 있는 키 큰 남자의 말소리도 그 솔송이의 목소리처럼 맑고 아름답다고 생각했다.

"여겐 우리 동모네 집이시더."

금동이가 조그맣게 말했다.

"동무네 집이라니?"

"도락구에 칭기 죽었니더."

남자는 잠깐 주위를 살피고 나서 금동이 손을 잡아끌었다.

"나하고 저쪽에 앉아서 얘기하겠니?"

금동이는 무척 거북스러웠다. 그러나 망설일 틈도 없이 그 남자는 금동이를 데리고 마당 끝의 감나무 밑 그늘로 가서 마른 풀을 깔고 앉았다.

"아재씨, 이 집에 사니껴?"

"그래, 동무네 집에 있으니 못마땅하니?"

"아이래요."

"넌, 어디가 집이고 이름은 뭐니?"

"저쪽 탑마실에 우리 집 있니더. 이름은 금동이시더."

"아버지 어머니 모두 계시니?"

"아부지는 죽었니더."

"그래애. 그럼 어머니하고 또 누가 있니?"

"어매하고 내하고 둘이 사니더."

어느새 그 남자하고 금동이하고 손을 꼭 잡고 있었다. 그래서 남자로만 보이던 사람이 아저씨로 된 것이다.

한 시간이 넘도록 이야기하다가 집으로 돌아온 금동이는 금방 너구리 아저씨와 정이 들어 버렸다.

금동이는 학교에서 돌아오면 으레 송마골로 달려갔다. 유종이 함께 가려고 하면 왠지 싫었다.

"금동아, 난도 따라갔까?"

"으으응."

금동이는 대답을 시원히 하지 않는다.

"왜 따라가마 씰나?"

"으으응."

"안 갔구마. 너구리 아재빈동 까재빈동 그 사람 혹시 뺄갱이일지 모린다."

"뺄갱이 아잇다."

금동이는 세차게 도리질을 했다.

"뺄갱이 아이마 왜 집도 없고 혼자서 숨어 사노?"

"어디 숨어 사나?"

"그게 숨어 사는 게 아이고 뭐로? 그래가주 아아들 꽈아(꼬여) 낼 락꼬 수단 씨는 거제."

"……"

금동이는 말문이 막혔다. 유종이 말이 그럴 듯하게 들렸기 때문이다.

"두고 봐라. 뺄갱인동 아인동 들통날끼다."

금동이도 그만 겁이 잔뜩 나 버렸다.

"종아, 니캉 내캉 같이 가 보자."

"아한다. 뺄갱이한테 꼬새가주 잡히 가마 어얄락꼬."

"같이 가서 자시이 보마 아인동 긴동 알 꺼 아이라."

"그러마 한 분 가 보자."

유종은 못 이긴 척하면서 금동이와 함께 송마골로 향했다.

그러나 송마골 들머리 개울가에 이제 막 수리를 끝낸 대장간에서 일을 하고 있는 키 큰 사람이, 바로 너구리 아저씨인 것을 알자 쫓아가던 둘은 우뚝 멈추어 섰다.

"너구리 아재씨 대정깐에서 일한다."

너구리 아저씨는 웃통을 벗어 놓고 커다란 망치로, 대장간 할아버지가 빨갛게 달아오른 쇠붙이를 바탕 위에 올려놓자 힘껏 두들기고 있었다. 동네 사람들이 몽퉁한 호미랑 낫이랑, 작두를 갖다 놓고 차례를 기다린다.

둘은 가까이 가서 기웃거렸다.

"이눔들, 갈구챘는다. 저리 피키라!"

구질구질한 우스갯소리를 늘어놓으며 잡담을 하며 텁석부리 아저씨 한 분이 소리 질렀다.

"아재씨이."

금동이가 너구리 아저씨를 불렀다.

"금동이냐, 오늘은 아저씨 몹시 바쁘구나."

너구리 아저씨는 잠깐 곁눈질로 보고 나서 말했다. 이마에서 흐르기 시작한 땀방울이 어깨 위로 팔뚝으로 줄줄 흐른다.

"자슥들, 저리 가락카이 말 안 듣나!"

유종이가 금동이 팔을 끌고 돌아섰다.

"아재씨 머할락꼬 대정질하노?"

금동이는 탑마을로 돌아오면서 투덜대었다. 너구리 아저씨가 안쓰러웠기 때문이다. 웃저고리를 벗고 땀을 흘리며 동네 사람들이 둘러싼 가운데서 힘껏힘껏 망치질하는 모습이 꼭 머슴처럼 보였기 때문이다.

"아재씨 돈이 없이께네 품팔이하는 거제 뭐."

유종이가 말했다.

"그르이께네 빨갱이는 아이제?"

"응, 아잇다."

너구리 아저씨에 대한 자세한 사정은 며칠 안 가서 마을에 쫘악 퍼졌다. 지난 6월 반공포로 석방 때 영천 수용소에서 풀려났다는 것, 그러니까 고향은 이북 평안도라고 했다.

"그라마 왜 이북에 안 가고 여기서 사노?"

금동이는 어머니와 함께 앞마당에 거적을 깔고 저녁밥을 먹으면서 물었다.

"고씨는 공산당이 싫애가주고 여기 남았단다."

달래골댁은 약간 우울하게 말했다.

"그라마 고향집에 식구들은 어야노?"

"할 수 없제."

"장개는 안 갔다나?"

"그건 모른다. 나이 서른이 넘은 거갑든데 혼자는 아이겠제."

"장개 갔이마 이북에 새딕이 혼자 있겠네."

"그렇겠제."

"그라마, 아재씨 고향에 돌아갈 걸 그랬제. 그쪽 아지매 혼자서 얼마나 눈이 빠지게 기다릴 텐데 ….”

금동이는 금아 누나가 잠시 생각났다. 모두가 왜 혼자서 외롭게 살아야 되는지 한숨이 나오도록 답답했다.

대장간에서 일하던 아저씨는 그 뒤에도 막일을 하면서 살았다. 밭매기도 하고 달구지도 몰고 짐도 날랐다.

복식이네 집 텃논 왕골을 함께 베던 날, 너구리 아저씨는 삶은 감자를 한 바가지나 되게 먹었다.

“아재씨, 고향에서 농사 지었니껴?”

제 키보다 더 큰 왕골을 한아름 안고 문식이가 너구리 아저씨께 물었다.

“응, 조금 해 봤지?”

“쪼매 했다꼬요?”

“그래, 서울서 공부하느라 고향엔 별로 살아 보지 못했으니까.”

“아재씨, 그라마 높은 학교 댕겼니껴?”

“으응, 그저 그런 학교야.”

너구리 아저씨는 그렇게 얼버무려 버린다. 아저씨는 낫자루 끝을 잡고 왕골 줄기의 맨 밑둥을 조심스레 베어 문식에게 한아름씩 안겨 주었다. 질벅질벅한 논바닥은 발목까지 묻히고 싱싱한 왕골이 무거운지 문식은 낑낑대었다.

쓰르라미들이 시끄럽게 울어 대는 저녁답, 왕골을 깨끗이 모두 베었다.

"고씨는 공산당이 싫애가주고 여기 남았단다."

복식이와 너구리 아저씨는 논에서 나와 허리를 폈다 오그렸다 하면서 몸을 풀었다.

"아재씬 그래서 보드라분 서울말을 하는갑제요?"

"왜, 내 말이 보드랍니?"

"그때번에 왔던 솔송이네 식구들도 아저씨맨꼬로 서울말을 했디더."

복식은 아까부터 너구리 아저씨께 하고 싶은 이야기가 있었다. 베어 낸 왕골을 고만고만한 것끼리 길이를 맞추어 간추리는 작업을 하면서 복식은 일부러 아저씨와 마당 구석으로 일거리를 가지고 갔다. 복식이 팔을 벌려 왕골을 한아름 안고 있으면 너구리 아저씨는 긴 것을 간추려 내었다.

"아재씨, 공산주의 나쁜 거이꺼? 좋은 거이꺼?"

"공산주의, 좋은 거지."

너구리 아저씨는 너무도 쉽게 그리고 간단히 대답했다.

"아재씨, 참말로 가르채 주이소."

복식은 아저씨 대답이 의심쩍어 다시 한번 물었다.

"왜? 내 말 못 믿겠니?"

"그라마, 아재씨는 왜 남한에 남았니꺼?"

"나도 모르겠구나. 왜 내가 고향으로 돌아가지 않고 남한에 남게 되었는지 …."

"……."

"그리고 왜 공산주의가 좋은지 자본주의가 좋은지 따져야 하고,

총칼을 동원해 가면서 대결을 해야 하는지를 ….”

"그라이께네 아재씨는 자본주의도 나쁘지 않단 말이니껴?"

"그렇지. 자본주의건 공산주의건 사람은 제 나름대로 좋은 생각을 할 수 있고 그것을 생활화할 수 있는 자유를 누려야 해."

"그라마 아재씨는 무슨 주의니껴?"

"아저씨는 주의라는 게 없어. 굳이 말하라면 그냥 인간주의자다."

"인간주의가 어떤 거니껴?"

"주의보다 사람을 더 소중히 여기는 거지. 무슨무슨 주의 안에 사람을 가두지 않고 사람을 그 주의 위로 올려놓는 거지. 쉽게 말해서 자본주의보다 공산주의보다 사람이 첫째라는 거야."

"……."

"어렵니?"

"약간은 알겠니더."

"아아, 쓰르라미들이 신나게 울어 대는구나."

 저쪽 대추나무와 사립문 밖 가죽나무에도 매미들은 지칠 줄 모르고 울어 댄다. 제비가 빨랫줄에 날아와 앉고, 바람이 선들거리며 불어온다.

 왕골 줄기만을 깨끗이 다듬어 간추리고 나니 해가 져 버렸다. 앞마당에 거적을 깔고 저녁밥을 먹었다. 옥산댁은 보리밥을 둥둥 산더미만큼 담아 너구리 아저씨의 상을 차렸다. 호박잎을 찌고 뚝배기에 된장을 끓였다. 아저씨는 그릇을 깨끗이 비우고 나서 숭늉을 또 한 대접 마신다.
 저녁밥을 먹고 나면 그것으로 하루의 품팔이는 끝난다. 송마골로 오고부터 너구리 아저씨의 일과는 매일 같았다. 다만 일감이 다르고 이집 저집 옮겨 다니는 것이 번거로웠을 뿐이다.
 오늘도 너구리 아저씨는 저녁밥을 끝내고는 이내 자리에서 일어 났다. 막 인사를 하고 사립문을 나서는데,
 "문식아아!"
 "복식이 싱야아!"
 유종과 금동이 목소리가 났다.
 벌써 어둠이 꽉 찬 골목길로 달려 들어오는 아이들의 모습이 나타났다.
 "아재씨, 벌써로 갈라꼬요?"
 금동이는 너구리 아저씨가 사립문 밖으로 나오는 것을 보고 물었다.
 "응, 일찍 가서 푹 쉬어야만 내일 또 일을 갈 게 아니니?"
 "애이, 쪼매만 노다 가시더. 유준이 싱야가 강낭 가주고 왔니더."
 "아재씨 드가시더. 맛있는 강낭이시더. 먹고 가시이소."
 유준이 정말 삼베 보자기에 삶은 옥수수를 들고 있었다. 너구리 아저씨는 어쩔 수 없이 나오던 사립문을 도로 들어가 앉았다.
 "복식이네 어매요, 이것 고루고루 노나 주이소."
 유준이 옥수수 보자기를 옥산댁 앞에 두 손으로 받쳐 드렸다.
 "내가 임재도 아인데 논거도 되나."

"아재씨, 젤 큰 거 디리이세이."

"그래그래, 강냉이 알도 잘도 배깃구나."

옥산댁은 구수한 냄새가 물씬 풍기는 옥수수를 하나씩 나눠 주었다. 빨랫줄에 걸어 놓은 초롱불이 노란 옥수수자루를 따뜻하게 비춘다.

"두 개 남았구나. 이건 누가 먹노?"

"한 개는 아재씨 디리이소."

금동이가 얼른 말했다.

"한 개는 문자 먹그러 주이소."

유준이 말했다. 문자는 두 개를 받아 쥐고 부끄러운 듯 몸을 비튼다.

모두 우적우적 옥수수를 먹으며 얘기꽃이 피어났다.

"아재씨, 이북에 아지매 두고 왔니껴?"

금동이가 졸지에 물었다. 모두 아저씨의 얼굴을 쳐다봤다. 정말 가장 궁금한 질문이기 때문이다.

너구리 아저씨는 잠깐 생각에 잠기는 듯하더니,

"두고 왔으면 어떡하겠니?"

"어얄 수 없제만, 아지매가 불쌍하제요."

"아직 아저씨는 장가가지 않았으니 아주머니는 없어. 이제 안심했니?"

"진짜로 없니껴?"

"그럼, 있다면 아저씨 고향 갔을 게 아니니."

"아아, 그라마 마음 놓았다."

금동이뿐 아니라 마당에 둘러앉은 모두가 안심하게 되었다는 표정이다.

은하수가 하늘 한가운데로 옮겨 왔을 때, 너구리 아저씨는 일어나 송마골 움집으로 돌아갔다. 너구리굴 같은 캄캄한 집이다. 방에 들어와 문을 활짝 열어 놓은 채 웃저고리를 벗고 벌렁 누웠다가 다시 벌떡 일어났다. 성냥을 찾아 불을 켰다. 작은 수첩을 꺼내어 보았다. 포로 수용소에서 나와 만든 대한민국 도민증이 나왔다. 까맣게 그을린 얼굴 사진이 위쪽 구석에 붙어 있고 아래쪽에 '고재식'이란 이름이 적혀 있다. "4258년 ×월 ×일생, 본적 평안남도 선천군 ××면 ××리."

아저씨는 도민증을 덮었다. 그리고는 수첩 가운데 소중하게 붙여 놓은 사진을 펼쳤다. 머리가 희끗희끗한 여인의 사진이다. 흰 저고리 흰 치마를 입은 어머니의 모습인 것이다. 고재식 아저씨는 어머니의 얼굴을 뚫어져라 들여다봤다. 마주 바라보는 어머니의 얼굴은 금방 인자한 모습이 변하면서 노기를 나타내는 듯했다.

"이 불효 막심한 놈!"

어머니는 금방이라도 소리칠 것같이 보였다. 그러나 사진 속의 어머니는 다시 인자한 모습으로 바뀌었다. 그러더니 갑자기 쓸쓸하게 눈빛이 달라지면서 울먹이는 듯했다.

고재식 아저씨는 그 이상 참지 못하고 어머니의 사진을 가슴에 끌어안으며 와락 울음을 터뜨렸다.

"어머니, 제가 잘못했습니다. 아무것도 버리진 않았는데 어머니를 버린 것이 가장 괴롭습니다. 어머니, 용서해 주십시오 ….."

뜨거운 눈물이 까칠한 볼 위로 줄줄 흘러내리는 것이었다.

유준이도 서울 가고

화순이는 왠지 자꾸 헷갈린다.

(이북 사람도 사람이고, 이남 사람도 사람인데 왜 서로 쥑이노? 쥑이노? 쥑이노 …?)

화순이는 꼴을 한 망태 이고 복식이 뒤를 따라 걸으며 목이 자꾸 홧홧 달아오른다.

(쥑이다가 쥑이다가 힘 빠지이께네 쉬자 하고 ….)

어쨌든 화순이는 송마골 너구리 아저씨인 고재식을 알 수 없는 사람이라고 생각했다.

"그라마 복식이 오빠는 고씨 아재씨가 나쁜 사람이락꼬 보나, 안 그라마 좋은 사람이락꼬 보나?"

목이 아프면서도 그 일이 궁금하여 화순이는 앞서 가는 복식에게 물었다.

"안죽 두고 봐야 알제만, 우선은 좋은 사람이락꼬 본다."

"공산주의가 싫다꼬 이남에 남아 놓고 또 공산주의가 나쁘지 않다 카노?"

"지가 싫은 거하고 나쁜 거하고는 다르제."

"나쁘이께네 싫은 거제 좋은 걸 싫다 카는 거는 가짓뿔이다."

"화순인 안죽 모리이께네 그르치, 싫은 것하고 나쁜 것하고는 다르다."

"엎어치나 미이치나 똑같제 뭐."

마을에선 풋굿 먹을 준비로 집집마다 부침개를 구웠다. 찹쌀전병, 수수전병, 밀부꾸미, 호박전병, 고추떡, 부추떡, 여름 동안 일에 시달린 농사꾼들은 풋굿날 포식을 한다.

풋굿날 너구리 아저씨가 술이 취한 것을 보고 아이들은 퍽 신기한 눈으로 보았다.

"높은 학교 댕긴 사람도 술챘는대이."

"이북내기도 우리캉 똑같대이."

아저씨는 술이 취한 채 마을 정자나무 밑에 벌렁 누워 「고향 생각」을 불렀다.

화순이도 그 노래를 알고 있다. 유종이도 문식이도 금동이도 안다. 아니, 향교골 수만이도 잘 부르던 노래다. 모두가 알고 있는 노래인데도 너구리 아저씨가 부르고 있으니 이상하게 어울린다.

아이들은 너구리 아저씨 고재식 씨를 통해 모르고 있었던 것을 알게 되었고 반대로 자기네들이 알고 있었던 것은 다 틀린 것처럼 모르게 되어 버렸다.

전에 알고 있었던 것은, 사람은 나쁜 짓을 하면 벌을 받아 죽게 된다, 이랬는데 지금은 달라졌다. 사람은 좋은 일을 해도 잡혀 가서 죽게 된다는 것이다. 오히려 정직한 사람일수록 고생을 더 많이 하고 옥살이도 하면서 죽어 간다는 것을 알았다.

(그라이께네 울 아부지도 나쁜 사람이 아인지도 모린다.)

화순이는 끌려가서 총 맞아 죽은 아버지가 영영 가슴에 남아 한이 되어 버린 것이다.

풋굿 먹는 날도 화순이네 집은 아무것도 만들어 먹지 않았다. 보통날처럼 꽁보리밥에 풋고추와 된장뿐이었다.

"어매, 우리는 풋구 안 먹나?"

"일꾼도 없는데 누가 풋구 먹노?"

장골댁은 심드렁하게 대답했다. 이 몇 해 동안 장골댁은 산다는 기쁨이란 찾아볼 수 없을 만큼 지쳐 있었다.

수복이가 골목길을 뛰어다니며 놀고 있는 모습을 보면 대견스러워 활짝 웃었다가는 금방 표정이 굳어 버린다.

(저것도 커서 지 애비그치 될지 누가 아노.)

먹을 것 입을 것에 마음을 쓰지 않는다. 먹어야 하니까 먹는 것이고, 입지 않으면 안 되니까 입는다.

"수복이가 불쌍잖나?"

"풋구 먹는다꼬 안 불쌍나 뭐."

"그래도 남이 먹을 때 같이 믹애 줘야제."

"……."

장골댁은 마지못해 호박을 따와 밀가루를 물에 풀어 놓고 호박전을 구웠다.

말랑말랑한 호박부침개를 맛있게 먹는 수복이를 바라보던 화순이는 수복의 손을 잡고 밖으로 나갔다.

해가 넘어간 지 한참이 되었기 때문에 골목길은 어두웠다. 화순이는 수복이의 손을 꼭 쥐고 앞냇가 잔디밭까지 나갔다. 하늘에 별들이 반짝이고, 마을 안쪽 긴대골에서 풍악 소리가 들려왔다. 모두 어울려 한바탕 놀음판이 벌어진 모양이다.

"누부야, 집에 가자아."

수복인 흐르는 물소리가 쓸쓸하기만 한 냇가 잔디밭이 싫은지 자꾸 팔을 잡아끌었다.

"수복아, 쪼깨만 있다 가자. 누부야캉 노래 부르자, 응?"

화순이는 「고향 생각」을 부르고 싶었다. 낮에 정자나무 밑에서 너구리 아저씨가 부르던 생각을 했기 때문이다.

해애는 저어서 어두운데
차아자 오는 사람 없어
바깥은 다알만 쳐다보니이

외롭기 한이 없다아아 ….

화순이는 어느새 훨훨 날아가 슬픈 꿈나라에서 한없이 울고 있었다. 왕왕 소리 내어 울던 시절도 옛일만 같이 화순이는 얌전한 소녀로 탈바꿈하고 있었다.

배불리 먹는 풋굿도 사흘로 짧게 지나가 버리고 그리고 가을이 왔다.
너구리 아저씨는 그동안 모아 둔 품삯으로 신발 땜틀을 하나 샀다. 찢어진 고무신을 풀로 붙여서 틀에다 끼워 뜨거운 불에 달구어 내면 아주 잘 붙는 것이다.
아저씨는 장날이면 외딴집 장 가는 길섶에다 땜틀을 차려 놓고 손님을 기다렸다. 손님은 점점 많아져 일거리가 밀리었다. 밀린 일감은 집에 가져와서 때워 뒀다가 다음 장날 찾아가도록 했다.
유종이도 귀때기가 찢어진 고무신을 때워 신었다. 금동이도 문식이 형제도 때웠다. 대야 할머니는 바닥이 닳아 구멍이 난 것을 두껍게 때웠기 때문에 구두처럼 뒷굽이 곤들곤들 높아졌다.
"할매, 호사시럽겠네요?"
금동이가 생글거리며 할머니를 쳐다봤다.
"내사 다리가 떨례가주 걸음도 못 걷겠구만 그래쌌노."
대야 할머니는 돌나들이에서는 아예 고무신을 벗어 들고 다녔다.
다음 장날 아이들은 너구리 아저씨한테 가서 이야기했다.

"아저씨, 대야 할매 고무신 너무 뚜껍게 때애가주 꼰두라버 신지도 못하니더."

너구리 아저씨는 웃었다.

"할머니가 자꾸만 두껍게 때워 달래서 그렇게 된 거지. 고무신 한 켤레로 평생 신으실 것처럼 말씀하셨기 때문이야."

"그라마 할매 가짓뿔했다."

"할매는 얄팍하게 때애 달라 캤는데 아재씨가 빼딱구두그치 뚜껍게 때 죠가주 신지도 못하겠다 카든걸요."

"할매 순 가짓뿔쟁이다."

문식이와 유종이와 금동이가 다투어 지껄였다.

아저씨는 줄곧 웃기만 했다. 웃으면서 손은 잠시도 쉬지 않고 찢어진 신발을 땜질하느라 바쁘게 놀린다. 양철조각에다 온통 구멍을 빠꼼빠꼼 뚫어, 그것을 막대기 끝에 말아 흡사 솔처럼 만들었다. 그걸 가지고 풀칠할 부분을 문질러 내고는 하얀 고무풀을 발라 오려 둔 고무 조각을 붙여 땜틀에다 끼웠다. 숯불에다 천천히 달구어 내면 신통하게도 고무신은 구멍이 메워지는 것이었다.

너구리 아저씨의 생활은 그렇게 해서 추운 겨울을 따뜻하게 지낼 수 있었다.

유준이 음력 설날을 보내고 며칠 뒤, 서울을 가게 된 것은 모두가 너구리 아저씨 때문이었다.

너구리 아저씨는 기회 있을 때마다 자주 얘기했다.

"환경이나 여건에 얽매여 버리면 결국 그 인생은 실패한 거야. 스스로 역경을 헤쳐 나가는 사람은 목적은 실패했더라도 인생만은 성공한 거야."

"그라마 아저씨, 나는 어야만 될까요?"

유준은 묻고 나서 아저씨를 똑바로 쳐다봤다.

"스스로 할 수 있는 일을 찾아봐야지."

너구리 아저씨도 유준을 마주보면서 대답했다.

유준은 잠깐 생각하고 나서,

"아재씬 여게서 내치 살 건가요?"

하고, 불쑥 물었다.

"살 수 있을 때까지 있을 거야."

"서울 가시마 이보다 쉬운 일거리가 있을낀데요."

"서울은 시끄러워 생각에 잠길 틈이 없단다. 이렇게 시골은 마음까지 포근히 가라앉혀 주는 산이 있고 강이 있고, 그리고 들판이 있고 …."

"아재씨, 서울서 학교 댕길 때 학비는 어예 구체했니껴?"

"집에서 약간 보내 주기도 했지만, 내가 거의 손수 마련해야 했지."

"……."

유준은 그때부터 마음속에 어떤 결심이 일기 시작했다.

(나도 서울 가야제!)

"유준아, 몸조심하그래이."

아버지께 말씀드려 읍내에서 소금 가게를 열고 있는 손 서방에게 부탁해서, 그가 전에 점원으로 일하던 서울 주인에게 일자리를 구했다. 손 서방은 어렵잖게 유준을 전쟁으로 황폐해진 서울에다 일자리를 구해 주었다.

치질을 전문으로 하는 조그만 병원 심부름꾼이었다.

"싱야, 서울 가마 중학교 댕기게 되나?"

유종은 중학생이 될지 모르는 언니가 자기 일처럼 좋았다.

"안주 가 봐야 알제. 고재식 아저씨가 고생이 될끼라고 말했어."

"편지 자주자주 해서 서울 이바구 알례 다아얘이."

"응, 날매둥 편지할끼다."

어머니 남동댁은 많은 반대를 했다.

"해필이만 서울엔 왜 갈라 카노. 언제 또 전쟁이 터질동 누가 아노."

"괜찮다, 어매. 젊을 지게 고생은 사서도 해야 된단다. 내사 고생하러 서울 갈끼다. 그기 공부라 카드라."

"그렇제만 에미는 자나 깨나 니 걱정 해야 안 되나."

"어매, 걱정하지 마라."

"걱정 안 할 수 있나. 15년 동안이나 살뜰살뜰 키와 놓았는데 …."

남동댁은 벌써 소매 끝으로 눈 가장자리를 꼭꼭 닦는다.

유준은 복식이와 함께 부지런히 나무를 해다 쌓았다. 복식은 유준이가 서울로 가게 된 것이 부럽기도 하고 약간은 샘도 났다. 겉으로 나타내지는 않았지만 유준에게 경쟁에서 져 버린 느낌까지 들었다.

갓재산 마루의 좁다란 비탈길에 저 혼자 남게 된 기분까지 문득문득 났다. 앞으로 일주일 뒤엔 유준은 나뭇지게를 벗어 던지고 서울로 간다. 고생은 각오한다니까 유준은 필시 훌륭하게 성공을 할 것이다. 열심히 하면 대학까지 거뜬히 졸업해서 금의환향(출세하여 고향에 돌아옴)할 것이다.

(그래, 유준이는 부지런코 담차서 만판 해낼끼다.)

갈퀴로 소나무 밑을 부지런히 긁다가 복식이는 멍청히 생각에 잠겨 버린다. 팔에서 힘이 빠져나가 갈퀴자루가 제멋대로 미끄러져 버린다.

"복식아, 안죽 멀었나?"

유준이 벌써 산더미만큼 갈비짐을 쟁여 놓고 소나무 밑을 헤집고 이쪽으로 온다. 복식은 나쁜 짓을 하다가 들킨 것처럼 가슴이 덜컥 내려앉을 만큼 놀란다.

"그래, 다 돼애 간다."

복식은 서둘러 갈비짐을 쟁여 봤지만 한 짐은 너무나 모자란다.

"복식아, 내해 쫌 죽꺼마. 나는 너무 많애가주 못다 질 거래."

"싫애. 청솔갑 쪼아 얹으마 된다."

복식은 좀 쌀쌀하게 거절했다.
　나뭇짐을 지고 산을 내려오다가 동구나무 밑에서 나란히 지게를 받쳐 놓고 쉬었다. 복식이 노랗게 마른 풀밭에 털썩 앉으면서 유준을 쳐다봤다.
　"준아, 서울 가그덩 나도 어디 일자리 찾아봐 줄래?"
　"뭐락꼬?"
　"난도 니캉 같이 가구 싶다."
　"복식인 집에서 농사지어야만 안 되나."
　"그르치만 아무것도 모르는 무식쟁이가 되는 게 서글프다."
　"……."
　"논을 안 팔고 내 혼자 힘으로 공부할 수 있다 카마 당장 가겠다."
　"복식이가 정 그르타마 내 먼저 가서 알아볼꾸마."
　"꼭 알아봐래이!"
　"응, 꼭 알아볼게."
　음력 정월 초이튿날 저녁, 복식이네 집에서 조그만 윷판이 벌어졌다. 유준이와 헤어지게 되는 것이 그래도 섭섭하여 복식이가 어머니 옥산댁에게 졸라 윷놀이를 벌인 것이다.
　유준이 형제와 금동이, 그리고 송마골 너구리 아저씨를 불러왔다.
　옥산댁은 식혜와 차좁쌀 강정을 내어 놓았다. 호롱불이 빤하게 조그만 방 안을 비추었다.
　윷놀이가 막 시작될 때, 금동이가 너구리 아저씨께 물었다.

"아재씨네 고향에도 윷놀이하니껴?"

너구리 아저씨는 눈을 깜빡거리며 웃었다.

"하고말고지. 같은 나라 안인데, 윷놀이는 물론 널뛰기도 하고 제기차기도 한단다."

"팽이도 돌리고요?"

"그래, 팽이도 치고 썰매도 지치고 …."

"그라마 고향 안 가고 싶으니껴?"

"고향에 가고 싶다."

"그란데 왜 이남에 남았니껴?"

"고향에 가고 싶은 거만치 나는 이남 사람들과도 같이 있고 싶기 때문이야."

너구리 아저씨의 말뜻을 아이들은 잘 몰랐지만, 유준과 복식이만이 조금 알 수 있었다. 아저씨는 결코 이북과 이남은 원수가 될 수 없다는 것을 말로만 하고 있는 것이 아니라 몸으로 실천하고 있는 것이다.

그날 저녁 함께 윷놀이를 하면서 즐겁게 지낸 것이 유준에게는 그 뒤 잊을 수 없는 추억이 되었다.

손 서방이 적어 준 서울 주소를 가지고 집을 떠나던 날은 밤새 눈이 내리고 있었다. 전날 밤, 잠자리에 들기 전에 가마솥에 물을 데워 목욕을 했다. 어머니가 일찍 자라고 성화하여 잠자리에 들었지만 쉬 잠이 오지 않았다. 눈을 꼭 감고 잠이 들려 하면 곁에서 유종이 배꼽을 간질여 버린다. 다물고 있는 입을 손으로 짝 벌리기도 하고 코를 잡고 놓지 않기도 했다.

둘이서 번갈아 하품을 하면서 장난을 치다가 가까스로 잠이 들었는데 깜빡 깨어 보니 날이 밝아 있었다.

"싱야, 눈이 온대이!"

유종이 방문을 열어 보고 소리 질렀다.

"옳기라?"

유준이도 일어나 밖을 내다봤다. 함박눈이 앞산을 하얗게 덮고 계속 펑펑 쏟아지고 있었다.

"이르키 눈이 오는데도 오늘 가야 되나?"

유종은 유준이 떠나가는 것이 싫었다.

"눈이 와도 가야제. 주인 집에서 기다릴낀데."

서울행 기차는 오전 11시에 있었다.

아침상은 흡사 생일날처럼 쌀밥 한 그릇 따로 담아 주었다.

아침밥을 먹고 유종은 책보를 싸 놓고 머뭇거리면서 가지 않는다.

"종아, 핵꼬 늦는다. 먼첨 가그라."

남동댁이 재촉했지만 유종은 토라진 듯 앉았기만 한다.

"얼래, 핵꼬 시간 늦다 카이께네."

유종은 책보를 들고 부스스 일어났다. 문 앞으로 가더니 문고리를 잡는 듯하면서 그대로 선 채, 책보를 방바닥에 떨어뜨리면서 "와왕!" 울음보를 터뜨린다.

"싱야 갔뿌만 내 혼자 어야노?"

갑자기 유준의 눈시울이 더워진다.

"내, 가서 편지 자주 할꾸마. 문식이캉 금동이캉 싸우지 마고 놀아라."

유준은 유종의 얼굴을 감싸안고 울먹거리며 말했다.

"언지 집에 오노?"

"추석 때 올꾸마."

"주인 집에서 설움 주거덩 펏떡 돌아온내이."

"오야, 올꾸마."

유종은 눈물을 닦고 떨어뜨렸던 책보를 다시 주워 들고는 눈길을 달려서 학교로 갔다.

한 시간 뒤, 유준은 조그만 보따리를 하나 들고 정거장 길을 걷고 있었다. 눈이 쏟아지는데도 복식이가 한사코 따라와 줘서 어머니 아버지는 동구 밖에서 헤어졌다.

아버지는 방천둑에서 눈을 맞고 아들이 산모퉁이를 돌 때까지 지켜보고 있었다.

"유준아아, 밥 주는 대로 다 먹고 이불 꼭꼭 덮고 자그래애이."

어머니가 길게 일러 주던 말이 정거장에 가서도 줄곧 귀에서 쟁쟁거렸다.

기차가 왔을 때, 유준은 갑자기 두려워지면서 가슴이 울렁거렸다.

"유준아, 몸조심하그래이."

복식이가 손을 꼭 쥐었다가 놓았지만 유준은 말이 나오지 않았다. 동그마니 차에 올라탔을 때, 괜히 떠나게 된 것이 후회스러웠다. 무엇 때문에 혼자서 낯선 곳에 가기로 했던가 하는 생각이 와락 밀려들어 불안하고 초조해지면서 여태까지 크게 마음먹었던 것이 산산조각으로 흩어지는 것만 같았다.

기차는 사납게 덜컹대면서 정든 고향 마을을 자꾸자꾸 멀리 떼어던져 버리듯 달리고 있었다.

편지

형님 전 상서

아지랑이 아롱아롱거리고 시냇가 버들가지는 봄바람에 살랑거리고, 뒷동산 할미꽃이 방긋방긋 웃는 계절에 형님 기체후 만강하시옵니까?
이곳 아버님 어머님께서도 모두 알령(안녕)하시고 저도 잘 있습니다.
연이나, 형님께서 서울로 가신 지 한 달이 넘도록 소식이 없어 궁금하여 일자 붓을 들었사오니, 이 편지 받는 즉시 편지하여 주십시오.
동생은 형님이 보고 싶어서 날마다 눈물로 하루하루를 보내고 있습니다.
제발 하루 속히 편지하여 주시옵소서.
할 말은 태산도 부족하오나 이것으로 붓을 놓겠습니다.
형님, 부디 몸조심하시고 답장 속히 주십시오.

단기 4287년 4월 ××일

동생 안유종 올림

동생에게

유종아, 보내 준 편지 잘 받았다.

편지를 펼쳐 보니 맨 머리에 '형님 전 상서'라고 씌어 있어 나 혼자 쿡쿡 웃었다.

좀 쑥스럽잖니. 그냥 형이라든가 집에서 부르던 대로 싱야 하고 써도 된다. 존대어도 쓰지 말아라.

그동안 아버지 어머니 안녕하시니? 내가 너한테 날마다 편지 하겠다고 약속해 놓고 그것을 지키지 못해 미안하다.

정말로 편지하고 싶었는데 마음대로 되지 않는구나. 아침부터 밤중까지 청소하고 심부름하고, 팔다리가 떨어져 나가듯 견딜 수 없을 만큼 바쁘단다.

이런 말 안 하려고 했지만 네가 사정도 모르고 나를 원망할 것 같아서 알린다. 그러니까 어머니나 아버지께는 말씀드리지 말기 바란다.

서울은 상상했던 것보다 더 형편없단다. 폭격에 집을 태워 버린 사람들은 함석 조각과 판자쪽으로 겨우 움막을 지어 놓고 하루하루 살고 있다.

내가 있는 이 선일 치질 병원도 폭격으로 한쪽은 무너지고 반쪽만 남은 것을 가까스로 수리를 해서 환자를 받고 있단다.

여기 처음 올 때는 그냥 심부름만 하는 것으로 알았는데, 그 심부름이라는 것도 너무도 많다. 청소는 물론 의사 선생님을 도와 간호원 노릇까지 내가 다 해야 한단다.

"유종아, 보고 싶어서 밤에는 아무도 몰래 울고 있단다.
정말 괴롭고 힘들지만 견딜 수 있는 데까지 견딜 테다."

아침 5시에 일어나 전날 모아 둔 쓰레기를 갖다 버리는 일, 진찰실과 환자 대기실을 청소하는 일, 행길을 쓸고 창문을 닦고 주사기랑 핀세트랑 의료 기구, 의료 기구라는 것은 환자를 치료하는 데 쓰이는 연장이야. 그러니까 주사기랑 핀세트도 모두 의료 기구의 한 가지란다. 치질을 치료하는 덴 각별히 이 연장들을 잘 소독해야 하거든. 작은 것은 도시락에 넣고 끓이고, 큰 것은 알미늄 솥에다 넣어 끓인다.

처음엔 무어가 무언지 아무것도 몰라 실수만 했단다. 그런데 의사 선생님이 친절히 가르쳐 주셨다. 의사 선생님의 이름은 송인수란 사람인데 키는 후리후리하게 크고 몹시 여위었다. 가끔 기침을 하는데, 폐가 조금 나쁘단다. 이 집 식모 아이 계숙이가 가르쳐 줬지. 계숙이는 키가 조그마하고 살이 통통 찐 계집애야. 아직 고향이 어딘지, 왜 여기 와서 부엌데기 노릇을 하는지 잘 모른다.

나한테 무척 잘해 줘서 마음씨가 좋은 걸 금방 알 수 있었단다.

식구는 모두 의사 선생님과 사모님, 그리고 국민학교 4학년에 다니는 성덕이란 여자애와 성재라는 2학년 사내아이, 계숙이와 나와 여섯 식구다.

나도 이 집 식구라고 하기는 싫지만 함께 살 동안은 한가족이 되어야겠지.

유종아, 보고 싶어서 밤에는 아무도 몰래 울고 있단다. 그만 돌아가 버릴까 하는 마음이 일어날 때가 하루에도 몇 차례씩 있지만 어떻게 돌아갈 수 있겠니. 입술을 깨물고 꾹꾹 참는다.

정말 힘들고 괴롭지만 견딜 수 있는 데까지 견딜 테다.

복식이 형제는 잘 있니? 그리고 앞집 금동이랑 금동이네 어머니도 잘 있니? 금아 누나하고 진수도 자주 놀러 오니?

지금쯤 고향 들판엔 정말 네 편지에 쓰인 것처럼 봄이 한창이겠구나. 우리 집 병아리는 몇 마리나 깠니?

내가 없더라도 병아리하고 놀아라.

유종아, 편지 더 쓰고 싶지만 종이가 모자라는구나. 봉투는 구해 놓았는데 우표값이 없구나. 주인한테 어떻게 달라고 해야 할 텐데 입이 열리지 않는다. 이담에는 네가 편지할 때 우표 한 장 넣어 보내 주기 바란다.

복식이한테 안부 전해 다오.

그럼 아버지 어머니 모시고 잘 있거라.

단기 4287년 4월 ××일

안유준 씀

싱야,

싱야 편지 읽고 아부지도 우시고, 어머니도 울었다.

어머니는 "그만 내려오라 캐라." 했지만 읍내 손 서방하고 약속한 것 때문에 어쩔 수 없다고 한다.

싱야, 그토록 아침부터 밤까지 일만 하고 야간학교에도 못 가겠구나. 어야만 좋지?

내가 의사 선생님한테 편지해서 싱야 야간학교에 보내 주라 할까? 왜 일만 시키고 학교에는 안 보내 주노.

일만 시키그던 그만 도망쳐 온나.

나는 싱야 보고 싶어 학교에서 돌아올 때 중들 강변에서 실컷 울었다. 지금도 편지 쓰다 보니 싱야 생각이 나서 눈물이 그렁그렁한다.

앞집 금동이도 싱야가 보고 싶다 한다. 금아 누부야는 아직 한 번도 안 왔다.

금동이네 병아리는 17마리 깠고 우리 병아리는 15마리 깠다. 우리는 달걀을 18개 안겼는데 4개가 썩어 버렸다. 어머니한테 왜 썩은 게 3개라야 맞는데 4개냐고 물으니가 암탉이 알을 품으면서 한 개 더 낳아서 4개라고 한다.

뒷집 대야 할매는 요사이 자꾸자꾸 아프다 한다. 온나절(오전 중) 동안 누워 있을 때가 많단다. 양식도 없고 송구도 못 벳겨 오고 해서 아무것도 못 먹는 날이 있단다. 어머니가 쑥죽을 끓여가주 디렸더니 눈물을 흘리면서 먹었다고 한다. 대야 할매는 참 불쌍하시다. 죽어도 아무도 묻어 줄 사람이 없다고 한다.

금동이하고 내하고 양철동이로 물을 길어다 디렸더니 또 울었다. 볼때기에 살이 빠쟈가지고 홀쭉해졌다.

"금동이캉 유종이캉 꼭 우리 손자 긋다." 하시면서 눈물이 그렁그렁했다.

할매가 죽으면 아부지하고 나하고 금동이하고 셋이서 갓재산에 묻어 주자고 했다.

싱야, 그만 집에 오구 싶거던 내려온나. 할 말은 태산 같지만 눈물이 앞을 가려 더 못 쓴다.

싱야, 잘 있거라.

단기 4287년 5월 ××일

안유종 올림

금동이가 편지를 써 가지고 와서 한목에 넣는다. 우표도 5장 넣는다.

유준이 싱야, 받아라.

흰구름이 둥둥 떠 가는 따뜻한 봄입니다. 종달새는 지절지절거리고 꽃이 망발(만발)하였음니다.

강남 갔던 제비가 돌아왔슴니다.

우리는 어머니하고 잘 있슴니다.

나도 잘 있슴니다.

유준이 싱야는 어떻슴니까?

어제는 학교 갔다 와서 어머니와 같이 밭에 가서 보리를 맸슴니다.

누나는 안 옴니다. 진수도 안 옴니다.

나는 누나가 참 보고 싶슴니다. 진수도 보고 싶슴니다.

그러면 할 말은 태산도 부족하오나 이만 주립니다.

유준이 싱야, 용감히 잘 있어라.

단기 4287년 5월 ××일

김금동 올림

친구 유준에게

유수 같은 세월이 흘러 벌써 너와 헤어진 지 두 달이 가까워지는구나. 지난번 유종이한테 보낸 편지 읽고 네가 너무 고생하는구나 하고 생각했다.

그러나, 너는 고생을 각오하고 떠났으니까 끝까지 참고 견디리라고 생각한다.

그날, 쏟아지는 눈보라 속에 너와 함께 정거장까지 갔다가 돌아올 때는 너무도 외로워 혼자서 엉엉 울어 버렸다. 기차를 타고 간 너도 외로웠겠지.

유준아, 꼭 성공해서 돌아오너라.

나도 틈틈이 시간이 나면 계속 한문 공부도 하고 영어 단어도 외운다. 재산 어른은 기침이 심해져서 요사이는 글을 가르치지 않고 계시다. 5월이 되니 바쁜 나날이 계속된다. 감자밭에 똥을 퍼붓는 것이 늦어 버려 혼이 났다. 그러나 작년보다는 힘도 나아지고 일하는 요령도 익히게 되어 별로 남의 힘을 빌리지 않아도 된단다.

고재식 아저씨는 요사이도 장날마다 고무신을 때우고 있다. 외딴집 앞에서 하던 것을 아주 장터로 옮겼단다. 그랬더니 일거리가 세 곱절이나 많아졌단다. 바쁜 일철이어서 자주 뵙지 못하고 며칠마다 한 번씩 만나뵙는단다.

유준이 이야기를 함께 하면서 걱정도 한다. 아저씨도 너처럼 처음엔 많이 고생했다고 하신다.

너도 말했듯이 젊을 때 고생은 사서도 한다는 것, 명심하고 있겠지. 하늘은 끝이 없이 높고 또 넓단다. 가끔 밖에 나오거든 쳐다보아라. 서울은 시골과 달라서 하늘을 쳐다보는 여유도 없다고 들었다. 하지만 너는 시골에서 자랐으니까 하늘이 어떻다는 것을 잘 알 테지. 정말 우리에게 저 푸른 하늘이 없다면 어떻게 되겠니?

가슴 답답할 때, 괴로울 때, 외로울 때, 억울할 때, 화가 날 때, 원통할 때, 배고플 때, 언제나 어디서나 쳐다보면 괴로움이 사라져 버리는 저 푸른 하늘!

유준아, 우리도 저 푸른 하늘처럼 살자. 나는 네가 보고 싶을 때도 하늘을 쳐다본단다.

나는 요사이 사람이 죽은 다음은 어떻게 되는지 곰곰이 생각해 봤단다. 죽어 버리면 아무것도 모르는 것일까? 깊은 잠 속에 빠지듯이 온 세상이 캄캄해져 버리는 것일까?

그래서 죽는 걸 생각하니 와락 무서워진다. 이렇게 무서운 죽음인데, 왜 사람들은 죽이는 걸 그토록 쉽게 해치우는 것인지 소름이 끼치도록 두려워진다. 자기 목숨이 귀중하면 남도 귀중할 텐데 세계 여러 나라에서는 무기를 만드는 공장까지 세워 놓고 마구 폭탄을 만들어 내고 있으니 현기증이 난다.

유준아, 나는 사람 죽이는 짓은 못할 거야. 차라리 내가 죽었으면 죽었지 내가 살기 위해 남을 절대 못 죽일 것이다.

지난 몇 해 동안 우리는 너무도 엄청난 일을 보아 왔다. 장차 우리가 자라면 어떤 세상이 될지 모르지만, 이 땅 위에 전쟁만은 없애 버려야 할 것이다.

유준아, 부지런히 일하고 그리고 열심히 공부하자.

너의 앞날을 위해 두 손 모아 하느님께 빈다.

단기 4287년 5월 ××일
사랑하는 친구에게
장복식 보냄

복식이 받아 보아라.

편지 두 번 세 번 읽고 또 읽었다. 특히 사람이 죽은 뒤엔 어떻게 되는가 하는 대목을 읽고 나도 곰곰히 생각해 봤단다. 아무래도 잘 알 수 없었다. 죽으면 혼이 남아서 착한 사람은 극락에나 천당에 가고 악한 사람은 지옥에 간다고 하지만 죽어 보지 않고는 믿을 수 없구나. 내가 가만히 생각해 보니까 사람들은 생각만이라도 좋은 쪽으로 일이 해결되었으면 하는 바람이 있는 것 같애. 그러면서도 지금 당장 눈앞의 것은 아무렇지 않게 생각하거든. 사람의 목숨이 소중하면 아무리 나쁜 사람도 죽이는 것은 옳지 않는 거다.

지금 서울엔 집을 잃은 사람, 가족을 잃은 아이들이 수없이 떠돌아다닌다. 차라리 죽어 버리지 못한 것을 한스럽게 생각하는 사람도 있단다. 피난 갔다 돌아온 사람들 모두가 거지나 다름없다.

작년 7월에 휴전협정이 이루어졌다고 하지만 언제 또 탱크가 밀어닥칠지 마음을 못 놓고 있다.

이곳 주인 댁도 단단히 준비하면서 어떤 일이 일어나면 금방 떠날 수 있도록 아이들한테도 얘기하고 있다.

우리 선일 병원 오른쪽으로 불에 타 버린 빈터에다 임시로 판잣집 가게를 지어 장사를 하고 있다. 왼쪽으로 몇 집은 폭격에서 벗어나 불타지 않았지. 우리 집과 맞닿은 복순이네 집 할머니는 언제나 손자를 등에 꼭꼭 싸 업고 난리가 나면 그냥 달아나겠다고 하신단다. 할머니는 지긋지긋하던 전쟁을 생각만 해도 소름이 끼친다고 하신다.

아침 일찍 일어나 행길을 말끔히 쓸고 물을 뿌리신다. 내가 좀 늦게 일어나는 날은 우리 집 앞까지 깨끗이 쓸어 주셔서 얼마나 고마웠는지 모른다.

할머니네 집은 구멍가게, 그 윗집은 이발관, 그 윗집은 담뱃가게, 길 건너편과 오른쪽은 모두 판잣집으로 음식집이 대부분이다.

아침엔 우리 병원 앞으로 학교로 가는 학생들이 줄지어 걸어간다. 비록 전쟁이 지나간 잿더미 위에서지만 그들은 참 행복해 보인다.

복식아, 나는 어떻게 할지 답답하다. 고향집에서 마음먹은 것과는 반대로, 오히려 책 읽을 시간도 없단다.

내가 알아봤더니 지금 서울에서 남의 집 점원이나 급사로 있는 아이들 모두가, 가까스로 잠자리와 먹을 것 외엔 다른 보수가 없단다. 먹여 주는 곳도 들어가기 힘들어 많은 아이들이 신문팔이, 껌팔이를 하고 있다. 구두닦이 애들은 거지나 깡패처럼 뒷골목에서 나쁜 짓만 배우고 있단다.

조금 더 있어 보면 형편이 좋아질 것 같다니까 기다려 보아야지, 정말 고생이 어떤 것인지 알 수 있단다.

복식아, 이런 사정 너 혼자 알고 있거라. 우리 집 어머니 아버지께는 말씀드리지 말기 바란다.

그럼 이 다음 편지 쓸 때까지 잘 있거라.

단기 4287년 5월 ××일
안유준 씀

유준에게

진작에 편지를 썼어야 할 것을 이렇게 늦게야 소식 전하게 되어 면목이 없다. 용서하기 바란다.

벌써 무더운 여름철이구나.

그동안도 어려움 속에서도 몸 건강히 있겠지.

나도 잘 있다.

유준이는 고생을 하면서도 그 고생의 의미를 알려고 무척 노력하고 있어 대견하기 그지없다.

사람의 값어치는 어떤 것인가? 사람 그대로를 세워 두면 바위 덩어리나 똑같다. 사람이 그냥 움직였을 땐 짐승과 같은 것이고, 움직이면서 생각하는 것이 진짜 사람이다.

그러니까, 일하면서 생각하는 사람이 가장 사람다운 사람이다.

사람이 배운다는 것은 목적이 다른 데 있는 것이 아니다. 자신이 먼저 사람다워지기 위한 것이고, 세상 또한 사람답게 살 수 있는 세상을 만드는 데 목적이 있는 것이다.

어떻게 하면 그런 세상이 될지 많은 사람들이 끊임없이 찾아가고 있으니, 언젠가는 그 목적지까지 닿을 수 있을 게다.

유준아, 휴전은 되었다지만 아직 전시나 다름없는 불안한 때이니까 각별히 주의해 주기 바란다.

서울은 무척 덥지?

이곳 우리는 저녁때면 중들 강물에 미역을 감으러 간단다. 금동이와 문식이는 새까맣게 그을려 깜둥이가 되었다.

대야 할머니께서 쉬 일어나시지 않아서 몹시 걱정이다.

지난 일요일부터 복식이 형제가 이곳 예배당에 나가고 있다. 네게 직접 편지로 알렸으리라 생각한다.

그럼, 다음에 또 편지할 테니 기다려라.

단기 4287년 7월 ××일
고재식

아저씨 받아 보셔요.

아저씨 편지 고맙습니다.

복식이가 예배당에 나가고 있다는 말 식이가 직접 편지로 알려 줘서 알고 있었습니다.

복식이는 아저씨가 곁에 있어서 참으로 행복합니다.

저는 쉬는 시간에도 아무도 얘기할 사람이 없어 외롭습니다. 대야 할머니는 아직 못 일어나셨습니까? 어머니께 말씀드려서 할매를 어떻게 해서 속히 일어나도록 보살펴 드리도록 해 주셔요.

그리고 유종이가 나쁜 아이들과 놀러 다니지 않게 타일러 주십시오. 1학기 통신표가 아주 나쁜 모양인데, 아주 혼이 나도록 꾸지람을 해 주셔요.

유종이만이라도 내년에 국민학교를 졸업하면 고등공민학교에라도 보내고 싶습니다. 그러니까 실망하지 말고 열심히 공부하라고 하셔요.

그리고 아저씨께서 좀 더 자주 편지해 주시기 바랍니다.

아저씨, 바빠서 엽서에 이렇게 대강 썼습니다. 용서해 주셔요.

단기 4287년 8월 ×일
안유준 올림

혼례식 마당에서 울던 학분이

　세 사람씩 혹은 다섯 사람씩, 조를 짜서 투표지에 동그라미를 찍어 서로 보여 주는 대통령 부정선거가 있은 지 한 달 만에 학생 데모가 일어났다. 이승만 대통령께서 하와이라는 곳으로 피신해 가고 8월에 새 대통령이 뽑혔다.
　그해 가을, 대구에서 9년 동안이나 식모로 있던 학분이가 고향에서 혼례식을 올렸다. 신랑은 같은 전쟁 고아인 윤달수라는 생선장수 총각이었다. 주인 댁에서 예식장을 빌려 신식예식을 치러 주겠다는 것을 학분이는 굳이 마다고 했다. 고향에서 학교 시절의 동무들에게 결혼식을 꼭 보여 주고 싶었다.
　(운동회 때 달리기 1등 하마 시집갈 때 황소 한 마리하고 삼베 한 필 준다.)
　부모님과의 약속을 아이들에게 자랑했던 것이 거짓말이 안 되도록 학분이는 가슴에 꼭꼭 새겨 두고 있었다. 식모살이로 받은 월급은 작은아버지한테 보내어 차곡차곡 모았다. 5년이 지나서야 황소 한 마리 값이 모아졌다. 그리고 지금은 3마리 값이 넉넉하게 모였다.

혼례식 날, 뽀얗게 분을 바른 학분이는 족두리를 쓰고 다홍치마를 입고, 한껏 가슴을 설레며 의젓하게 나가서 섰다.

동네 사람, 친척들, 친구들이 둘러선 한가운데서 학분이는 갑자기 마음 한 구석이 비어 있는 것을 느꼈다. 행례를 치를 동안 그 비었던 마음 한 구석은 점점 넓어지면서 나중에는 온몸이 텅 빈 듯이 가눌 수가 없었다.

드디어 식이 끝났을 때, 학분이는 더 버티어 서 있을 수 없어 그 자리에 주저앉고 말았다.

"오매애야아 …!"

학분이는 울었다. 어머니를 부르면서 울었다.

뽀얗게 분을 바른 얼굴이 얼룩이 져 버리고 저고리 소맷자락이 눈물에 젖었다.

둘러섰던 여인들이 학분이를 일으켜세워 안으로 데리고 들어갔다. 그러나, 한번 터져나온 눈물은 그칠 줄을 몰랐다.

목이 메고 코가 메고 눈이 빨개지고 머리가 아팠다. 아버지 얼굴이 감은 눈에 나타나 조용히 학분이를 들여다본다. 어머니가 그 옆에 나란히 울먹이며 바라본다.

5학년 겨울방학 때 처음 식모가 되어 남의 집 부엌데기가 되었을 때부터, 학분이는 울지 않았다. 남들은 바보여서 울 줄도 모른다고 흉을 봤다. 못 들은 척해 버렸다. 때로는 왈칵 울음이 치솟으려 하기도 했다. 참았다.

참으면서 10년을 부엌데기로 살았다.

"학분아, 고만 울고 옷 갈아입어라."

숙모가 등을 다독거리며 달래었다.

"고마 자아, 옷 갈아입고 너그 동모들 기다리는데 가 봐야제."

건넌방에서 학교 시절의 친구들이 모여 앉아 학분이 나오기를 기다리고 있었다.

학분이는 족두리만 벗어 놓고 눈물을 닦으며 건넌방으로 갔다.

모두 점심으로 국수 한 그릇씩 먹고 남자들은 파전이랑 고추전으로 안주 삼아 막걸리를 마시고 있었다.

"오매! 모두 술 마실 줄 안대이!"

학분이는 정말 놀라웁기도 해서 큰 소리로 말했다.

"지는 시집갈 줄도 알면서 막걸리 마시는 게 뭐 놀랠 일이로."

방금 놋술잔으로 쭈욱 한 잔 들이키고 난 유준이 빈정거리며 말했다.

"핫핫핫하하 …."

"호호호호 …."

모두 한바탕 웃었다.

"복식인 왜, 술 마실 줄 모르나?"

학분이는 울었다. 어머니를 부르면서 울었다.
뽀얗게 분을 바른 얼굴이 얼룩이 져 버리고
저고리 소맷자락이 눈물에 젖었다.

"복식인 예수꾼이라서 술 안 마신단다."

아직도 장난꾸러기인 수만이가 어른스럽게 말했다. 정말 복식인 점잖게 앉아 별로 얘기도 하지 않고 있었다. 그 복식이 옆에 종찬이 그리고 그 옆엔 돌음바우골 순금이가 앉아 있었다. 순금이는 벌써 1년 전에 시집을 가서 애기를 밴 새댁이었다. 순금이 옆에 금주와 점녜가 앉아 있었고, 이쪽으로 성구와 승걸이, 그리고 유준이 버티고 앉았다.

"이래도 우린 당당한 대한민국의 용사다."

유준은 제법 술주정을 부리는 체했다.

"용사라이? 벌씨로 군대에 가나?"

학분이 물었다.

"보이소. 학분 씨만 나이를 먹는가요? 괄세 마이소. 이래도 남아 이십 대장군이 당당하단 말이다."

유준과 복식은 며칠 전 처음으로 징병검사를 받았었다. 유준은 1을종이었고 복식은 갑종이었다.

"그리고 보이께네 제법 어른티가 난다. 그런데 유준이는 서울 가서 고마 사뭇 돌아왔삐릿나?"

"아암, 돌아왔지. 고기도 놀던 물이 좋다네. 이 새색시요."

"잘했다. 가난해도 역시 고향이 좋제, 훈훈하고 미덥고 …."

"야, 너어만 줄창 이바구하기라?"

종찬이가 굵다란 눈을 부릅떠 보이면서 짐짓 화난 척했다.

"그래그래, 색시요. 이 술잔 받고 답례 한 분 하이소."

성구가 학분이에게 술을 한 잔 권했다.

"내사 술 못 먹는다."

학분이는 몸을 흔들었다.

"못 먹어도 오늘은 받아 마셔야 한다. 마시고 나서 창가 하나 불러야제."

"그래그래, 소리 한 분 해라."

순금이와 금주도 우우 소리를 냈다. 학분이는 술잔에 입을 대어 두어 모금 마시고 노래를 불렀다.

"내사 학교 댕길 때 배운 꺼빼끼 모린다."

말하고 나서 목을 가다듬었다.

"저어 산 너머 새애파란 하늘 아래느은 그으리운 내애 고향이 있으련마안은 처얼리 만리 머언 땅에 떠어나안 이 모옴은 고오향 생각 그으리워 눈물 지이누나아 …."

"야아!"

"야아!"

손뼉 소리가 와르르 터졌다.

학분이는 정말 새댁처럼 예쁘게 웃고 있었다.

사흘 뒤, 학분이는 생선장수 신랑과 함께 대구로 떠났다. 몇 개의 보따리와 함께 그 보따리처럼 버스에 실려 간 것이다.

그와 함께 고향 마을의 가을도 점점 멀어져 갔다.

유준은 가랑잎들이 흩어지는 들길에 선 채 건너편 늙은 느티나무 가지를 줄곧 바라보고 있었다. 유준은 서러웠다. 유준은 실패자인 것이다.

청운의 뜻을 품고 찾아갔던 서울에서 6년 만에 쫓기듯이 내려왔다. 그냥 하루같이 뜻 없는 삶을 살아온 것이다.

(나는 본래 촌에서만 살라는 순 촌놈인 걸 가지고 ···.)

치질 병원에서 1년 반 동안 매일 똑같은 일을 하다가 다음에 옮겨 간 곳은 대중식당이었다. 거기서 8개월간 살다가 그만두고 담배 장수로 거리에 나갔다. 그것도 되지 않아 자동차 부속품 상회 점원으로 2년 반을 일했다.

간신히 먹고 자고 얻어 입었을 뿐이었다.

돌아왔을 때 어머니 남동댁은 아들이 곁에 있게 된 것만으로 안심하게 되어 반가워했다. 유종은 별로 어떻다는 표정을 드러내지 않았다. 금동이는 동네방네 다니면서 유준이 돌아온 것을 알려 주고 있었다.

그동안 변한 것이 많았다.

뒷집 대야 할머니가 돌아가시고 없었다. 할머니네 조그만 초가집엔 청도 지방에서 왔다는 낯선 사람들이 살고 있었다.

저희 아버지를 본뜬 듯한 얼굴을 한 인기는 벌써 국민학교 5학년이었다. 유종과 동갑인 화순이는 19세 처녀로 땋아 내린 머리가 허리 밑으로 치렁치렁 늘어뜨려져 있었다.

"유준이 싱야, 진수도 3학년이래."

금아 누나의 외아들 진수가 그만큼 자랐다고 눈이 커다란 금동이가 가르쳐 준 것이다. 그렇게 말하는 금동이도 18세의 튼튼한 나무꾼 소년으로 자랐다.

고재식 아저씨는 유준이 대단한 공부를 해 왔다고 아끼지 않고 칭찬을 했다. 아저씨는 종갑이네 허물어진 집을 깨끗이 수리를 해서 살고 있었다.

"유준아, 돌아오길 잘했다."

손을 내밀어 악수를 할 때, 유준은 아저씨의 키가 왠지 작아진 듯한 느낌이었다.

"아재씨는 여전하시니더. 그래 평생 여게서 사실라니껴."

"글쎄다. 이제 곧 고향에 갈 수 있겠지."

너구리 아저씨의 눈 가장자리에 주름살이 지어져 있다. 유준은 쓸쓸한 마음이 들어 한순간 눈시울이 더워졌다.

복식이와는 한참 동안 끌어안고 떨어질 줄 몰랐었다. 복식은 어깨가 뿌듯할 만큼 벌어지고 손마디가 굵직굵직했다.

"그동안 니가 보내 준 편지 모두 잘 받아 읽었다. 니는 많이 경험하고 배운다고 생각했제."

복식은 목소리마저 묵직한 시골 농부 그대로였다.

"내사 꿈만 같이 흘려보내 버린 세월이라서 무어가 무언지 알 수 없단다. 한평생 이렇게 뜻 없이 살아야 된다면 차라리 죽는 쪽이 나실 게다."

"바로 그거다. 니는 인생의 뜻이 무엇인지 분명히 알았기 때문에 그렇게 말할 수 있는 게다."

"그럴까? 그렇다면 다행이지만 역시 나는 실패자야."

유준은 한없이 도리질을 하고 있었다.

(나를 위로하기 위해 모두가 거짓말을 하고 있는 거다.)

고향의 겨울은 여전히 추웠다.

복식은 앞으로 몇 개월 뒤에 있을 입대 날짜를 앞두고 몹시 괴로워하고 있었다. 아무에게도 말할 수 없는 혼자만의 고민이었다.

옥산댁이 복식에게 월북한 남편의 얘기를 들려준 것은 2년 전 복식이 19세 때였다.

그날 달미골 소나무 숲에서 산비둘기가 울고 있었다. 이른 아침 콩밭 이랑은 이슬에 촉촉히 젖었다.

이제 막 속잎이 한 줌씩 돋아난 탐스러운 콩포기를 어루만지듯 김을 매었다. 옥산댁은 삼베 치맛자락을 무릎 아래까지 접어 올려 여미고 앉아서 호미질을 했다.

주죽 주죽 주죽 주죽 ….

"삐둘기 우는 소리가 꼭 빗소리 같구나."

"어매, 오늘 내가 꼭 알아야 될 것 가르쳐 줄래?"

"뭐이 말이고?"

옥산댁은 손을 잠시 쉬고 돌아다봤다. 복식은 서너 발 뒤에서 아래를 내려다보며 계속 흙을 파헤친다.

"아부지 일이제. 강 서방 들려주든 거 말이다. 어맨 그때, 그것 때문에 정신없이 사흘 동안 앓아눕었제."

"……."

"나는 알고 있대이. 어매가 숨키고 있다는 걸."

"복식아."

옥산댁은 호미를 놓고 앉은뱅이 걸음으로 복식이 곁으로 다가갔다. 주위를 한 바퀴 둘러보았다.

주죽 주죽 주죽 주죽 ….

비둘기 소리만 나고 골짜기는 너무도 조용했다.

"너그 아부지는 인민군이 됐단다. 그때 난리에 쳐들어왔든 별이 그려진 빨간 깃대를 가지고 있던 인민군 말이다."

"……."

"인민을 해방시키고 조국통일을 완수할락꼬 인민군이 됐단다. 나는 너그 아부지가 어수룩한 짓은 안 할끼라고 믿고 있다. 너도 인자 알았으니까 앞으로는 똑똑히 행동해야 한다, 알았제?!"

복식이 짐작했던 그대로였다. 새삼스런 것도 아닌데 복식은 자꾸 가슴이 울렁거렸다.

(… 너도 인자 알았으니까 앞으로는 똑똑히 행동해야 한다, 알았제?!)

그날, 달미골 콩밭 고랑에서 어머니가 분명히 말해 주던 것을 복식은 잊어버리지 못했다. 과연 복식은 어떻게 행동해야 되는 것일까? 아버지는 월북한 인민군이다. 아들은 남쪽에서 징병검사를 받고 이제 몇 개월 뒤엔 국군이 되는 것이다.

복식은 다부지게 벌어진 자신의 양 어깨를 돌아다보고 나서 두 주먹을 불끈 쥐었다. 온몸의 피가 끓어오른다. 그 힘으로 아버지와 맞서 싸우는 것이다.

용빌 들판의 논에는 파란 보리싹이 눈에 덮여 이 겨울을 견디고 있다. 그 보리밭 둔덕길로 세 사람의 청년이 지게를 지고 걸어가고 있었다. 서른을 넘은 고재식 아저씨, 그리고 유준과 복식이 나무를 하러 산으로 가는 길이다.

하나는 고향에 어머니를 두고 싸움터에 왔다가 붙잡혀 비굴하게 남쪽에 남아서 홀로 외롭게 살아가는 인간이고, 하나는 푸른 꿈을 안고 서울에서 6년간 덧없이 세월만 보내고 돌아온 실패자다. 또 하나는 아버지와 총칼을 맞대고 싸움을 하려는 불효자인 것이다.

그들은 들길을 걸어가다가 샛길로 접어들었다. 별로 말이 없이 그들은 산굽이를 몇 개나 돌아가 한 골짜기로 발을 옮겨 놓았다. '가마바위'라는 바위 덩어리가 골짜기 들머리에 놓인 곳이다. 사람들이 별로 지나다니지 않는 으슥한 산속이어서 언제나 무서웠다. 몇 해 전 이 앞으로 지나가던 장꾼이 강도들에게 돌에 맞아 죽은 일이 있었다. 시장에서 소를 팔고 돌아오는 길에 도둑을 만난 것이다. 도둑들은 돌로 사람을 때려 죽이고 소판 돈을 빼앗아 달아났다.

그때부터 이 '가마바위'는 근처 사람들에게 더 많이 알려졌고, 무서운 곳으로 떠올랐다.

복식은 가마바위를 볼 때마다 그때의 광경을 머리에 그려 보게 되었다. 돌아 맞아 쓰러진 사람은 돈보따리를 빼앗아 달아나는 강도를 노려보면서 숨을 거두었을 것이다. 달아난 강도는 돈을 가지게 된 이득과 더불어 사람을 죽였다는 두려움 때문에 역시 괴로웠을 것이다.

지금은 아무런 흔적도 남아 있지 않은 채 햇빛은 환하게 비치고 바람이 불었다.

복식은 앞서 가는 너구리 아저씨와 유준의 뒤를 따라 가파른 솔밭길을 바쁘게 올라갔다.

그때, 건너편 골짜기에서 갑자기 무거운 총소리가 들렸다.

"타앙! 타앙!"

세 사람은 일제히 총소리가 울린 맞은편 골짜기를 돌아다보았다. 카랑카랑 메등성이엔 노랗게 물기 없는 소나무만이 다보록이 앉아 있고 억새풀이 하얗게 말라 있다. 그것뿐이었다.

"어느 놈이 총질을 하노? 아침부터 재수없게."

유준이 투덜대었다. 전쟁이 있은 뒤부터 총소리쯤 흔한 것이지만 들을 때마다 가슴이 철렁 내려앉는 것은 역시 그 소리가 싫기 때문이다.

"심심하니까 쏘아 대는 거제. 전쟁에 미친 놈은 총질을 안하고는 못 배긴다드라."

복식은 말하고 나서 그쪽을 잠시 노려보았다.

세 사람은 흩어져 나무를 긁기 시작했다. 마른 억새풀, 싸리나무, 가랑잎, 솔잎, 모두 지난 여름 퍼렇게 자란 그들의 시체다. 그걸 땔감으로 거두고 있는 인간은 과연 살아갈 값어치를 충분히 지니고 있는 것일까? 복식은 전에 없이 생각이 흩어져 일손이 늦어졌다.

해가 공중에 왔을 때, 아래쪽 퍼덕에서 나무를 긁던 너구리 아저씨가 큰 소리로 불렀다.

"유준이, 복식이, 여기 좀 와 봐라!"

둘이서 가까이 가 보니 아저씨는 커다란 노루 한 마리를 앞에 놓고 어루만지고 있었다.

"아침에 났던 그 총에 맞은 모양이야. 다리에 관통을 입고 여기 넘어져 있었어."

뒷다리에선 아직도 피가 흘러내리고 있었다. 그러나 시커멓게 엉겨붙은 피멍울은 억새풀 바닥에까지 깔려 있었다.

"아재씨, 노루가 금방 죽을락 하네요?"

유준은 폭신한 배를 어루만지며 말했다.

"좀 더 일찍 보았더라면 살릴 수도 있었을 거야."

얼굴을 옆으로 늘어뜨린 노루는 눈을 꼭 감고 있었다. 다만 목줄기가 따뜻하고 숨을 간간이 쉬고 있을 뿐이었다.

"어떡하니껴, 이 놀갱이?"

"우리 가지고 가서 삶아 먹자꾸나."

노루는 간신히 이어 나가던 숨을 그치고 조용히 네 다리를 뻗었다.

죽은 노루를 유준이 나뭇짐 위에 얹어 지고 돌아와 껍질을 벗겨 각을 떠서 나누었다. 너구리 아저씨는 다리 한 짝만 가지고 가고 유준이가 머리까지 제일 많이 가지고 갔다.

복식이네 감나무 맨 아랫가지에 콧등과 아래턱까지 구멍을 뚫어 참지게 꼬리를 꿰어 달아매어 놓고 껍질을 벗겼었다. 칼날이 써억 써억 껍질을 도려 나가는 것을 보면서 복식은 번갈아 머릿속에 환상들이 떠올랐다. '가마바위'에서 돌에 맞아 죽은 사람과 돈을 빼앗아 달아난 도둑이 핏덩어리처럼 엉겨서 맴돌았다.

그리고 복식이는 아버지의 가슴에 총을 겨누는 자신의 모습이 떠오르면서 피를 흘리며 쓰러지는 아버지 모습이 왈칵 부딪쳐 오는 것을 보았다.

입대

음력 정월 초사흘, 삼밭골 마을에도 때때옷의 아이들이 골목길에 뛰어다닌다.

검정물을 들인 광목 바지저고리를 입은 머슴애들과 인조견 노랑 저고리를 입은 계집애들이 어울려 논다.

섶에 섶에 길섶에
사단이가 논다
공단이가 논다
고모네 집에 갔더니
암탉 수탉 잡아서
저꺼짐 먹고
우린 쫌 안 주드라

우리 집에 오그덩

여도 복상 열그덩

하낱이나 죽까봐

죽까 죽까 봐아라

진수도 까만 바지저고리에 하얀 무명 조끼를 입었다. 오늘 어머니와 함께 외갓집에 가기로 했다.

금아는 머리를 곱게 빗어 은비녀를 꽂았다. 무명 치마저고리로 수수하게 차리고 한쪽 손에 불콩강정을 싼 보따리를 들었다.

외갓집에 닿은 것은 한낮이 덜 되어서였다. 진수가 줄곧 뛰어가듯이 앞장서 걸었기 때문이다.

"할매애!"

진수는 1년에 한두 번 찾아오는 이 조그만 초가집 사립문이 가슴이 저리도록 반가웠다.

"아이고, 내 새끼가 오는구나."

달래골댁은 외손자를 맞아 둥둥 가슴이 부푸는 것이었다.

"외아재는?"

"뒷집 유종이랑 톡꾸몰이 갔다. 괜히 심심하이께네 사방팔방 뛰고 싶은 거제."

"난도 갔이만 좋겠다."

"내일 같이 가라매."

진수는 외삼촌인 금동이가 좋았다. 외갓집에 올 때마다 함께 데리고 다니면서 놀아 주었기 때문이다. 그리고 이번엔 외삼촌한테 한 가지 꼭 물어보고 싶은 것이 있어 얼른 만나고 싶기도 한 것이다.

저녁답 늦게야 금동이는 뒷집 유종이랑 유준이와 같이 집으로 돌아왔다. 산토끼 한 마리를 잡아 들고 셋은 신발이랑 바짓가랑이가 온통 흙투성이가 되어 있었다.

"눈 까진 토깽이구나. 너거한테 잽히는 걸 보이까네."

달래골댁은 흙투성이 신발이 못마땅한 게 금방 얼굴에 나타났다.

"아재야!"

진수가 달려 나왔다. 금아도 벌떡 일어나 방문 밖으로 나왔다.

"얼래? 금아 누님 왔구만요."

유준은 금방 수줍어 얼굴을 붉히면서 금아를 쳐다봤다.

"유준아, 많이도 컸대이."

금아 앞에 올려다 보도록 키 큰 총각이 어릴 때의 유준임을 알아 금아는 잠시 놀라움을 금치 못했다.

(곧 군대에 간다 했제. 어느새 절키 다 컸노.)

금아는 죽은 남편 오정식이 후딱 떠오르는 것을 재빨리 지워 버린다. 남편 생각을 한다는 것만큼 괴로운 것은 없다. 그래서 금아는 오정식을 일부러 잊어버리려 애썼다.

"유준이도 올해 입대한다제?"

"야, 칠 월에 가니더."

달래골댁이 모두 방으로 들어가자고 밀어넣는다.

"발이 엉망이시더."

"괜찮다. 방 더러버지만 딱제."

금아가 가지고 온 강정을 함께 나눠 먹었다.

그날 밤, 건넌방에서 진수는 금동이와 함께 잠자리에 들어가 누운 채 얘기했다.

"아재, 왜 어마이 혼자는 얼라를 못 낳노?"

"그건 진수가 쫌더 크마 알 수 있다."

"아재, 알그덩 갈채 도고, 왜."

진수는 벼르고 별러 온 것이기 때문에 꼭 알고 싶었다.

"어마이는 아바이하고 같이 눕어 자야 얼라 낳는다."

"눕어 자만 저절로 낳나?"

"그래, 낳는다."

"……?"

진수는 아무래도 시원치가 않았다. 여태까지 어머니에게 물어도 똑같은 대답이고 할머니한테 물어도 마찬가지였었다. 그래서 외갓집에 오면 삼촌한테 물어 좀 더 자세히 알게 되리라 생각했었는데 삼촌도 역시 같은 대답밖에 않는다.

(같이 눕어 자기만 하마 얼라를 낳는다는 건 얄궂대이.)

그러니까 어머니는 동생을 낳을 수가 없다. 아버지는 영원히 살아서 돌아오지 않으니 함께 잘 수 없기 때문이다.

(해필 어마이하고 아바이하고 눕어 자야만 얼라 낳는 게나.)

진수가 아버지를 만나 볼 수 있는 날은 6월 현충일뿐이다. 그것도 모두가 눈물을 흘리며 울고 있는 장소에서였다.

금아는 현충일이면 시댁 어른들과 함께 진수를 데리고 읍내까지 갔다. 군 원호청에서 베푸는 기념식과 유가족 위안 잔치에 참석하는 것이었다.

5년 전, 처음 진수를 데리고 갔을 땐 줄곧 눈물만 흘렸었다. 밀가루 한 부대와 광목 한 통을 받아 들고 치밀어 오르는 울음을 참을 수 없어 엉엉 소리 내어 울었었다. 광목 한 통이 고마워서가 아니었다. 무엇 때문인지 금아는 서러워서 서러워서 못 견디었다.

"어매, 이런 것 저절로 주나?"

"으응, 거저가 아니다. 아부지가 총을 맞고 죽은 것 대신이다."

"아부지 죽은 것 디이기 크나?"

"아잇다. 아부지는 너무도 작게 죽었제. 눈 깜짝할 만치 쪼꼬맣단다."

그러나 진수는 많은 사람들 앞에서 어머니가 굉장한 상이라도 받는 것 같은 기분이었다. 그래서 아버지는 어머니를 위해 아주 장하게 죽은 것만 같았었다.

세월이 가면서 진수는 현충일에 느끼는 아버지의 모습이 달라져 갔다. 아버지도 어머니도 더없이 불쌍했다. 아버지는 그냥 죽은 것이 아니라 죽임을 당했다는 것을 알게 되었다.

"마구잽이로 끌고 가서 맨몸뚱이로 전쟁터에 몰아냈제. 아부지는 먹을 기 없어서 굶어 가면서 싸웠단다."

금아는 진수한테, 맺힌 한을 풀기라도 하듯 이따금 얘기했었다. 진수는 눈을 말똥거리면서 어머니의 얘기를 귀담아들었다.

외갓집 할머니한테도 삼촌한테도 아버지 얘기는 가끔 들었다. 진수는 피난길 강변에서 아버지와 어머니가 결혼식을 올리고 그날 밤부터 어머니 배 속에서 자라나기 시작했다고 했다. 그러고 나서 아버지는 전쟁터에 끌려가서 죽었다. 아버지는 다행히 어머니 배 속에 씨를 하나 남겨 놓고 죽은 것이다.

진수는 오랫동안 이런 수수께끼 같은 얘기를 들어 오면서 모르는 것들이 머릿속에 꽉 차 버렸다.

(나중에 어른이 되마 다 알 수 있다 카이께네 그때꺼정 기다리자.)

결국 외삼촌인 금동이한테도 시원한 대답을 못 듣고 이틀간 머물렀던 외갓집을 떠나야 했다.

어머니인 금아와 함께 앞냇물 오솔길로 나서는데, 유종이랑 복식이가 따라 나왔다.

"누님, 인지 헤어지만 퍽도 오랫동안 못 볼 게시더."

금아는 복식이의 얼굴빛이 여느 때 같지 않다고 생각했다.

"내, 여가 있으마 너거들 군대갈 때 보러 올꾸마."

"웬걸, 한창 바쁠 땐데, 오실 수 없제요."

"못 오드라도 몸조심하고 무사히 댕기 오너라."

"요샌 싸움도 않으니까네 걱정 없어요."

"시상, 언제사 평화 올꼬?"

"통일이 되어야제요. 통일이 안 되마 우리는 군대에 가도 소용없어요. 핏줄끼리 총대 마주 겨누고 쏘아 쥑이는 게 어째 애국이니껴?"

"그래, 그라이께네 진수 아부진 억울하게 죽은 거제."

금아는 진수를 앞세우고 냇물 돌다리를 건넜다. 아직도 목덜미가 뽀이얀 금아의 뒷모습을 바라보면서 복식은 저도 모르게 눈물이 핑 돌아 나왔다. 마른 찔레나무 덩굴이 우거진 방천둑길로 돌아가는 금아를 하염없이 보고 있다가 말고 복식은 소리 높이 말했다.

"금아 누니임! 이쪽 한 분만 돌아보이소!"

금아가 진수와 함께 돌아섰다. 손을 높이 쳐들고 흔든다. 그러고는 다시 돌아서서 바쁘게 걸어갔다.

복식은 멀거니 보면서 입속으로 뇌이었다.

(금아 누님 보는 게 이게 마지막일끼다. 그라고 나도 두 번 다시 금아 누님한테 보일 수 없을끼다.)

복식은 입대 날짜가 가까워지면서 점점 허탈해 가고 있었다.

탑마을에 복식이가 태어나서 스물한 번째 맞은 봄이 안타깝게 흘러가고 여름이 다가오고 있었다. 문식이와 함께 아침 일찍부터 저녁 늦게까지 들로 나가 일을 하면서 복식은 무척 침착했다.

"싱야, 쫌 쉬이가주 하자."

"그래, 저짝 샘가에 가서 물 마시고 떡 먹자."

둘은 어머니가 싸 준 꿀밤떡을 새참으로 먹으면서 풀밭에 다리를 뻗고 앉아 쉬었다.

"싱야, 보리떡 다섯 개 가주고 오천 명이 먹고 열두 광지리가 남았이마, 그 남은 것 또 먹고 남기고 또 먹고 남기고 자꾸자꾸 남기마 온 세상 사람들 그것마 먹어도 되겠네."

문식이가 교회에서 들은 보리떡 얘기를 하면서 제 생각을 덧붙였다.

"그렇구나. 보리떡이라도 실컷 먹고 남길 수 있다면 사람들이 좀 더 마음 놓고 살 수 있을끼다."

"똥깨빠지도룩 일 안 해도 되고, 그제?"

"니는 꼭 일 안 하는 것만 생각드라."

"그라마 일하는 것, 싱야는 좋나?"

"일하는 게 좋제. 사람은 일을 해야 착해지고 일하고 나서 쉴 때가 가장 즐거운기다."

"……."

"그라이께네, 예수님도 보리떡을 자꾸자꾸 남기지 않고 한 분만 그랬든 게제. 먹을 게 없어도 사람은 나쁜 짓을 하지만 먹을 게 너무 많애도 사람은, 나빠지고 말제."

꿀밤떡을 먹고 샘물을 마시고 나서, 다시 일을 했다. 고추밭 고랑에 나란히 앉아 김을 매는 복식이 손이 문식이 밭고랑까지 뻗어

나가 개왕골풀을 뽑았다.

돌아올 때는 꼴을 베어 복식이가 지고 왔다.

"싱야, 내가 지고 갔꾸마."

"아잇다. 나는 짐 지고 걸으마 훨씬 걸음이 편하다."

복식은 조금이라도 동생의 일을 덜어주고 싶었다. 문식이도 그걸 눈치채고 있었다.

(싱야는 쪼매 있으마 군대 가니까 일을 많이 하려는 거제.)

문식은 다만 그렇게 생각했다.

복식은 외롭고 답답했다. 어머니도 동생들도 불쌍했다.

복식은 고요한 밤이면 몰래 집을 빠져나와 교회로 갔다. 마룻바닥에 꿇어앉아 눈물을 흘리며 울었다.

(하느님, 저는 어찌하면 좋겠습니까? 며칠 있으면 저는 총을 메고 전장으로 나갑니다. 사람을 죽이러 가는 것입니다. 이 전쟁은 나라와 나라의 싸움도 아닙니다. 민족과 민족의 싸움도 아닙니다. 같은 민족이, 한 핏줄이 서로 총을 겨누며 싸우는 전쟁입니다. 그것도 아버지와 자식이 맞서서 죽여야 하는 전쟁인 것입니다.

저도 그런 싸움터에 가야 합니다. 아버지를 죽이러 가야 하는 것입니다.

하느님, 네 부모를 공경하란 말씀은 집 안에서만 공경하란 말씀입니까? 아니면 시장에서나 전장에서나 부모라면 어디서나 공경하란 말씀입니까? 살인하지 말라 하셨지만, 전쟁터에서는 사람을 죽여도 무방한 것인지요?

　하느님, 가르쳐 주십시오. 그리고 제게 갈 길을 인도해 주십시오.)

　복식은 울다가 또 기도하고, 기도하다가는 또 울었다. 게쎄마니 동산에서 기도하신 예수님의 마음만큼 복식이도 괴로웠다.

　교회를 나오니 앞산 밤나무 숲에서 밤뻐꾸기가 울고 있었다.

　뻐꾹 뻐꾹 뻐꾹 ….

　뻐꾸기 소리를 따라 밤하늘을 쳐다봤다. 별이 반짝거린다. 탑마을의 밤하늘은 유달리 아름답다. 북쪽으로 울창한 노송나무들이 우거진 오척봉과 서쪽으로 꽉 막아선 갓재산엔 지금 토끼랑 다람쥐들이 잠을 자겠지. 나무 구멍 속에서, 혹은 바위틈에서 식구끼리, 형제끼리 머리를 맞대고 곤히 잘 것이다.

　오소리들은 이런 밤중에사 어슬렁어슬렁 먹이를 찾아 굴속에서 기어나올 것이다.

　뒷산 울창한 참나무 숲 그 밑에 옹기종기 모인 초가집들은 거의 불빛이 꺼졌다.

　복식은 갑자기 발걸음을 재촉하여 집으로 돌아갔다. 방문을 모두 열어 놓고 문식이 방에서 자고 있었다. 복식은 옷을 벗고 조용히 문식이 곁에 누웠다.

　문식은 몸을 한 번 뒤척거리더니 또다시 곤히 잠이 들었다. 문식의 숨소리, 보시락대는 소리 하나하나가 복식의 가슴을 찌르듯이 아팠다. 복식은 동생의 손을 가만히 쥐었다.

(문식아, 싱야는 어짜만 좋지?)
  복식은 또다시 눈물이 걷잡을 수 없이 흘러내렸다.

  유준은 입대 준비를 착실하게 해 나가고 있었다. 무엇보다 마음의 준비가 가장 중요하다는 것을 알고 항상 기분을 가볍게 하려고 애썼다.
  입대 전날, 마을의 이발관에 가서 머리를 깨끗이 밀어 버린 용기도 그래서 쉽게 가질 수 있었던 것이다.
  "복식아, 니도 유준이매로 깎아라. 훈련소에서 강제로 깎는 것보다 낫제."
  옥산댁이 권하자 복식은 마지못해 이발관에 갔다. 까까머리가 되어 돌아오니 문자가 깔깔대며 웃었다.
  "오빠 봐아라!"
  "벌써 군인 아저씨가 된 것 같네!"
  옥산댁도 따라 웃었다.
  옥산댁은 복식이가 지금 마음속에 어떤 고통을 지니고 있는지 조금도 알은 체하지 않았다.
  저녁엔 유준이와 함께 송마골 너구리 아저씨께 인사를 드리러 갔다. 유준이가 가자고 해서 복식이는 마지못해 따라간 것이다.
  너구리 아저씨가 손수 만든 멍석자리가 귀퉁이가 닳아 떨어졌다. 셋은 밤이 이슥하도록 앉아서 이야기를 주고받았다.

"아재씬 그때 총으로 상대방을 죽여 봤니껴?"

유준이가 물었다.

"아마 내가 쏜 탄알에 맞아 죽은 사람이 있었을지도 모르지."

"총 쏠 땐 사람을 겨누고 쏘니껴? 아니면 어림잡아서 마구 갈겨 대니껴?"

"어느 한 사람을 겨냥해서 쏜다는 건 불가능하단다. 다만 적진을 향해 되도록 정확히 쏘려고는 하지."

"어떤 마음으로 쏘니껴? 꼭 쏘아 죽이겠다는 마음으로 쏘니껴?"

"그런 때의 마음은 겪어 보지 않고는 잘 모른다. 아무 마음도 없이 아무 생각도 없이 손발이 움직이는 대로 할 따름이지."

너구리 아저씨는 괴로운 한숨을 쉬었다.

"상상해 봐도 알 수 있을 것 같으이더. 전쟁터에선 내가 죽느냐 너가 죽느냐 하는 판이니까네."

"그래, 모두 그 생각뿐이다."

복식은 아까부터 아무런 말이 없이 조용히 앉아 있었다. 고재식 아저씨 말도 유준이 하는 말도 귓가에 스치다가 그냥 어디론지 날아가 버린다.

복식은 그렇게 우두커니 앉아 있다가 일어났었다. 밤이 깊어 돌아오기 위해 유준이 일어섰기 때문에 저도 따라 일어섰을 뿐이다. 다리가 떨렸다. 어디에 몸을 기대고 싶은데, 기댈 곳이 없었다.

너구리 아저씨가 손을 잡고 악수하려 할 때 복식은 그만 아저씨

가슴에 몸을 기대어 버렸다.

"아저씨, 몸 건강히 계십시오."

복식은 그러나 치밀어 오르는 울음을 입술을 깨물면서 삼켰다. 아저씨가 복식의 어깨를 꽉 부둥켜안았다가 풀었다.

"무사히 갔다가 돌아오기 바란다."

복식은 유준과 마지막 헤어지면서도 아무런 다른 표정을 하지 않았다. 집으로 돌아가니 어머니 옥산댁은 그때까지 자지 않고 있었다.

"복식아, 인제 오나."

"어맨 안죽도 안 자고 있었나?"

"네 얼굴 한 분 더 보려고 안 잤다."

옥산댁은 복식의 얼굴을 초롱불 희미한 불빛 속에서 바라보았다. 마주 뚫어져라 바라보던 복식은 고개를 떨구고는 재빨리 사랑방으로 가 버렸다.

어머니와 아들은 마지막으로 서로의 모습을 가슴속에 담아 가졌다.

어머니의 괴로움도 아들의 괴로움만큼 무겁고 아팠다. 둘은 말없이 잠자리에 들어 베갯머리가 젖도록 울었다.

옥산댁이 어떻게 잠이 깜빡 들었다가 깨어났을 땐 희부옇게 날이 밝아 오고 있었다. 옥산댁은 소스라쳐 일어나 사랑방으로 가 봤다. 생각했던 대로 복식인 잠자리에 없었다. 옥산댁은 현기증 때문에 문설주를 붙잡고 한참 동안 넋을 잃어버렸다.

파라치온 농약을 마시고 자살한 복식이 시체를 앞냇가 풀밭에서 발견한 것은 막 떠오르는 아침 햇살이 강변 가득히 퍼져 나갈 때였다.
 복식은 옆으로 비스듬히 쓰러진 채, 얼굴은 떠오르는 해 쪽으로 돌려져 있었고 두 눈은 꼭 감은 채였다.

어머니와 아들은 마지막으로 서로의 모습을
가슴속에 담아 가졌다.

초가 삼간 우리 집

복식이의 자살은 유준에게 커다란 상처를 주었다. 설마 죽기까지 하리라고는 꿈에도 생각지 못했기 때문이다.

3년 동안의 군대생활이 그래서 더욱 괴로웠다. 훈련소에 처음 들어가 군복으로 갈아입고 군번을 받았다. 그때부터 유준은 군인으로서 먹고 자고 움직여야 했다.

대한민국, 반쪽 나라의 군인이다. 그 군인은 슬프게 같은 반쪽 나라의 군인과 맞서 싸워야 한다.

유준이 태어날 때부터 스스로 자기는 남쪽에 태어나서 북쪽과 맞서서 싸우려 한 건 절대 아니다. 남이 만들어 놓은 올가미에 치여 죽는 것만큼 어리석은 짓이다.

(복식은 좋은 길을 택했제. 불쌍한 건 말로 다 하지 못하제만 ….)

3년 동안의 군대생활을 끝내고 돌아온 고향 마을은 쓸쓸했다.

동생 유종과 문식이 입대하고 집에 없었다.

옥산댁은 유준을 붙잡고 울먹거렸다.

"문식인 죽지 않고 아바이하고 쌈하러 갔제. 문식이꺼정 죽어선 안 되제. 이번엔 북쪽에서 아바이가 죽을 차례다. 자슥한테 총 견주는 아바이도 사람 아니제. 그라이께네 이번엔 애비가 죽어야 된다."

옥산댁은 많이 늙었다. 주름살이 덮인 얼굴은 검푸르게 여위었다.

"어째 살아라꼬 사람을 줄창 쪼르기만 하노."

"복식이 어매요, 우리 젊은이가 못나서 그렇제요. 핏줄끼리 총구멍을 맞대고도 부끄러워할 줄도 모리니까요."

"못난 건 늙은이들이다. 애국하는 사람은 천진데 나라는 이르키 버림받고 있제."

옥산댁은 달미골 산전을 막내딸 문자와 함께 다니며 일했다.

콩을 심고 고추를 갈고 목화를 심었다. 뻐꾸기 소리를 들으며 산바람을 마시며 일했다. 잠시도 쉬어서는 살 수 없었다. 고통을 잊기 위해 일하고 또 했다.

가을이 오고 있었다.

"유준아, 니도 인자 사람 노릇 해야제. 참한 색시 있다 카이 장개 들거라."

남동댁은 조금 행복하게 유준을 쳐다봤다. 덩지만 봐도 대견스런 아들을 둔 것이 즐거웠다.

"나 같은 가난뱅이한테 어느 색시가 시집올라 카나요."

유준은 시답잖게 대답했다.

"무신 소리고. 가난뱅이는 핑상 혼자 늙어란 법이라나. 너어 아부지 속앓이 저르키 심한데 니가 얼른 장개라도 가서 집을 끌고 가야제."

"……."

유준은 대꾸할 말이 없었다. 아버지의 건강은 많이 나빴다. 가슴앓이가 심해지면 며칠씩 누워 있을 때도 있었다.

가슴앓이(위장병)는 시골 사람, 가난한 사람은 거의가 가지고 있는 고질병이다. 좋은 음식을 골고루 먹지 못하고 고된 일만 한 탓일지도 모른다.

유준이네 아버지도 그렇게 일만을 했었다. 아내와 자식을 먹여 살리느라 소작농사로 갑절의 일을 했다. 그 대가는 언제나 반밖에 얻지 못했다. 지주에게 바치고 국가에 세금을 바쳤다. 반 그릇의 밥을 먹고 두 사람 몫의 일을 하는 것과 똑같았다.

(아부지는 그 조그만 몫을 얻기 위해 너무도 많이 일을 하셨어.)

탑마을 사람들 중엔 유준이네 아버지 같은 분들이 너무나 많다. 아니, 송마골에도 장사리에도 건넛마을, 산 너머에도 가난한 소작인들은 다만 일을 하기 위해 태어나서 살고 있는 것만 같았다.

유준은 장가를 가기로 마음먹었다. 복식이가 다른 자기 갈 길을 갔다면 유준에게도 그 나름대로의 길이 있는 것이다. 그 길을 착실하게 가는 것이 유준의 의무이기도 하다.

"어매, 어떤 색시인지 나한테 시집오겠는가 물어봐 주이소."

유준은 어머니에게 얼굴을 붉히며 말했다.

"유준아, 참말이라? 언제 날짜 잡아가주고 선을 보두룩 하자. 니가 순순히 응해 주니 고맙다."

고재식 아저씨는 10년 동안 살아온 움집을 정리하기 시작했다. 겨울이라도 지난 뒤 떠나려 했지만 겨울이 가고 나면 또 봄이 지나가고, 그래서 더 미련을 두지 말고 떠나기로 한 것이다.

(한 자리에서 기다린다는 건 너무도 못 견딜 짓이야.)

아저씨는 숟갈과 식기를 보따리에 쌌다가 도로 꺼내어 버렸다. 앞으로 닥쳐올 겨울을 생각해서 두툼한 덧저고리를 대신 쌌다.

아저씨는 보따리를 둘러메고 집을 나왔다. 탑마을 개울가에서 화순이가 빨래를 하다가 너구리 아저씨를 봤다.

"아재씨, 보따리 들고 어디 가시니껴?"

"화순아, 아저씬 오늘 그만 떠나기로 했다."

"떠나다니, 어디로 가시니껴?"

"송마골에 너무 오래 있었어. 그동안 여비는 단단히 준비했으니까 여기저기 다녀 볼 거야."

"그게 참말이니껴?"

화순이는 뜻밖이어서 곧이들리지 않는다.

"아마 떠났다가 다시 오실끼지요?"

"그래, 오구말구지. 화순이 시집갈 때 올 테야."

"아이, 아재씨도 꼭 그른 소리만 하시니껴."

화순이는 빨개지는 얼굴을 손으로 가리었다.

"떠나기 전 복식이 무덤에나 한 번 가 보고 싶어서 가는 길이야."

"복식이 오빠 무덤에요?"

"그래, 녀석 무척 외로울 게 아니냐?"

"그럼, 나도 빨래옹가지 여다 놓고 같이 감시더."

금동이와 유준이와 모두 넷이서 달미골 산등성이에 닿은 것은 한낮이 조금 지나서였다. 복식이네 어머니 옥산댁이 바쁘게 점심을 차려 주는 것을 먹고 오느라고 지체했기 때문이다.

"왜 그르키 갑재기 가시니껴?"

옥산댁은 너구리 아저씨의 손을 거머쥐고 놓지 않으려 했다.

"그동안 폐를 많이 끼쳤습니다. 생각나면 찾아올 것입니다. 몸조심하시고 오래오래 사세요."

옥산댁은 줄곧 치맛자락으로 눈물을 훔쳤다. 금동이네 어머니도, 유준이네 어머니도 똑같이 섭섭한 작별인사를 했다.

화순이는 산기슭에 피어 있는 들국화를 한아름 꺾어 조그만 복식이 무덤에 정성껏 놓았다. 네 사람은 나란히 서서 고개를 숙였다. 눈을 감자 각자의 눈앞에 생전의 복식이 모습이 떠올랐다.

(공부 잘하고 점잖기만 했던 오빠.)

조그만할 땐 학교에서 선생님들의 사랑을 한몸에 받았고 자라서는 마을 어른들께 칭찬이 자자했던 복식이었다.

(복식이 오빠는 이것저것 너무도 꼼꼼하게 생각하는 성미여서 이렇게 죽은 거제.)

고개를 들었을 때, 옆에서 유준이 조용히 흐느껴 울고 있었다.

고재식 아저씨가 유준의 어깨를 감싸면서 발길을 돌렸다. 산등성이에서 고개를 들고 동쪽을 보았다. 앞이 시원히 트인 마을 모습이 한눈에 들어왔다. 멀리 중들 강변과 포플러나무가 줄지어 선 신작로, 학교도 새로 지었고 모두가 새로웠다.

"유준이 오빠, 오빠네 집 저어기 보인다. 그라고 복식이네 집도. 저짝 끄트머리에 우리 집 있고 …."

화순이 아직도 흠뻑 젖은 얼굴을 한 유준에게 큰 소리로 말했다. 유준은 조용히 화순이 가리키는 쪽을 봤다.

"벌써 인기네 지붕은 새로 이었네."

"인기 어매는 참 부지런하제. 그 어려운 중에도 인기를 중학교 보내고."

"인기 아부지가 아들 하나 훌륭히 키우락꼬 부탁했단다."

"강 서방은 미친 사람이 되어 아직도 여기저기 떠돌아댕길까?"

"준이 오빠, 나는 인기 아부지 언젠가 말짱하게 되어 돌아올끼라 믿어. 틀림없이 돌아올끼다."

화순이는 보이지 않는 밧줄을 붙잡고 벼랑을 기어오르는 사람 같은 기분으로 말했다.

"아재씨, 아재씨네 고향에도 모두 저렇게 아름다운 초가집 마을이니껴?"

금동이가 빨간 홍시가 함박꽃처럼 열린 감나무를 보면서 물었다. 잎이 모두 떨어진 감나무엔 빨간 홍시가 그토록 예쁘게 열려 있었다.

"그래, 우리 대한의 시골집은 어디나 똑같이 초가집들이지. 하얀 박덩이가 얹혀 있는 것이랑, 빨간 고추가 널린 것이랑, 탑마을도 송마골도 고향 마을과 똑같단다."

고재식 아저씨는 어느덧 머릿속 가득히 고향 마을을 그리고 있었다. 이맘때면 어머니가 햅쌀로 무시루떡을 쪄서 식구들이 밤늦도록 즐겁게 먹었다. 지붕 위의 박을 켜서 가마솥에 끓여 박 속을 긁어 내고 겉껍질을 벗겨 말리던 일, 어머니는 목화를 따다 씨아를 잣고 ….

그림처럼 떠오르는 고향 생각이었다.

"사람은 고향을 가질 수 있어서 가장 행복한지도 모른다."

"그렇제요. 더욱이 우린 어느 누구보다도 정다운 고향을 가지고 있거든요."

유준은 고재식 아저씨를 쳐다봤다. 10년 전의 모습에 비해 많이 변했다.

"복식이 오빠는 저승에서 어뜬 집에 살꼬? 우리 집맨끄러 삼 칸짜리 초가집에서 혼자서 살까?"

"혼자는 아니겠제. 누군가 같이 있을끼다. 이쁜 색시한테 장가라도 가서 살고 있을지 모른다."

"아재씨도 그렇게 생각하시니꺼? 나도 왠지 그럴 것만 같애요."

화순이는 제발 그렇게 되었길 비는 마음이었다.

"유준아, 자 해 지기 전에 강을 건너야지. 언젠가 만날 때까지 몸 건강하기 바란다."

고재식 아저씨가 유준의 손을 굳게 잡았다.

"아저씨 …."

유준은 왈칵 목이 멘다.

"그동안 좋은 친구가 되어 주었었는데, 이따금 기억해 주겠지?"

아저씨는 화순이랑 금동이를 번갈아 바라보았다.

"아재씨, 큰길로 안 가시고 해필이면 산길로 가시니꺼?"

"이쪽이 더 좋구나. 호젓하고 …."

"통일이 오면 곧장 고향으로 가시겠제요? 편지 주이세이. 유준이 싱야캉, 문식이랑 유종이랑 같이 놀러 감시더."

금동이는 종갑이 생각을 잠깐 했다가 금방 지워 버렸다.

"그래, 누나랑 진수하고도 같이 오너라."

"그땐 아재씨도 장개가세이."

"그래애."

아저씨는 금동이의 손을 꼭 쥐었다가 마지막으로 화순의 두 어깨를 가볍게 안았다.

골짜기 포플러나무엔 노란 단풍이 들어 햇볕에 팔랑거린다.

독지골 고개를 넘어 아틈실 강을 나룻배로 건너기까지는 30리가 멀었다. 여름이면 아이들이 가재잡기를 하는 개울물에 배때기가 빨간 무종다리가 포드닥 날아간다.

고재식 아저씨는 보따리를 메고 그쪽으로 성큼성큼 걷기 시작했다. 조금 헐렁한 바지를 입은 긴 다리였다.

다복솔 소나무에 그 모습이 가리워졌다가는 다시 나왔다가 하면서 점점 멀어져 갔다.

"너구리 아재씨이!"

금동이가 잔솔밭 길을 몇 걸음 뛰어가다가 섰다.

너구리 아저씨가 잠깐 돌아서서 커다랗게 손을 흔든다.

"어서 그만 돌아가거라아!"

"아재씨, 잘 가세이!"

화순이가 두 손을 높이 쳐들었다. 두 쪽 볼 위로 방울방울 눈물이 떨어진다.

"화순아, 우리도 그만 내려가자."

유준은 화순이를 떼밀어 산길을 앞서 걸었다. 금동이가 풀이 죽은 채 돌아서서 따라왔다.

모두가 헤어져 가고 다만 바람 소리만 남은 듯한 산길이다.

"유준이 싱야, 아재씨 암말도 않고 있다가 갑자기 갔부리는 것 너무 했제?"

"벌써 갔일 텐데 그동안 정이 들어 떠날 수 없었던 거제. 아재씬

통일만을 기대렸는데 ….”

"인제 가시마 어디 가서 사실낀고?"

화순이가 아직도 울먹이며 말했다.

"아재씬, 아무 데서도 안 살고 떠돌이가 될끼다. 통일 되기 전엔 한 군데 못 살고 여기저기 다닐끼다."

금동이는 방금 헤어진 아저씨의 뒷모습을 떠올리며 쓸쓸히 말했다.

"유준이 오빠, 우린 또 언지까지 이렇게 답답하게 살아야 하노? 차라리 한테 모여서 죽었삐리자."

"죽을 사람은 죽어도 역시 살 수 있는 사람은 살아야 된다. 앞서 간 우리 할아버지 할머니들도 숱한 어려움 다 견디면서 살아왔는데 우리도 견디야제. 화순아, 너어 집 보꾹에 대들보랑 서까래를 한번 봐라. 적어도 백 년 이백 년이 넘었을끼다. 그 집 지을 땐 모두 맨손으로 지었다. 대들보도 서까래도 기둥도 모두 통나무 그대로제. 흙하고 돌하고 나무하고 짚하고, 새둥주리 같은 집인데도 수백 년 끄떡 안 하고 견뎌 왔제. 나는 그런 우리 집이 좋드라."

"좋으니께네 나도 우리 집에 정이 들었제."

어느새 산을 다 내려와 평지 길에 서 있었다.

유준은 방금 내려온 산등성이를 돌아다봤다. 복식의 무덤이 양지 쪽에 가만히 남아 있다.

"불쌍한 녀석 ….”

유준은 통곡이라도 하고 싶은 걸 입술을 깨물며 참는다. 그리고는 3년 전 음독자살을 하면서 유준에게 남긴 유서를 되새겨 보았다. 복식이 생각만 나면 되풀이 읽었던 마지막 그의 목소리인 것이다.

"유준아, 아무 말도 하고 싶지 않으면서도 무언가 너에게만은 솔직한 이야기를 하고 싶어 붓을 들었다.
 죽음을 눈앞에 두고, 그것도 스스로의 목숨을 자신이 책임지고 끊어야 하는 어처구니없는 처지에서 올바른 말을 남긴다는 것이 될까 의심이 난다. 그러나, 정직하게 나는 말한다.
 사람은 살아가는 것이 소중하다면 죽는 것도 또한 소중한 것이다.
 나는 나의 죽음을 소중히 여긴다. 나 자신이 스스로 갈 길을 택할 수 있다는 자부심도 생겼다. 얼마나 대견한 일이니?
 20년간 살아오면서 우리는 과연 자신의 생각대로 행동하면서 살았는지 의심이 난다. 사소한 일도 내 마음대로 하지 못했다는 걸 누구나 인정할 것이다.
 학교에서 우리는 날마다 외쳤지.

 진리에 살자!
 자유롭게 배우자!
 공정히 행하자!
 전쟁 다음에는 또 어쨌지.

죽음으로써 나라를 지키자!

공산 침략자를 쳐부수자!

백두산 영봉에 태극기 날리고 남북통일을 완수하자!

그리고 또 얼마나 많은 구호를 외치고 외치면서 우리는 자랐니. 숨 돌릴 사이도 없이 휘두르는 채찍에 쫓겨 온 지난날이었잖니?

성경에도 있지만 삯꾼 목자가 양들을 꾀어 잡아가듯, 나쁜 통치자는 백성을 훔쳐 가진다. 그들의 소유로 만들어 종처럼 부려먹는 것이다. 보이지 않는 사슬에다 묶어 채찍을 휘두르는 것이다.

유준아, 우리가 지금 남북이 쪼개어져 서로가 총을 겨누고 있는 것도 사실은 삯꾼 목자들이 제자리를 지키기 위해 만든 올가미에 불과하단다. 우리가 도대체 서로 대결해야 할 아무런 이유가 어디 있니?

정말 우리는 이 이상 죄짓지 말자꾸나.

싸움을 하려거든 너를 올가미에 묶어 공갈치는 몰이꾼을 향해 싸워라.

우리는 해방되어야 한다. 보이지 않는 올가미를 우리 손으로 벗겨야 한다. 네 눈앞을 가려 버린 덮개를 떼어 버려라. 그래서 눈을 떠라.

해방은 누가 시켜 주는 것이 아니다. 네 손으로, 네 몸으로 해방을 해야 한다. 사람은 해방하지 않고, 자유하지 않고는 아무런 가치 없는 썩은 고기와 같다.

 내가 죽은 뒤에도 밤은 어둠을 가져오고, 아침은 찬란한 햇빛을 가져다주겠지. 우리 마을, 우리 초가 삼간에도 여름이 가고 가을이 오고, 그리고 겨울이 지나 또다시 봄이 오겠지.

 아름답고 정다운 우리들의 고향집, 영원히 영원히 지켜 나가야 한다.

 그러기 위해 해방되어라. 사슬을 끊고 자유를 찾아라.

 덩실덩실 춤추며 살 수 있는 우리 마을을 만들기 위해 해방을 ….”

 복식은 거듭거듭 해방하자고 했다.

 남의 힘이 아니고 스스로 그 해방을 가지라고 했다. 보이지 않는 올가미를 네 손으로 벗기고 자유하라고 했다.

 싸움을 하려거든 너를 올가미에 묶어 공갈치는 몰이꾼을 향해 싸우라고 했다.

 유준은 함께 걷고 있는 둘을 불렀다.

 “화순아.”

 “으응?”

 “금동아.”

 “유준이 싱야, 왜?”

 “너희들도 복식이 남긴 유서를 읽었지?”

 “그래, 읽었어.”

 “스스로 우리는 보이지 않는 올가미를 벗기고 해방하라고 했지?”

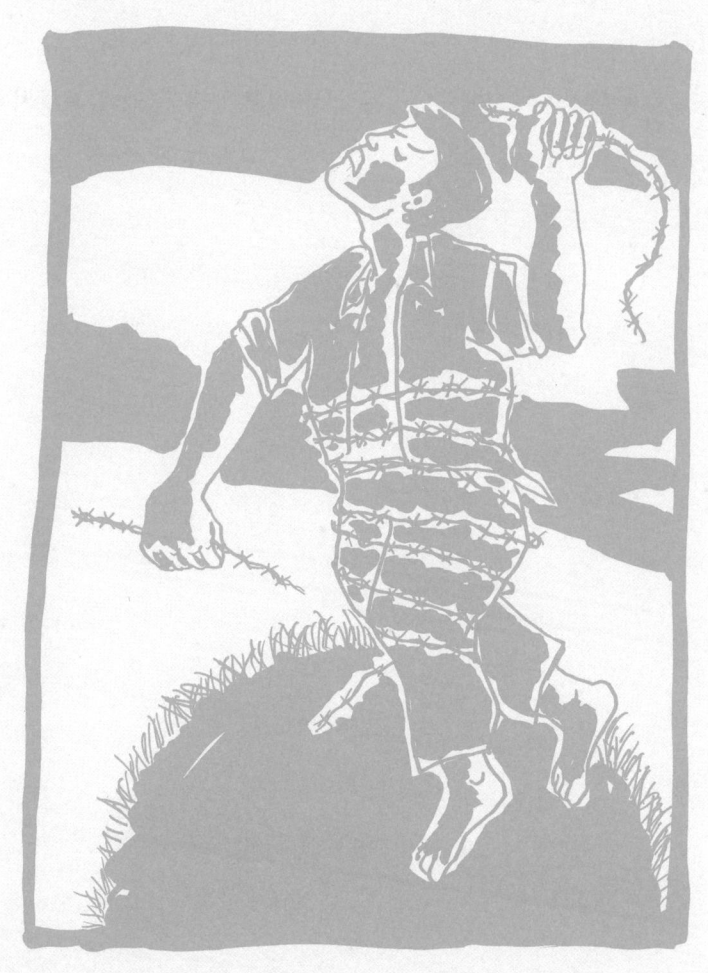

해방은 누가 시켜 주는 것이 아니다.
네 손으로, 네 몸으로 해방을 해야 한다.

"그래, 그래서 덩실덩실 춤추며 살 수 있는 우리 마을을 만들라 했어."

산등성이 복식이가 잠들고 있는 무덤 저쪽에서 들국화 꽃향기가 가득가득 날아오고 있었다.